WIE KOMT MIJ HALEN?

Elizabeth Hess

Wie komt mij halen?

Uitgeverij Areopagus

Oorspronkelijke titel
Lost and Found
Uitgave
Harcourt Brace & Company, New York

Vertaling
Gerda Wolfswinkel
Omslagontwerp
Hans van den Oord

De houding in de Nederlandse asiels is opvallend minder paniekerig dan in Amerika, hoewel Nederland bekendstaat als een van de 'sentimenteelste' landen in Europa wat dieren betreft. Dat is waarschijnlijk onder meer terug te voeren op soepelere regels wat betreft de verblijftijd. Wij kennen de CAR, de Centrale Asielraad, die algemene richtlijnen voor asiels opstelt. De verblijftijd (opvangtermijn) van een dier is wettelijk minimaal 14 dagen. Deze periode wordt nog verlengd in verband met medische verrichtingen. Eigenaars hebben dus meer tijd om hun zoekgeraakte dieren terug te vinden en hoeven ook niet bang te zijn dat hun dier 'een spuitje heeft gekregen', omdat het zijn verblijftijd heeft overschreden. In Amsterdam bestaat bovendien een speciale Dierenkwijtlijn.

Evenals in Amerika hebben in Nederland vermiste dieren de status van *gevonden voorwerp*. Honden worden verplicht geregistreerd en krijgen een tatoeage; binnenkort gaat men over op 'chippen'. Daarnaast moet men in Nederland hondenbelasting betalen. Men ontvangt daarvoor in sommige gemeenten een hondenpenning. Ook via dit registratienummer is een zoekgeraakte hond gemakkelijker op te sporen.

In de meeste Nederlandse asiels worden euthanasiebeslissingen genomen door een euthanasiecommissie. Men past euthanasie alleen toe op ernstig zieke of agressieve dieren, die niet geplaatst kunnen worden; de verblijftijd van een dier in het asiel is daarbij geen criterium, zoals in Amerika wel het geval is.

Met dank aan de medewerkers van de vereniging 'Dierenopvangcentrum Polderweg Amsterdam'.

De vertaler

Opgedragen aan Kate-Ann Hess Biskind,
mijn inspirator en handlanger.

En natuurlijk aan onze vriend Bobby.

Wil niemand mij komen halen?

Wil niemand mij komen halen?
Neemt niemand mij mee naar huis?
Wil niemand mij een naam geven
en plezier met mij beleven?

Ja, die man weet me wel te vinden,
Vraag hem maar naar Harry de hond.

Wil niemand mij komen halen?
Ik ben een gevonden voorwerp –
Ze wilden mij voor schut zetten,
maar eigenlijk gingen ze naar de stad:

Ze moesten er wat meer op me letten,
En omdat dat ze niet zo beviel
Kostte 't mij een enkele reis asiel.

– Timothy S. Mayer

Inhoud

Dankwoord 13
Inleiding 19

Een: Asielshock 27
Twee: Kattenmensen 57
Drie: Er *is* een thuis voor je 74
Vier: Moeilijke honden, moeilijke baasjes 97
Vijf: ‘Kijken staat vrij’ 121
Zes: De redding 143
Zeven: De laatste toevlucht 160

Nawoord: Het geschikte huisdier 178
Register 187

Dankwoord

Op de allereerste plaats ben ik de medewerkers van het asiel van Columbia-Greene uit het diepst van mijn hart dankbaar dat ze een schrijfster in hun midden de ruimte hebben gegeven. Zij hebben zonder uitzondering hun ervaring en kundigheid met me gedeeld, terwijl ze hun handen vol hadden aan de talloze katten en honden, om maar te zwijgen van de bijbehorende mensen. Ik dank vooral Laura-Ann Cammisa voor de aanmoediging om te schrijven over dieren in een asiel. Zij heeft een enorme impact gehad op dit boek en op mijn leven als schrijfster. Ik wil ook Lee DeLisle bedanken, omdat hij me heeft meegenomen naar plaatsen waar journalisten meestal niet uitgenodigd worden. Zowel Lee als Laura-Ann is tijdens mijn werk aan dit project zeer gul geweest in het meedelen van grote hoeveelheden kennis. Gelukkig voor de dieren bestaan er mensen zoals zij!

Een asiel is een doorgangshuis. Medewerkers komen en gaan, net als de dieren. Sommigen van hen die je in *Wie komt mij halen?* leert kennen, werken niet meer bij Columbia-Greene. Anderen, die hier tijdelijk werkten, konden binnen het bestek van dit boek niet worden vermeld. Van hen wil ik in het bijzonder Karen Palchanis noemen, een zeer getalenteerde vrouw die dol is op dieren en die, toen ik pas aankwam, de leiding had over de 'adoptie'. Van Karen heb ik veel geleerd. Bij Nancy Vallieres en Pam Price, die in de onderzoekskamer werkten, voelde ik me altijd een welkome bezoeker. Kate Meehan, hondenvriendin en africhtster bij uitstek, was de eerste die me liet zien hoe je de honden in het asiel met liefde en respect behandelt. Adam Holst, een jonge trouwe vrijwilliger, is na schooltijd steeds in de kennels te vinden. Sam Shenkers zit urenlang bij de honden in hun kooien om ze gezelschap te houden, terwijl Judy Shenkers ploetert om voor elk van hen een goed tehuis te vinden; Judy is een uiterst gedreven medewerkster in Columbia-Greene. Christine Newman heeft van het noodlijdende asiel in Athens, aan de overkant van de rivier, een goedlopend asiel gemaakt; ook haar zuster Elizabeth Sullivan speelt een sleutelrol in de zorg voor het welzijn van de dieren in Greene County. Ook John Izzo, Lisa Clevenger en Lisa Coster zouden in dit boek vermeld zijn, als ik het genoegen had gehad eerder tijdens dit project met hen te kunnen samenwerken. Ron Perez, de regenmaker, is op het nippertje gekomen om het asiel draaiende te houden, door een aantal noodzakelijke financiële bronnen aan te boren. Ik weet zeker dat het hem zal lukken.

Mijn collega's in het bestuur – Darryll Berman, James Carlucci, Nancy Gordon, Peter Hogan, Charlene Marchand, Gisela Marian, Jonathan Nichols, Chicken Rathbun, Dave Robinson, Scott Shallo en Michael Wilson – hebben het lot van dit kleine asiel in handen. Hopelijk voldoet dit boek aan hun verwachtingen.

Ik wil ook dokter Susan M. Tanner bedanken, die er niet alleen op toezag dat ik bij allerlei soorten wormen nauwkeurig onderscheid leerde maken tussen mijn- en draadworm, maar die ook eerlijk haar mening gaf over een hele reeks vraagstukken, onder andere de gecompliceerde maatschappelijke verhouding tussen dierenartsen en asielpersoneel. Anderen die een belangrijke bijdrage aan dit boek hebben geleverd, zijn de fotografen Valerie Shaff, Siobhàn Connally en Cydney Cross.

Het besluit nemen een boek te schrijven is niet eenvoudig. *Wie komt mij halen?* zou gewoon een 'krankzinnig idee' zijn gebleven, als mijn eigen familie er niet op aangedrongen had dat ik mijn vleugels uitsloeg en een jaar verlof nam bij de *Village Voice*. Ik dank mijn zuster, Lindy Hess, voormalig uitgeefster, en mijn maatje Virginia Reath voor hun aansporing om naast de kunstwereld een nieuw terrein te gaan verkennen. Beth Rashbaum, mijn persoonlijke adviseuse, bracht me in contact met mijn zaakwaarneemster, Sarah Lazin, die me als een echte vriendin consequent van goede adviezen voorzag. Sarah liep van meet af aan warm voor dit boek en introduceerde me bij de ideale uitgever. Jane Isay is in één woord een bijzonder mens. Zij heeft met eindeloos geduld en zachtmoedige autoriteit mijn gedachten en opzetten geordend en bleef zelfs het moeilijkste materiaal in dit boek binnen de juiste proporties zien. Haar assistente, Lorie Stoopack, heeft op beminnelijke wijze de weg geëffend voor een definitieve verschijningsdatum.

De eerste keer dat ik het kantoor van Jane Isay binnenliep en het fotolijstje met Herbie, een energieke Wheaten-terriër, op haar bureau zag staan, wist ik dat het boek in goede handen was. Bedankt, Herbie. Doordat jij zo'n brave jongen bent geweest heeft Jane meer dan terloopse belangstelling ontwikkeld voor het welzijn van dieren.

Mijn man, Peter Biskind, heeft me vanaf de eerste dag aangemoedigd bij het schrijven van dit boek. Zijn enthousiasme heeft de doorslag gegeven. Peter luisterde niet alleen naar de talloze verhalen over dieren, maar bleef ook (meestal) kalm bij die gelegenheden dat ik met een viervoeter thuiskwam. Ondanks de voortdurende kwellingen van twee schrijvers die onder één dak moeten leven, blijft Peter mijn meest kritische lezer en tegenhanger. Heel erg bedankt, Peter.

Van sommige personen zijn de namen en biografische details veranderd, teneinde hun anonimiteit te waarborgen. Een aantal gebeurtenissen is gecombineerd of veranderd.

Bobby

Inleiding

HUMANE SOCIETY ROAD, de weg naar het asiel, loopt ten noorden van Hudson, New York, vlak bij Route 66. Het is een smalle, doodlopende weg met landerijen aan weerskanten, die uitkomt bij een groot, verwaarloosd melkveebedrijf. In de herfst wordt het hooi tot immense cilindervormige balen verwerkt om aan de koeien te worden gevoerd; wat overblijft, wordt aan andere boeren verkocht. Je ziet er vaak wilde kalkoenen, meestal twee volwassenen met een rij kleintjes achter zich aan, door de velden lopen. De mensen zetten de auto stil om naar die grote, komische beesten te kijken, soms zie je nog net de staart van een hert in de bossen verdwijnen. Het grootste deel van het jaar biedt het landschap een even pastorale aanblik als een foto uit de *Farmer's Almanac*, maar de geciviliseerde wereld – niets minder dan de Wal-Mart – ligt vlak om de hoek.

Halverwege ligt een stukje land van iets meer dan anderhalve hectare, waar een rij bouwvallen en een haveloze caravan staan met een aantal kippen en tevreden katten eromheen. Over deze plek gaat dit boek. Als je de parkeerplaats nadert, hoor je een aanzwellende kakofonie van geblaf, tot het een treurige muur van gehuil en geschreeuw is geworden. Al gauw merk ik dat het menselijk oor deze dierlijke communicatie binnen een mum van tijd transformeert tot achtergrondgeruis. Welkom bij de dierenbescherming, afdeling Columbia-Greene.

Dierenasiels zijn instellingen waar mensen liever niet aan denken. Ze hebben een beeld van een vervuilde gevangenis in het hoofd, waar honderden dieren in kringetjes rondlopen of zich in wanhoop tegen de deuren van hun te kleine kooien werpen, verlangend naar een aai over hun kop. 'Ik kan daar niet naar binnen,' zei een vriendin onlangs nog tegen me. 'Dan wil ik ze allemaal mee naar huis nemen.' In plaats daarvan gaan de mensen naar een fokker of het winkelcentrum om hun huisdier te kopen, in de veronderstelling dat een raszuiver dier een beter dier is. Maar dat is een illusie. Het overgrote deel van de honden uit de dierenwinkel is in een 'fokfabriek' of een smerige kennel ter wereld gekomen, waar honden door inteelt worden voortgebracht, ondervoed zijn en tegen de marktprijs verkocht worden.

Volgens de Humane Society of the United States (HSUS) is ongeveer vijfentwintig procent van de honden en katten die uiteindelijk in het asiel terechtkomen raszuiver, terwijl de rest een soort huis-, tuin- en keukenmix is van herdershonden en labradors. Deze honden komen niet uit een fokfabriek. Ieder jaar worden er miljoenen op binnenplaatsen, op straat, op zolders en in kelders geboren. Dat zijn eenmalige worpen, het gevolg van spontane paring tussen allerlei soorten honden. Bastaarden, of 'vuilnisbakkenras', zoals ze in de volksmond heten, zijn de interraciale nakomelingen van zuivere rassen. Ze hebben geen officiële benaming en geen ras of identiteit die kan worden herleid tot een oude stamboom. Ze hebben geen status in de elitaire wereld van rashonden, waar veel op het spel staat en de tradities helemaal teruggaan tot de Victoriaanse tijd. Het lage prestige van een bastaard geeft raszuivere dieren natuurlijk een nog veel aristocratischer aanzien.

Ironisch genoeg zouden bastaarden, als er prestigieuze shows en onderscheidingen voor bestonden, even waardevol zijn en op dezelfde manier worden uitgebuit; de fokfabrieken zouden zich gaan specialiseren in 'creatieve' kruisingen en, net als in de horticultuur, als paddestoelen uit de grond rijzen. Op dit moment brengen deze honden niet genoeg op om op de markt te worden gebracht. De mensen gaan er vanuit dat kruisingen in het asiel zitten, omdat er met die dieren iets grondig mis is. Dat is een vergissing. De consument wil gewoon een rashond. En er staat een bloeiende huisdierenindustrie te trappelen om aan die vraag te voldoen.

De asiels, die buiten de commercie om opereren, wedijveren in alle opzichten met de huisdierindustrie, behalve qua prijs. Vele bieden, net als het asiel in Columbia-Greene, een grotere variëteit aan honden en katten dan de meeste dierenwinkels of commerciële kennels. Maar vergeleken met dierenwinkels zit er een addertje onder het gras: asiels behouden zich het recht voor mensen het dier dat ze willen, te weigeren. Ze verkopen geen dieren. Ze laten ze in goede tehuizen opnemen.

Ik hoop dat dit boek de meest voorkomende mythen over asieldieren de wereld uit helpt. Toen ik voor het eerst van het verontrustende feit hoorde dat in de Verenigde Staten jaarlijks bijna twintig miljoen dieren in een asiel terechtkomen, dacht ik dat het gewoon propaganda was die door het dierenbevrijdingsfront werd verspreid. De meeste mensen die ik ken houden van hun huisdier. Maar toen ik enige tijd bij de dierenbescherming van Columbia-Greene doorbracht, ging een aantal van mijn eigen illusies aan diggelen. Veel van mijn vrienden hebben hun dieren om een of andere reden weg moeten doen. Wij allemaal trouwens. Dieren raken zoek of worden een last wanneer ons leven verandert. Als we al niet in staat zijn de toekomst van onze eigen dierbaren veilig te stellen, hoe kunnen we dat dan voor onze dieren doen?

Ik ben altijd dol geweest op honden en heb bijna nooit zonder een hond geleefd. Ik ben in New York opgegroeid met een hele reeks rashonden en bastaarden. Mijn eerste hond was een Pembroke Welsh corgi, die mijn ouders bij een fokker hadden gekocht. Jaren later nam mijn moeder impulsief een heel mooi dwergschnauzertje uit het warenhuis Gimbel mee naar huis. Maar mijn eerste grote liefde was een zwartwitte jachthond, een kruising uit het dierenasiel 'Blijf een tijdje'. Door haar werd ik verliefd op asielhonden.

De meeste mensen die ik ken hebben de moed gehad hun beste vriend in een asiel te zoeken en vervolgens komen ze altijd terug voor meer. Het redden van een hond of kat is een van de fijnste dingen in het leven. Ik ging naar het asiel van Columbia-Greene, nadat ik een foto van een langharige-terriërkruising in de plaatselijke krant had gezien. Zijn naam was Snowflake en hij had een tehuis nodig. De aanleiding was mijn dochters achtste verjaardag; zij smeekte al drie jaar lang om een hond en ik had het zolang mogelijk afgewimpeld.

Op het moment dat ik een voet in dit asiel zette, voelde ik me onverwacht en op een raadselachtige, haast magnetische manier aangetrokken tot deze vervallen kleine instelling. Ik was al eens eerder in een asiel geweest, maar deze keer ervoer ik het anders, intenser. Het leek alsof ik een heel andere wereld, een vreemd land had betreden. Opeens drong het tot me door dat asiels eigenlijk noodinstellingen waren voor allerlei soorten dieren die door de mazen in het leven van hun eigenaars waren geglipt. Dit asiel, geïsoleerd als een eiland in een zee van landerijen, was een gedemilitariseerde zone tussen de frontlinies in een oorlog, waarin dieren lijden onder de gevolgen van menselijk falen. Deze plek was onweerlegbaar een afspiegeling van de ziekten van de maatschappij.

Er was in dit kleine asiel nog iets anders aan de hand. De mate van medelijden van het personeel met de dieren was extreem hoog. Het was alsof de medewerkers alle mishandelingen die de dieren bij hun vroegere baasjes hadden doorstaan, wilden goedmaken. De dieren kwamen werkelijk op de eerste plaats – vóór de mensen. Aanvankelijk vond ik de hartstocht waarmee de asielmedewerkers hun missie opnamen overdreven, bij tijd en wijle zelfs belachelijk. In veel discussies verdedigden zij de dieren en zat ik het voor de mensen op te nemen. Maar na verloop van tijd merkte ik dat ik hun houding begon over te nemen en steeds welwillender stond tegenover hun drang de honden en katten in bescherming te nemen. Na drie jaar vrijwilligerswerk was mijn kijk op dieren en hun betekenis in ons leven volkomen veranderd. Hier volgt hoe het allemaal begonnen is.

Toen ik voor het eerst door de kennel liep, werd er een uitgehongerd dwergezeltje binnengebracht. Een man had haar op het land gevonden, vlak bij de weg. Het dier was te zwak om op te staan. Ik zou willen dat ik een foto had gemaakt van deze man, die het beestje in zijn armen wiegde alsof het een menselijk wezen was. Ik volgde hem naar de schuur, waar hij het ezeltje voorzichtig neerlegde op een zacht bed van cederhoutkrullen. Twee oude geiten en een stel konijnen die daar al woonden, keken eveneens toe.

Ik stond versteld over mijn grote bezorgdheid jegens een ezel die ik nooit eerder had gezien. Het leek alsof ik me op een of andere manier medeplichtig voelde aan haar ellende. Emily, zoals ze in het asiel werd genoemd, stemde me nadenkend over de omstandigheden die ertoe leidden dat mensen hun dieren laten afglijden in deze weliswaar humane, maar vaak fatale afgrond.

Direct werden er een paar belangrijke vragen met betrekking tot de ezel gesteld: was het mogelijk te achterhalen wie verantwoordelijk was voor het lijden van het dier? Was er een fatsoenlijk tehuis voor haar te vinden? Was het misschien milder om de oude ezel meteen uit haar lijden te verlossen? Tijdens het halfuur waarin verscheidene medewerkers hun best deden de ezel te verzorgen en een eerste oordeel te vellen over haar toestand, was ik getuige van een meeslepend proces waarbij, even routineus als het zetten van een pot koffie, over leven en dood werd beslist.

De meeste asiels passen automatisch euthanasie toe op elk dier dat binnenkomt met een ernstige kwaal waarvoor een medische behandeling nodig is. Dieren zijn geen mensen en de logica achter het selectieproces waarbij het ene dier wordt afgemaakt en het andere niet, is ingewikkeld en voor een buitenstaander moeilijk te bevatten. Het is een logica die diepgeworteld zit in onze opvattingen over adoptie, euthanasie, sterilisatie en fokken. Deze kwesties betreffen zowel mens als dier. Maar wij identificeren onszelf zo sterk met dieren, dat we soms moeilijk onderscheid kunnen maken tussen onze gevoelens jegens hen en onszelf.

Ik ben blij te kunnen zeggen dat de ezel weldra weer op de been was. Ze werd verzorgd tot ze helemaal hersteld was en werd daarna op een boerderij geplaatst, waar nog een aantal bejaarde paarden stonden. Om redenen die ik nog steeds niet helemaal begrijp, was ik zeer opgetogen over het simpele feit dat ze het overleefd had. Naar aanleiding van Emily kwam ik meer te weten over andere, aan hun lot overgelaten dieren en daardoor besefte ik al spoedig dat ze één van de gelukkigen was geweest; haar leven had even gemakkelijk afgelopen kunnen zijn als die dag een aantal factoren in het asiel een beetje anders was geweest.

Om dit boek te kunnen schrijven, moest ik nadenken over mijn eigen gevoelens aangaande euthanasie. Ik moest me door lagen van mijn eigen ontkenningsgedrag heen werken, om de keiharde realiteit van elk asiel onder ogen te kunnen zien: het doden van dieren. Is het een louter morele kwestie van goed en kwaad? Zijn er praktische overwegingen die boven de ethische uitgaan? Is het mogelijk euthanasie voor dieren te accepteren, maar niet voor mensen? Ik merkte dat ik over veel kwesties zat na te denken – geboorteregeling, abortus, hulp bij zelfdoding – die even doorslaggevend zijn voor de manier waarop mensen leven en sterven.

Ik begon andere asiels en instellingen voor dierenopvang en -sterilisatie te bezoeken. In sommige asiels wordt geen euthanasie op dieren toegepast; andere doen het in zeer geringe aantallen; één asiel geeft in de zomermaanden twee op de drie katten een spuitje. In het hele land worden er dieren bij de vleet binnengebracht en de meerderheid van hen wordt niet geadopteerd.

Zoals uit *Wie komt mij halen?* zal blijken, heb ik mijn hersens behoorlijk afgepijnigd over deze kwellende vraagstukken. De logica achter euthanasie op zieke of agressieve dieren is heel begrijpelijk. De moeilijke vraag is echter wat je aanmoet met kerngezonde viervoeters die geen mens wil hebben. Daarvan zitten er miljoenen in asiels door het hele land te wachten – de meerderheid is nog geen twee jaar – en het zijn waarschijnlijk schatten van huisdieren. Als het erop aankomt vind ik dat geen enkel dier het verdient in een kooi te zitten lijden; dan is de dood een humaan alternatief. Maar ze en masse de dood injagen, wat nu gebeurt, is niet meer dan een impopulaire en tijdelijke oplossing voor een bevolkingscrisis, waarvan de meeste mensen niet eens weten dat hij bestaat. Sommige asiels zijn inmiddels gestopt met euthanasie en besteden dit karwei uit aan andere instellingen. Maar zolang we niet kunnen voorkomen dat er dieren geboren worden, zal de een of andere controlerende instantie verantwoordelijk blijven voor hun systematische uitroeiing.

Het is tamelijk absurd dat een journaliste uit New York City die over kunst schrijft, in een plattelandsasiel een soort goddelijke openbaring over leven en dood krijgt. Toch kon ik het beeld van de dieren en hun verzorgers in deze verborgen negorij van Columbia County niet uit mijn hoofd zetten. Ik besefte dat iedere hond, kat of ezel die op deze plaats terechtkomt – óf als eindhalte, óf als eerste stap op weg naar een nieuw leven – een eigen verhaal heeft dat ik moest volgen. En ook dat dit verhalen waren over de maatschappelijke omstandigheden in de Verenigde Staten, waar het leven voor mensen al broos is, laat staan voor hun dieren.

In 1994, toen mijn dochter tien was (Snowflake was dankzij *Kuifje* Bobby geworden), smeekte ze me om haar bij het asiel in te schrijven voor de opleiding tot jeugdvrijwilliger. Toen ik met Kate kwam, wist directrice Laura-Ann Cammisa ons op een of andere manier allebei te strikken. Ik begon met het invoeren van informatie in de computer en eindigde als lid van de directie, waar ik de last van de verantwoordelijkheid voor ieder afzonderlijk dier dat binnenkwam voelde. Ik leerde tijdens de directievergaderingen de zakelijke kant van dierenopvang kennen, maar de levenslessen leerde ik in de kennels en kattenruimten, en doordat ik de onderzoeksambtenaren die gevallen van dierenmishandeling onderzochten op hun dagelijkse ronde vergezelde.

Ik maakte een aantal dramatische taferelen met uiteenlopende soorten van dieren en mensen mee. Als vrijwilligster begon ik inzicht te krijgen in de stroom van gebeurtenissen binnen een asiel.

Als ik het oog van de storm zocht, was vaak het enige wat ik kon doen, er alleen maar zijn. Dan had ik in veel gevallen slechts mijn notitieboekje als houvast en vond ik mijn redding in het maken van aantekeningen en het stellen van vragen. Het personeel van het asiel en de mensen die hun dieren kwamen brengen hadden zoveel verhalen te vertellen, dat ik vanzelf in de rol van luisteraar terechtkwam, die hun geschiedenissen uit hun eigen mond optekende.

Mijn eerste verslagen staan vol drama's en trauma's, terwijl ik mens en dier gadesloeg bij hun pijnlijke afscheid, of juist tijdens een ontmoeting waarbij ze op elkaar vielen. Het asiel was in emotioneel opzicht een rit met de achtbaan, compleet met opwindende hoogtepunten en verraderlijke bochten. Ik heb geprobeerd deze ervaring zo nauwkeurig mogelijk weer te geven. Maar ik heb ook getracht afstand te nemen van de hele vertoning, om alles op een rijtje te kunnen zetten.

Dit boek had in ieder dorpje of grote stad in het land geschreven kunnen zijn. Overal zijn dieren, en ook mensen die voor hen zorgen. In zekere zin kwam ik vanzelf in deze gemeenschap terecht, omdat ze min of meer in mijn achtertuin ligt. Maar nadat ik op andere locaties wat oriënterend onderzoek voor dit boek had gedaan, realiseerde ik me dat het asiel van Columia-Greene anders is, juist omdat de dieren daar voorgaan. Elk zwerfdier krijgt meteen een naam, speelgoed, een deken en het gepaste eten, afhankelijk van zijn leeftijd en conditie. Elke hond wordt dagelijks aan de riem uitgelaten en mag buiten spelen in een omheinde ruimte. De katten worden gebaad en verzorgd, tot het knippen van hun nagels aan toe.

Dakloze dieren kunnen het niet beter treffen dan hier, hoewel Columbia-Greene geen geld heeft en het weinige personeel constant moet worstelen om de deuren open en de dieren in leven te houden. De bescheiden omvang en het nauwelijks te behappen aantal nieuwkomers (ongeveer vijfduizend per jaar), maakten het mogelijk dat ik op ieder moment elke hond en kat kende. Dat was het grootste plezier bij het schrijven van dit boek. Het grootste verdriet was dat ik ook de dieren kende die het niet haalden.

In de afgelopen paar jaar heb ik duizenden trouwe honden en talloze bijzondere katten leren kennen, om maar te zwijgen van hun toegewijde – vaak volkomen geobsedeerde – verzorgers. Het deed me groot verdriet dat ik er niet tientallen mee naar huis kon nemen. In plaats daarvan heb ik hun verhaal opgeschreven. Je zult kennismaken met Grace, Nevada, Bandit, Zack, Catskill, China, Grover, Pip en de rest van de bende in het asiel van Columbia-Greene. Je leert ook de mensen kennen die van hen houden en hen achterlaten, en degenen die hun hele leven inzetten om voor hen te zorgen. Dieren trekken allerlei soorten mensen aan.

Grace, een van de asielmascottes

EEN

Asielshock

HET KRAPPE KANTOOR van het asiel van Columbia-Greene is overdekt met kattenharen. Dossiers, mappen, boodschappen op kleine stukjes papier, kopieën van formulieren, hondenkoekjes en kattenspeeltjes liggen chaotisch over de hele ruimte verspreid. Handgeschilderde houten silhouetjes van speelse katten aan de muren wekken de onbekommerde indruk dat het leven één grote speeltuin is. Een radio met een zend- en ontvangstinstallatie, die eruitziet alsof hij de Tweede Wereldoorlog heeft overleefd, staat op een bureau naast een antiek antwoordapparaat. Het is rustig op dit moment. Het enige geluid dat je hoort komt van een staande ventilator in de hoek, die de drukkende zomerhitte en verscheidene flinke dotten kattenhaar laat circuleren. Grace, een slanke lapjeskat die hier fulltime woont, ligt als een bal opgerold op de kopieermachine. Pebbles, een grijs-witte langharige met een borstelige gestreepte staart en een masker, is zojuist de deur uitgeglipt om een ochtendwandelingetje te maken. Deze twee katten zijn hier de baas.

Rust en vrede zijn een zeldzaamheid in Columbia-Greene. Om

acht uur 's morgens, als de deuren nog niet open zijn, heerst er kalmte, voordat de gebruikelijke stroom van onvoorziene gebeurtenissen losbreekt. Elke dag begint met het schrobben van de hondenkennels, een routine van hard werken, en dat zeven dagen per week. Laura-Ann Cammisa, de directrice, gaat rechtop zitten. Ze ergert zich aan de rommel die de vorige avond is blijven liggen. Er hangt een geur van bleekmiddel en hondenvoer.

Toen ik Laura-Ann drie jaar geleden in augustus leerde kennen, kwam ik voor een langharige-terriërkruising, die al bijna twee weken in het asiel zat. De hond, een verwaarloosd, in de steek gelaten beestje, zo lief als het maar zijn kon, moest een cadeautje voor mijn dochter worden. Ik kreeg onmiddellijk te horen dat een 'levende verrassing' geen goed idee is. Ik sprak af dat ik terug zou komen met mijn dochter en mijn man om de hond te zien. Mijn volgende horde was een drie pagina's tellend aanvraagformulier met een aantal gedetailleerde vragen naar mijn instelling jegens dieren en waarop ik drie persoonlijke referenties moest invullen. Het asiel wilde ook gemachtigd zijn mijn dierenarts te bellen om te horen of ik consequent en goed voor mijn vroegere huisdieren had gezorgd. Deze mensen waren voorzichtig – heel erg voorzichtig. Ik moest hen ervan overtuigen dat ik in staat was voor deze hond te zorgen.

In het begin vond ik Cammisa wel een beetje extreem. Ik liet me door dit adoptieproces weliswaar niet uit het veld slaan, maar stond wel verbaasd over de grondigheid waarmee het asiel te werk ging om te controleren of ik een stabiel leven leidde. De directrice belde zelfs de voorzitter van de huurdersvereniging van mijn flat in New York City, toen de verhuurder zelf niet bereikbaar bleek (dat is hij nooit) om te vragen of wij goede buren waren. Cammisa ging van het standpunt uit dat mijn dochter een beetje jong was om een hond te krijgen. Bovendien zou Bobby steeds heen en weer moeten pendelen tussen de stad en het platteland, omdat ik niet fulltime in Columbia County woonde. Ik beloofde haar dat ik de hond niet achter het stuur zou laten zitten. Cammisa kon er niet om lachen.

Weekendbewoners, of '212-ers', zoals we ook wel genoemd worden, hebben net als de muggen de overhand in het dal van de rivier de Hudson, slechts een paar uur rijden ten noorden van New York, en wat sommige plaatselijke inwoners betreft, zijn we ongeveer even welkom. Laura-Ann is niet dol op forensen, ondanks het feit dat ze er zelf één is. Toen ik pas begon met mijn vrijwilligerswerk bij het asiel, suggereerde ik dat haar negatieve mening over New Yorkers door mij bijgesteld zou kunnen worden. Ze vuurde een sceptische blik op me af. 'Over een paar maanden begrijp je wel waarom ik het je zo moeilijk heb gemaakt met Bobby,' zei ze zelfgenoegzaam. 'Zo tegen het eind van augustus beginnen de seizoentoeristen hun dieren achter te laten, voordat ze in de winter teruggaan.' Dit kon ik moeilijk geloven. Maar ik moest nog veel leren.

Laura-Ann Cammisa is niet helemaal zoals haar verschijning doet vermoeden. Ze is zeker niet het type mens dat je in een dierenasiel verwacht. Vanochtend draagt ze een chique bloemetjesjurk tot op de kuit van Laura Ashley, met een wit doorgeknoopt truitje erboven, dat helemaal bestikt is met kleine witte kraaltjes. Aan haar oren bungelen plastic basset hounds. Haar haren vallen in perfecte spiraaltjes tot haar middel. Het ziet eruit alsof ze de hele nacht met krullers heeft geslapen. (Wat ook zo is.) Afgezien van de hondenoorbellen, lijkt het alsof Cammisa erop gekleed is om te gaan lunchen bij de golfclub, niet om de hele dag dakloze beesten in alle soorten en maten vast te houden, achterna te zitten of te omhelzen. Geen mens zou achter deze nuffige, tengere vrouw een niet-aflatende dierenbeschermster zoeken.

Laura-Ann zet het antwoordapparaat in het kantoor uit. Het eerste telefoontje van die dag gaat af als een schot. Ze grijpt kordaat de hoorn, voordat hij nog een keer overgaat. Het is een vrouw die haar hond drie dagen geleden is kwijtgeraakt en eindelijk beseft dat Nevada niet uit zichzelf terugkomt. De hond blijkt al twee dagen te gast te zijn in het asiel. Hij heeft de kleur van een rijpe kanteloep en is bijna zo groot als een St.-Bernhard; zijn donkerblauwe tong hangt uit zijn bek. De vrouw vertelt de directrice dat hij een raszuivere golden retriever is, die ze voor vijfhonderd dollar bij een fokker heeft gekocht.

Wanneer Laura-Ann onthult dat Nevada hier is en onder haar verantwoordelijkheid valt, is de vrouw daar schijnbaar niet blij mee. Het gesprek raakt verhit als ze beginnen te bekvechten over de procedures van het asiel om de hond vrij te laten. De directrice luistert geduldig naar de protesten van de vrouw en vraagt haar even te wachten. Dan legt ze me de situatie uit, wat hoort bij mijn opleiding tot vrijwilligster.

'Deze vrouw eist haar hond op – en wel onmiddellijk,' begint Cammisa. 'Maar er is een probleem. Ze wil de verplichte asielkosten niet betalen en ze is ook niet van plan om haar hond te laten inenten tegen hondsdolheid en vervolgens een vergunning te halen, wat in deze staat een wettelijk vereiste is.' De directrice kijkt me veelbetekenend aan. 'Dit krijgen we altijd te horen, in plaats van "bedankt dat jullie voor mijn hond hebben gezorgd".'

Laura-Ann hervat het gesprek en legt op formele toon uit dat het asiel wettelijke voorschriften moet hanteren bij de teruggave van zoekgeraakte honden aan de rechtmatige eigenaars. De staat eist een schriftelijke vergunning en een minimale vergoeding voor het asiel. (Inenting tegen hondsdolheid is een absolute voorwaarde voor een vergunning.) Maar de vrouw trekt zich van dergelijke details niets aan. 'Ik wil gewoon mijn hond terug!' schreeuwt ze door de telefoon.

Laura-Ann houdt de hoorn ver van haar oor als de vrouw doorgaat met haar felle kritiek. 'Als u uw hond terugwilt,' zegt de directrice streng, 'moet u tien dollar betalen voor de inenting, een vergunning halen op het stadhuis en tien dollar betalen voor het verblijf in het asiel. U betaalt nog eens tien dollar extra, als ik uw hond naar de dierenarts moet rijden voor de inenting. U heeft twee dagen de tijd om eraan te voldoen, daarna gaat Nevada naar de afdeling Adoptie.' Dan voegt ze er op een wat verzoenlijker toon aan toe: 'Waarom komt u niet eerst eens langs om te zien of het uw hond is?' Daar stemt de vrouw schoorvoetend mee in, maar ze weet niet wanneer ze naar het asiel kan komen. Dan hangt ze op.

Laura-Ann is ziedend. 'Dat mens zoekt een excuus om van haar hond af te komen. Dus beschuldigt ze ons ervan dat we hem vasthouden en kosten in rekening brengen, alsof we het haar met opzet moeilijk willen maken om hem terug te nemen. Ik garandeer je dat als ik haar een elegante uitweg bied, ze het goedvindt dat hij hier blijft om geadopteerd te worden. Ze wil hem niet.'

Cammisa blijkt volkomen gelijk te hebben.

Al snel leer ik de wetten van de staat kennen waarop het beleid van de meeste asiels wordt afgestemd. In de staat New York moeten zwerfdieren vijf dagen vastgehouden worden. Nadat deze opvangtermijn is verlopen, kunnen ze óf naar de adoptieafdeling gaan, óf het asiel kan naar eigen goeddunken beslissen of er euthanasie wordt toegepast. In een evaluatieproces wordt bepaald welke weg men inslaat. De enige uitzondering op de vijf-dagenregeling is de stad New York waar, als gevolg van een buitengewoon groot aantal dieren, de zwervertjes slechts twee dagen worden opgevangen. Maar zo'n opvangtermijn, of het nu twee of vijf dagen zijn, is afschuwelijk kort. Eigenaars die hun zoekgeraakte huisdieren proberen terug te vinden, moeten snel zijn. Degenen die een week wachten in de hoop dat hun hond of kat uit zichzelf terugkomt, merken dikwijls dat men ze heeft 'laten inslapen', een populair eufemisme voor afmaken. Kleine landelijke dagbladen staan vol schrijnende verhalen van boze eigenaars die hun huisdieren hebben verloren aan een overbelast asiel, simpelweg omdat ze er niet op tijd bij waren.

Het meest absurde van deze situatie is, dat bijna niemand op zoek gaat naar zijn verdwaalde dier. Wanneer ik voor het eerst door de hondenkennels en kattenruimten loop, kan ik niet bevatten waarom de eigenaars van al deze zoekgeraakte dieren er niet in geslaagd zijn ze terug te vinden. Het is geen geheim dat zwerfdieren meestal in het asiel terechtkomen. Als ik de dossiers van het asiel doorneem en sommige dieren een tijdlang volg, blijkt dat vele afwisselend hebben gezworven en dan weer een eigenaar hadden. Zo zijn ze vele malen in hun leven van hand tot hand gegaan. Deze dieren verdwijnen of worden weggegeven. Meestal wordt deze vicieuze cirkel bij het asiel doorbroken. Een dier dat weer een tehuis vindt waar het de rest van zijn leven kan blijven, mag van geluk spreken.

Het is een essentieel onderdeel van Laura-Anns werk iemands houding jegens dieren te beoordelen. Zij leeft met de vrees dat ze een hond ergens plaatst waar hij vierentwintig uur per dag buiten aan de ketting moet liggen. Zo leven veel honden in Columbia en Greene County. De mensen hier behandelen honden als vee. Veel van die honden zijn zó trouw, dat ze onder de zwaarste omstandigheden leren overleven, maar niet iedere hond is zo. Sommige grijpen elke kans aan om zich uit hun halsband te bevrijden en belanden in een deplorabele staat bij het asiel, met het grote verlangen hun trouw aan iemand anders te betonen. Dat worden enorm tevreden dieren als ze eenmaal vriendelijk behandeld zijn en regelmatig te eten hebben gekregen. Ik begin in de gaten te krijgen dat zwerfhonden en -katten soms niet zomaar verdwaald, maar weggelopen zijn. Ik zie ze niet langer als zoekgeraakte huisdieren, maar als asielzoekers, op zoek naar een nieuwe identiteit en een thuis. Het asiel biedt ze hulp als beschermde getuige.

Laura-Ann en ik gaan het achterste gebouw binnen, waar zwerfdieren in het begin worden ondergebracht, om naar Nevada te kijken. De hond lijkt oud, misschien acht of negen jaar, heeft moeite met lopen en is overdekt met een soort uitslag met korstjes. (Het blijkt een ernstig geval van dermatitis, huidontsteking, te zijn.) Hij is ook veel groter dan de doorsnee retriever. Deze vriendelijke jongen kwam bij het asiel aan met een ketting van anderhalve meter om zijn nek. Deze ketting, die veel te strak zat, moest uit zijn haren losgesneden en vervolgens met een draadschaar doormidden geknipt worden. 'Wij gaan een veel beter tehuis voor hem zoeken dan waar hij vandaan komt,' verzekert Laura-Ann me. Dat zal toch niet zo moeilijk zijn, neem ik aan.

Laura-Ann is dol op honden, maar ze houdt van katten. Zij deelt haar huis met vijf van deze zachtharige schepsels (en twee paarden).

Als je de directrice niet in haar kantoor vindt, zit ze waarschijnlijk eerder in de kattenruimte, dan dat ze aan het stoeien is met een hond in de kennel. Niettemin heeft Cammisa kortgeleden een oude terriër, Nicholas genaamd, in het kantoor uitgenodigd, bij Grace en Pebbles. Toen deze hond, een zwerver, voor het eerst binnenkwam, werd hij op ongeveer zes jaar oud geschat. Een week later werd hij in de kennel herkend door een vriend van de familie die zijn oorspronkelijke eigenaars waren. Nicholas heette eigenlijk Sparky. Toen Laura-Ann het dossier van de dierenarts las, ontdekte ze dat hij in feite veertien was. Hij had zijn hele leven bij één gezin gewoond. De lieve oude hond werd de koning van het asiel – een mascotte. St.-Nick ligt op de grond voor het directiekantoor en slaapt het grootste deel van de dag. Hij is gek op donuts.

Grace, de lapjeskat, springt op Cammisa's schoot, terwijl deze het afspeelknopje van het antwoordapparaat indrukt om naar de ingesproken boodschappen van die ochtend te luisteren. Terwijl de boodschappen weerklinken, pakt Laura-Ann de kat en knuffelt haar zo stevig, dat Grace uit haar armen springt en wegrent, met een kop vol helderrode lippenstiftkusjes.

Cammisa wil dat ik de telefoontjes leer beantwoorden en het publiek te woord sta. Ik heb geen idee hoe moeilijk zulke betrekkelijk eenvoudige taken in een asiel kunnen zijn. 'Noteer ze,' zegt ze, terwijl het antwoordapparaat zijn boodschappen afdraait. Ik kan de woorden haast niet verstaan, maar zij is gewend aan binnensmonds gemompel. Het eerste telefoontje is van een hysterische vrouw in Ghent, een plaatsje in de buurt, bij wie een vlucht Canadese ganzen in de achtertuin is neergestreken; de ganzen jagen haar kinderen en de Franse poedel de stuipen op het lijf. Ze is zo overstuur, dat ze vergeet haar telefoonnummer in te spreken. 'Er is niet veel te doen aan zo'n vlucht ganzen, behalve een bordercollie nemen,' zegt Laura-Ann. 'Waarschijnlijk is er een vijver achter haar huis. Ze gaan er zwemmen en uitrusten, daarna vervolgen ze hun reis naar het noorden.'

Het tweede telefoontje komt van de praktijk van dokter Johnson. Twee katten die pas zijn gesteriliseerd, kunnen opgehaald worden. De derde beller meldt dat er een dode hond langs de kant van de weg ligt; de vierde is een huisbaas in Catskill, vlak over de rivier, die klaagt over een huurder die pitbulls fokt in een van zijn appartementen; de vijfde is een vrouw in Hudson die zegt dat er een valse, zij het gemuilkorfde Duitse herder door haar achtertuin zwerft. Ze klinkt bang en herhaalt haar telefoonnummer nog tweemaal.

Er zijn nog meer boodschappen, maar Laura-Ann spitst opeens haar oren, als ze een zwak gejank hoort dat van buiten lijkt te komen. De honden maken zoveel lawaai in hun hokken, dat het moeilijk is iets boven het geblaf uit te horen. Laura-Ann zet het apparaat af, zodat we beter kunnen luisteren. Het gehuil is echt.

We gaan naar buiten, waar zij onmiddellijk een kartonnen doos ziet staan die in het bloembed, rechts van de deur naar het asiel, is neergezet. Ik verwacht het ergste, doe zelfs een stapje achteruit als Laura-Ann erheen rent en hem openmaakt. Dergelijke ingepakte verrassingen zijn hier ongeveer even welkom als een minkjas bij een demonstratie van de PETA. (PETA staat voor People for the Ethical Treatment of Animals – Bond voor de Ethische Behandeling van Dieren, de grootste organisatie die opkomt voor de rechten van dieren in dit land.)

In de doos zitten negen piepkleine kittens, van hooguit een week oud, allemaal tegen elkaar aangekropen op een gerafelde rode handdoek. De vlooien springen bij bosjes over ze heen. De kittens jammeren om eten, maar er is geen moederkat te zien. 'Overleven ze dit?' vraag ik aan Laura-Ann. 'Ik betwijfel het,' antwoordt ze ongeëmotioneerd.

De directrice pakt de doos op en neemt hem zonder een woord te zeggen mee naar binnen. Ze heeft hier al ongeveer vijftig katten en kittens, wat in juni niet ongebruikelijk is. De Amerikaanse dierenbescherming heeft juni uitgeroepen tot 'adopteer-een-kat-maand', omdat er in het voorjaar zoveel jonge katjes geboren worden. (Volgens de HSUS bereikt een poes rond de tien maanden de vruchtbare leeftijd en kan ze wel drie keer per jaar werpen. In een periode van zeven jaar kunnen een poes en haar nakomelingen 420.000 katten voortbrengen.) In het asiel zijn nog vier grote nesten, wat al meer is dan Laura-Ann in het adoptiegebouw kan onderbrengen. 'Als ik de kattenruimten met kittens vul, wordt geen van onze volwassen katten voor adoptie uitgekozen,' verklaart ze. Maar dringender is het probleem hoe dit stel zonder zogende moeder moet overleven.

Het personeel komt binnen. Ze gaan achter hun bureaus zitten en beginnen te telefoneren. Er zitten drie mensen in het hoofdkantoor. Zij bedienen de telefoon, vangen dieren op die worden binnengebracht en regelen de adoptie. Een team van vier parttime kennelmedewerkers zorgt voor de komende en gaande populatie, die varieert van vijftig tot honderd dieren. Als het asiel in Hudson op volle capaciteit draait, kan het circa honderdvijftig dieren herbergen. Naast dit hoofdgebouw is er nog een kleine dependance aan de andere kant van de rivier in Athens (Greene County), waar het publiek gewoonlijk een keus kan maken uit circa veertig honden en katten. Beide asiels houden altijd ruimte open voor nieuwe dieren, die vierentwintig uur per dag kunnen worden binnengebracht. Er wordt nooit een dier geweigerd. Dit is de hoeksteen van de filosofie van Columbia-Greene over het welzijn van dieren. Cammisa verklaart dat 'mensen de dieren die ze niet meer willen hebben gaan verwaarlozen, aan ongeschikte mensen weggeven of ze onder onmenselijke omstandigheden vastzetten'. Ze somt deze scenario's op alsof ze die al talloze keren heeft herhaald. 'Asiels zijn de laatste toevlucht,' voegt ze eraantoe.

Soms klinkt het alsof Cammisa een dierenrechtenactiviste is, maar met hun eisen heeft ze niet bijzonder veel op. Zij ondersteunt actieve campagnes voor een betere wetgeving, maar doet niet mee met plaatselijke protestacties tegen het afschieten van duiven of het gebruik van dieren voor wetenschappelijk onderzoek. Een van de grootste leveranciers van ratten en muizen voor laboratoria in het land is een fokkerij in de buurt van het asiel. Daar maakt de directrice zich niet erg druk om. Ze heeft haar handen vol aan de verzorging van katten en honden in de regio.

Andrea Walker, het hoofd van de dierenverzorging, is nog geen vijfentwintig, heeft lang, blond haar en gaat vaak gekleed in een short en hoge schoenen. Er is geen voorgeschreven personeelsuniform – nog niet. Andrea brengt de gevonden doos met kittens naar de onderzoeksruimte. Het is haar taak om alle binnengebrachte dieren te onderzoeken en hun adopteerbaarheid, dat wil zeggen, hun gezondheid en aard te beoordelen. Nadat een kat onderzocht is, krijgt hij of zij een injectie tegen de niesziekte. Honden worden ook ingeënt tegen parvo, een hoogst besmettelijke, bijzonder akelige en dikwijls dodelijke ziekte. De honden en katten worden behandeld tegen vlooien, oormijt en wormen, waar praktisch elk binnenkomend dier door wordt geplaagd. Vooral wormen zijn in een asielmilieu moeilijk te bestrijden. Er zijn vier algemeen voorkomende variëteiten – zweep-, rond-, mijn- en lintworm – die verschillende behandelingen vereisen. Al geeft het asiel drie doses Panacur, het breedst werkende anti-wormmiddel dat er is, de dieren pikken tijdens hun verblijf in het asiel vaak een nieuwe parasiet op, die ze meenemen naar het huis van hun adopteerders. Op dit moment experimenteert Walker met een nieuw Bordetella-vaccin, dat honden moet beschermen tegen de kennelhoest. Nadat ze hun dosis via de neus toegediend hebben gekregen, reageren sommige dieren met een droge hoest. Het duurt een paar dagen voordat het immuniteitsstelsel het oppakt. Laura-Ann vreest dat de hoest potentiële adopties zal afschrikken, zodat de dieren niet wegkomen.

Walker is iemand met een aangeboren talent om met dieren om te gaan. Dat vermogen bezit niet iedereen in deze tak van werk; sommigen verwerven die eigenschap uiteindelijk. Maar Walker heeft het van nature. Ze is in deze omgeving opgegroeid, in een hechte familie waar ook dieren werden gehouden. 'Mijn ouders waren tolerant,' zegt ze. 'Onze honden mochten op de bedden komen.' Binnen de eerste zes maanden van Andrea's werk bij het asiel namen haar ouders twee honden, voor wie euthanasie dreigde, mee naar huis. De eerste, Marmaduke, was een grote bruine, niet in de hand te houden hond met een spoortje mastiff in zijn bloed, die kennelgek werd. De eerste avond dat Marmaduke thuis was, trok de hond meneer Walker tijdens het uitlaten tegen de grond en rende weg. Meneer Walker moest met een verbrijzelde knieschijf per ambulance naar de eerste hulp. (Andrea vond de hond later op de avond terug.) Een week later ging mevrouw Walker Marmaduke uitlaten en maakte zichzelf aan het tuig van de hond vast om te voorkomen dat ze hem kwijt zou raken. Plotseling ging de hond achter een konijn aan en mevrouw Walker viel. Zij moest met een zware hersenschudding per ambulance naar de eerste hulp. De Walkers, niet in het minst ontmoedigd, hielden de hond omdat ze dol op hem zijn. Ze kwamen zelfs terug voor een tweede. Basil, hun volgende redding, was een raszuivere basset met een vals karakter. 'Hij is nog steeds een monster,' zegt Andrea, 'maar ze zijn dol op hem.'

Andrea Walker had zich nooit een loopbaan voorgesteld waarbij ze hondenhokken moest uitscheppen en leren hoe je een dier een injectie geeft. Ze wilde bij het toneel en had zelfs een paar uitgelezen rollen in regionale producties gespeeld. Maar ze had op geen dramatischer toneel kunnen stuiten dan een asiel. Ze was door stom toeval een middagje langsgekomen om een paar honden uit te laten – en ze is nooit meer weggegaan.

De kittens van hedenmorgen zijn te jong voor vaccinaties. Andrea legt uit dat ze het zonder moeder niet zullen overleven. Ze gaat kijken of er in het asiel een zogende moederkat is. Er zijn er twee, maar die hebben het te druk met hun eigen kleintjes. De andere jonge moeders zijn van hun jongen gescheiden, waardoor de melk opdroogt. Toch is Walker vastbesloten een manier te bedenken om het nest te redden. Ze vraagt of ik naar buiten wil gaan om het terrein af te zoeken, voor het geval de moeder uit angst is weggerend. 'Dat is hun enige hoop,' zegt ze.

Ik zoek ongeveer twintig minuten. Deze morgen is het spectaculair mooi aan de Humane Society Road; de koeien grazen op het weiland tegenover het asiel, langs de weg staan peen, wilde Suzanne-met-de-mooie-ogen en madeliefjes. Achter staat een rode schuur met een omheinde wei, waar de twee geiten Billy en Willy op hun ontbijt van graan staan te kauwen. Billy, de oudste van de twee, heeft gedraaide horens die uit zijn voorhoofd groeien. Ze zijn jaren geleden allebei meegenomen tijdens een onderzoek naar dierenmishandeling; in ruil voor het afzien van verdere vervolging, kreeg het asiel de dieren onder zijn hoede – de gebruikelijke procedure.

Er zijn verscheidene katten die regelmatig buiten komen en bij de keukendeur van het asiel eten. Prinses, een zwart-witte langharige poes van acht jaar oud, is buitengewoon mooi, maar niet erg vriendelijk. Fred, een rode kater, is volstrekt asociaal. De buitenkatten van het asiel waren door een vorige directeur hier gehouden en buitengelaten. Cammisa keurt het houden van 'keukenkatten', zoals zij ze noemt, niet goed. Ze vindt het een slecht voorbeeld voor het publiek. Het asiel beveelt aan katten te allen tijde binnenshuis te houden, omdat ze dan langer leven en niet weglopen. Maar Prinses en Fred liggen zich volkomen tevreden in het zonnetje te wassen. Pebbles, die ook naar buiten mag, is een andere uitzondering op deze strikte regel. Een paar eenzame kippen, zwervers die permanente bewoners zijn geworden, stappen rond over het dierenkerkhof en pikken in het gras tussen de zerkjes. Het kerkhof is open voor het publiek om hun dieren te begraven, maar het ligt er zo vol, dat er alleen ruimte is om as in kleine stukjes grond te begraven.

De vermiste moederkat is nergens te bekennen. Misschien houdt ze zich schuil in het bos? Het ligt echter meer voor de hand dat degene die de doos met kittens hier heeft neergezet de moeder heeft gehouden.

Als ik terugga om Walker het slechte nieuws te vertellen, is ze verpletterd. De kittens zijn uit hun smerige doos gehaald en Andrea wast de vlooien van hun lijfjes. Ze heeft geprobeerd ze in een kooi bij een zogende moederkat te plaatsen, maar deze weigerde de weesjes. Het hoofd van de verzorging werkt onder een enorme tijdsdruk; er wachten achttien nieuwe dieren om onderzocht te worden, acht andere die hun ochtendmedicijnen moeten hebben en drie katten die naar de dierenarts moeten voor een operatie. Ze zijn geadopteerd en moeten gesteriliseerd worden voordat ze naar huis mogen. Er is geen beginnen aan de kittens met de hand te voeden. 'Laura-Ann moedigt ons niet aan ze in leven te houden als er geen moederkat is en ze te klein zijn om zelf te eten,' zegt ze bedroefd. 'Kittens jonger dan zes weken geven we meestal een spuitje.' Het duurt even voor ik begrijp wat voor consequenties een dergelijke realiteit voor de kittens in Columbia County heeft.

Gedurende de zomer komen er maandelijks bijna driehonderd katten binnen, een aantal dat dramatisch kan stijgen of dalen, afhankelijk van of er een verzamelaar komt opdagen. In het asieljargon wordt met een 'verzamelaar' niet iemand bedoeld die kunst koopt. Het zijn mensen die grote aantallen dakloze dieren opnemen, ongeacht of ze in staat zijn voor ze te zorgen. De meeste verzamelaars worden uiteindelijk door verontwaardigde buren of huisbazen bij de dierenbescherming aangegeven, wanneer de lawaaioverlast of de stank onaanvaardbaar wordt. Voor een dierenpopulatie zorgen is duur; het slokt ook al je tijd op. Verzamelaars kunnen meestal geen sterilisaties betalen, dus worden hun huizen fokkolonies. Er zijn verscheidene verzamelaars in Columbia County bekend. Wanneer de klachten periodiek terugkeren en een kritiek punt bereiken, komt een inspecteur van de dierenbescherming met een huiszoekingsbevel om de dieren weg te halen. Na zo'n inval verhuizen verzamelaars meestal naar een nieuwe plaats waar ze nog niet bekendstaan en beginnen daar opnieuw te verzamelen. De inspecteurs zeggen dat ze keer op keer dezelfde verzamelaars moeten 'ontruimen'. Dit zijn extreme gevallen, maar toch schijnen ze bij het asiel een algemeen wantrouwen te hebben geschapen jegens alle eigenaars van huisdieren, wat ik niet helemaal begrijp. Maar nogmaals, ik moet veel leren.

'Moet je eens komen kijken wat voor enig nest er pas is binnengekomen,' zegt Walker, opfleurend bij de gedachte aan die schatjes. Ze zoekt een excuus om ze op te zoeken en gaat me voor naar een verwaarloosd gebouw dat 'Kattenpension' heet en er aan de buitenkant uitziet als een verlaten schuur. De verf bladdert af, de buitenrennen roesten en de ruiten lijken elk moment uit hun sponningen te kunnen vallen. Binnen staan een oude was- en droogmachine, een aantal hoge stapels gerafelde dekens en een grote badkuip, die wordt gebruikt om de dieren in te baden. In een ander open gedeelte staat een collectie antiek geworden, provisorisch in elkaar geflanste kooien voor ongeveer twintig tot veertig katten, afhankelijk van het aantal dat bij elkaar kan slapen. In de grote kooien zitten hele nesten, terwijl afzonderlijke volwassenen in een kleinere kooi zitten. Het is de bedoeling maatjes bij elkaar te laten zitten: de katten zijn er gelukkiger door en het asiel bespaart ruimte. Er is altijd wel een nieuwkomer onderweg op Humane Society Road.

In dit gebouw wonen de pas aangekomen katten de eerste tijd.

Die eerste dagen zijn essentieel. Het personeel gaat er met de katten om en maakt aantekeningen. Deze hebben een serieus karakter, want ze zijn van invloed op de beslissing of de dieren in leven blijven of niet. Laten ze zich vasthouden? Hebben ze kort- of langdurige gezondheidsproblemen? Passen ze zich voldoende aan om in het asiel te overleven? Zodra er een plaats vrijkomt in de adoptieruimte verhuizen ze één voor één, in een systeem dat erop gericht is ze het asiel uit te krijgen, óf door de voordeur, óf door de achterdeur.

De 'inslaapkamers' liggen op een onopvallende plek aan een zijkant van het asiel. In een daarvan wordt euthanasie verricht op een tafel. Daarna worden de lijken naar de kamer ernaast gebracht, een verzegelde koelruimte, waar ze blijven liggen tot ze kunnen worden gecremeerd. De verbrandingsoven is in een volgende kamer, ongeveer drie meter verder. Die plek bezoek ik maandenlang niet.

Walker brengt me rechtstreeks naar een kooi waar ik versteld sta van een grote, langharige, oranje-witte poes. Ze heeft amandelvormige, groene ogen en is ongewoon vriendelijk voor een zogende moeder. Haar vier veelkleurige wolballetjes sabbelen tevreden. 'Het zijn allemaal manxen,' zegt ze. 'Ze hebben geen van allen een staart. Ze zijn binnengebracht toen ze vijf weken oud waren, dus zorgen we een paar weekjes voor ze.' Het nest is zo divers, dat je je niet kunt voorstellen dat ze uit dezelfde moeder komen. Er is een tijger bij, een bruingele, een oranje-witte en een schildpadje (oranjezwart). 'Vrouwtjeskatten kunnen als ze krols zijn jongen krijgen van meerdere katers,' legt Andrea uit. 'Het is moeilijk te zeggen hoeveel vaders er bij deze mix betrokken zijn geweest. Laura-Ann heeft een zwak voor oranje katten,' zegt ze, een asielgeheim openbarend. 'Deze kleintjes zijn nu acht weken en kunnen van de tepel afgewend worden. Ze gaan naar de adoptieruimte. Ze zullen wel als warme broodjes de deur uitgaan,' voegt ze er als een trotse moeder aan toe.

We lopen terug naar het kantoor. Andrea rapporteert aan Laura-Ann dat de 'doos-kittens' er slecht aan toe zijn en naar de dierenarts moeten. 'Er zitten twee katten bij dokter Johnson te wachten om opgehaald te worden,' zegt de directrice. 'Ga ze ophalen en neem de kittens mee.' Andrea knikt en verdwijnt. Ik verneem later dat ze te ver heen waren om gered te kunnen worden en dat de dierenarts ze een spuitje heeft gegeven.

Net als Laura-Ann de telefoon pakt om te bellen, komen er twee aantrekkelijke mannen van een jaar of vijfendertig binnen. Ze schijnen van streek te zijn. Aan hun kleren – L. L. Bean en Eddie Bauer – kan ik zien dat het weekenders zijn, waarschijnlijk net uit New

York gekomen. Bill Stone, een roodharige man, vangt mijn blik op en zegt: 'Ik vind dit echt heel erg.' Laura-Ann kijkt op van haar bureau en herkent hem onmiddellijk. 'Bill, wat is er met Bandit aan de hand?' (Zij onthoudt praktisch alle namen van de dieren die ze geplaatst heeft.)

'Met hem is niets aan de hand,' zegt Stone, 'maar met ons.'

'Komen jullie hem terugbrengen?'

Stone knikt plechtig. Ze hebben de hond pas een week. Er bestaat niets ontmoedigenders dan een dier dat teruggebracht wordt, en deze hond komt al voor de derde keer terug. Bandit ziet er volwassen uit, maar hij is pas vijf maanden. Het is een kruising tussen een dalmatiër en een Akita. Hij is wit met zwarte stipjes op zijn dikke, korte vacht. Bandit is het soort hond waar iedereen op valt omdat hij zo vrolijk lijkt, maar die niemand mee naar huis wil nemen. Hij is reusachtig. Met vijf maanden weegt hij al veertig kilo. De hond was moeilijk te plaatsen, omdat Akita's de vervelende reputatie hebben agressief te zijn jegens andere dieren, hoewel ze vriendelijk zijn jegens mensen, terwijl dalmatiërs, die tegenwoordig dankzij Walt Disney helemaal in zijn, vaak bijters worden. ('Ik zou mijn baby liever alleen in een kamer met een pitbull laten dan met een dalmatiër,' zei een dierenarts ooit eens tegen me.) De fokcombinatie van Bandit is niet bepaald wenselijk, maar hij ziet eruit als een grote uitgave van de RCA-hond, wat in zijn voordeel spreekt. Bovendien heeft hij een charmante persoonlijkheid, daarom leeft hij nog.

'Phillip is allergisch voor de hond,' vertelt Bill aan Laura-Ann. 'Hij had geen enkel probleem tot we Bandit in bad deden. Een halfuur later kreeg hij een astma-aanval.' Bandit is ironisch genoeg blij dat hij er weer is, kwispelt met zijn lange staart en springt op de balie. Maar Cammisa kijkt niet bijster gelukkig. Hoe vaker een hond terugkomt in het asiel, hoe moeilijker het wordt hem opnieuw te plaatsen. Bill en Phillip zijn de vierde eigenaars van Bandit. Sommige honden die in het asiel terugkomen worden depressief; Bandit schijnt dat probleem niet te hebben. De laatste keer dat hij werd teruggebracht bleef hij zo hevig met zijn staart tegen het beton van zijn hok staan kwispelen, dat hij ervan ging bloeden. Ik kom er al snel achter dat dit een algemeen probleem is met grote, uitbundige honden.

Terwijl Bill en Phillip vertrekken, komt een jonge vrouw in een verpleegstersuniform door de voordeur binnenrennen. 'Ik kom mijn hond ophalen,' zegt ze, over haar toeren. Ze is te laat voor haar werk in het Columbia Memorial Hospital in Hudson, ongeveer vijf minuten bij het asiel vandaan. 'Het is een cockerspaniël.'

Ik herinner me een zwerfhond, een cockerspaniël met overgewicht in het achterste hok. 'Is het een groot, blond vrouwtje?' vraag ik. 'Ja, hoe lang hebben jullie Candy al?' Ik pak mijn papieren om het uit te zoeken.

'Hoe lang is ze al vermist?'

'Ik heb pas vanmorgen ontdekt dat ze weg was.'

De hond is al vier dagen in het asiel. Nog één dag en ze was wettelijk voor adoptie beschikbaar geweest of ze had een spuitje kunnen krijgen.

De vrouw heeft haar zaakjes in orde. Ze geeft me haar vergunning, doktersrapporten en voldoende contant geld om de verblijfkosten te betalen. Terwijl ze de benodigde papieren invult, ga ik Candy halen, een lief dikkertje met een zijdeachtige vacht. Als ze met haar staartstompje kwispelt, trilt haar hele lijf mee van blijdschap. De hond wordt misschien verwaarloosd, maar ze is beslist behoorlijk doorvoed.

Als ik haar binnenbreng, negeert Candy haar bazin volkomen. Het is moeilijk te zeggen of de hond haar zelfs maar kent. Maar ze kent wel de auto en staat te popelen om erin te springen en naar huis te gaan.

In Columbia-Greene komen regelmatig raszuivere cockerspaniëls – in alle kleuren – binnen, meestal omdat ze begonnen te happen naar het kleinste kind in het gezin. Werden cockers ooit beschouwd als een van de meest kindvriendelijke rassen, dan is dat nu voorbij; deze honden zijn enorm overfokt in de fokfabrieken, die de meerderheid van de rashonden leveren. De term 'fokfabriek' slaat op instellingen waar honden naar kwantiteit, niet naar kwaliteit, en vaak in vervuilde omstandigheden, worden gefokt. Dierenwinkels worden door deze fabrieken bevoorraad, voornamelijk omdat bonafide fokkers nooit zouden toestaan dat hun pups als een paar schoenen over de toonbank gaan. In de wereld van het dier, waar over de meeste kwesties nauwelijks enige consensus bestaat, zijn asiels, fokkers, redders en activisten het er unaniem over eens dat fokfabrieken verboden zouden moeten worden. Niet alleen de zuivere stambomen worden geruïneerd, de honden worden vaak geboren met aangeboren afwijkingen en een vals karakter. Miljoenen-rechtszaken over hondenbeten zijn niet ongewoon.

'Als je nog nooit in een fokfabriek bent geweest,' zegt Laura-Ann, 'kun je je de mentaliteit van de dierenbescherming en de asiels ten opzichte van dieren nauwelijks voorstellen. In de buurt van Troy is een fokfabriek die momenteel in de gaten wordt gehouden.

Ik ben niet zo goed op de hoogte, maar als we erheen gaan, mag je mee – als je dat aankunt tenminste.'

'Ik kan het wel aan,' stel ik haar gerust, in de hoop dat het zo is.

Ik begin me af te vragen of de bijterige cockers en chagrijnige terriërs die ik in Columbia-Greene aantref in dergelijke fabriekachtige omstandigheden zijn voortgebracht. Deze kleinere rassen worden, ongeacht hun persoonlijkheid, het eerst geadopteerd. Maar hun aantal wordt ver overtroffen door grotere kruisingen, zoals tussen labradors en herders, die het merendeel van de bevolking uitmaken. Deze week zijn er in Columbia-Greene drie volwassen zwarte labradors en een nest met tien weken oude labrador-kruisingen, waarvan er in de zomermaanden dertien in een dozijn gaan. De pups zijn effen zwart en zien er voor negentig procent raszuiver uit. Als ze zo jong zijn, is het onmogelijk te zeggen welke rassen er in zo'n kruising zitten. Het zijn drie mannetjes, Picasso, Cézanne, Mondriaan, en één vrouwtje, O'Keefe. Vrouwtjes zijn populairder, voornamelijk doordat mensen er abusievelijk van uitgaan dat ze gehoorzamer en liever zijn. O'Keefe wordt de eerste dag al geadopteerd.

Alle dieren in het asiel krijgen een naam, óf direct bij aankomst, óf op het moment dat ze hun eerste onderzoek krijgen. Het personeel verandert de naam van een dier als het bijvoorbeeld Devil of Killer heet. Als ze naar hun naam luisteren, probeert het asiel er een te bedenken die er qua klank op lijkt. Indien er een tweede Sjakie of Beertje bijkomt, gaat de nieuwe hond Knuffelbeertje of Teddybeertje heten, Sjakie wordt Jacques of Jacob. Reken maar, dat er altijd wel een Bandit of een Lady in huis is. Er kwam eens een hond binnen die Budweiser heette, dat werd Buddy; een kat die Gekkie heette werd Jacky; een hond die de naam Stupid droeg werd omgedoopt in Cupid. Ik heb nog nooit zoveel zwarte honden gezien die Blacky heetten, of witte katten die luisterden naar de naam Casper.

Naar de populatie in het asiel te oordelen, fokken labradors en herders bij de konijnen af. De mensen die met deze honden fokken, schijnen nog nooit te hebben gehoord van een zogeheten 'dierenoverbevolking'. Maar Laura-Ann wel. Zij laat honden, katten, zelfs konijnen het asiel niet ongesteriliseerd verlaten. Knaagdieren, zoals hamsters en gerbils, kunnen een probleem vormen, omdat dierenartsen ze niet willen opereren. Ze zijn er gewoon te klein voor.

Als de plaatselijke dierenarts een hangbuikzwijn voor het asiel steriliseert, zegt ze tegen Laura-Ann dat ze het niet weer doet, omdat het voor varkens te traumatisch is. 'Bovendien leven ze binnen,' zegt ze, 'ze worden niet buiten gehouden.' Laura-Ann verklaart dat het varken dat ze zojuist heeft gesteriliseerd wel degelijk zwervend langs de weg was aangetroffen.

Mary Grady komt binnenstormen met de woorden: 'Ik weet wel dat ik erg vroeg ben, maar ik kon gewoon niet wachten.' Ze heeft een afspraak om haar nieuwe hond op te komen halen, Elmo, een Italiaanse hazewind van acht maanden. De kleine, grijze hond is vijf dagen in het asiel. Hij was hierheen gebracht door Jim Cooper, die Elmo in een winkelcentrum in het nabijgelegen Albany had gekocht. De Coopers kregen hem niet zindelijk en hij wilde niet eten. De hond kwam binnen als een skelet van Giacometti.

'Elmo heeft papieren van de American Kennel Club meegekregen bij de aankoop in de dierenwinkel,' zegt Laura-Ann tegen Grady. 'Wil je een kopie?'

'Waar moet ik die voor hebben, ik spoel ze toch door de plee,' is haar cynische antwoord. Laura-Ann lacht. 'Mensen willen ze meestal hebben,' zegt ze, terwijl ze de papieren als een vlag boven haar hoofd heen en weer zwaait. 'Het is bijna even moeilijk om een worp te laten registreren als een auto,' verklaart de directrice, terwijl ze de papieren in de prullenmaand gooit. Cammisa vindt dat de American Kennel Club het gelegenheidsfokken heeft bevorderd. Worpen, ongeacht de grootte, kunnen voor achttien dollar worden geregistreerd. (Ook de beide ouders moeten worden geregistreerd.) Ze beschouwt fokkers als haar grootste vijanden en ze heeft in Columbia-Greene een beleid tegen adoptie door fokkers gevoerd. Maar in de loop der jaren is haar een lichtje opgegaan. Er zijn verschillende soorten fokkers en sommigen zijn prima diereneigenaars. De laatste jaren hebben er zelfs een paar zitting genomen in de directie.

Andrea komt binnen met Elmo in haar armen. De hond beeft. Iedere rib is zichtbaar. 'Ik heb hem babyvoeding gevoerd met een lepeltje,' zegt ze tegen Grady. 'Hij eet niets anders.'

Grady werpt één blik op dit broodmagere hoopje en slaakt een zucht van geluk. Ze tilt Elmo in haar armen en zegt: 'Je moet ze wiegen als een baby. Ik heb er meer zo gehad.' Er drijft een wolkje over Laura-Anns gezicht. 'Heb je de andere weggegeven?' informeert de directrice langs haar neus weg.

'Ik heb vier mannen gehad,' antwoordt Mary direct. 'Die heb ik allemaal geloosd. Maar een hond zou ik nooit wegdoen.' Elmo likt haar gezicht al.

'We hebben een gewond dier in Greenport. Jamie, maak de ambulance klaar,' kraakt het door de luidspreker. 'Wat voor dier?' vraagt Jamie, die het kantoor binnenstuift voor nadere instructies.

'Er is een kat aangereden op Fairway Avenue,' deelt Laura-Ann snel mee. 'Als hij er erg slecht aan toe is, breng hem dan direct naar de dierenarts en bel mij voordat je een beslissing neemt.' Iedereen weet wat de directrice bedoelt. Als de kat verdwaald is moet hij of zij vijf dagen in leven gehouden worden, tenzij de dierenarts vindt dat het beestje te veel moet lijden. Met wat geluk heeft het dier een identiteitsplaatje om zijn hals. Jamie is al weg.

Jamie Walker, de jongere broer van Andrea, is een gevoelige jongen van eenentwintig, met grote bruine ogen, een ringetje in zijn oor en een volle baard die komt en gaat. Na korte tijd stond hij in het asiel al bekend als degene die van alle mensen die hier ooit hebben gewerkt het beste met dieren kan omgaan. Evenals Andrea heeft hij een intuïtieve aanpak met honden en katten, die je het idee geeft dat er voor dit soort bekwaamheid een gen bestaat. Het is doorslaggevend voor zijn succes met dieren. Daarnaast zit hij in de doctoraalfase van zijn studie filosofie. Dit is maar een zomerbaantje, althans dat dacht hij aanvankelijk. Inmiddels overweegt hij of hij zijn leven niet aan dieren wil wijden.

Laura-Ann is omringd door mensen die een dier willen adopteren, en de telefoons staan roodgloeiend. Elise Vega, ongeveer dertig en rockzangeres met een creoolse achtergrond, heeft telefoondienst. 'Nee, wij cremeren geen slangen,' zegt ze en gooit de hoorn op de haak. Iedereen lacht. Rocky, haar zwarte chihuahua, die op een kussentje op haar bureau ligt, springt op en begint mee te blaffen, alsof hij het ook een leuke grap vindt.

Ik neem een telefoontje aan. Het is de vrouw die een boodschap had ingesproken over een Duitse herder in haar achtertuin. Het asiel houdt toezicht op de dieren in Hudson, waar deze vrouw woont, en haalt ze op. Iedere plaats of stad die vergunningen uitgeeft, is ook verplicht dieren op te halen en zwerfdieren of probleemgevallen in het asiel op te vangen. Verscheidene stadjes in Columbia County, waaronder Hudson, hebben de dierenbescherming ingehuurd om dit werk te doen. Als de vrouw in staat is de herder in bedwang te houden, is het asiel verplicht hem op te halen. (De inspecteurs gaan niet graag achter dieren aan, als ze niet ergens worden vastgehouden. Loslopende honden of katten proberen te vangen is meestal onbegonnen werk.) Ik vraag haar of ze de hond kan vastzetten, misschien in de garage, tot iemand hem kan komen halen. 'Bent u gek?' schreeuwt ze tegen me. 'Ik waag me niet in de buurt van die hond en ik heb ook geen garage. Wat mankeert jullie?'

Ik noteer haar adres en zeg dat ze zo spoedig mogelijk wordt teruggebeld. Ze zegt te weten waar de hond woont en geeft me het adres. Laura-Ann heeft momenteel niemand beschikbaar.

Er staat een man bij de balie die me bekend voorkomt. 'Elizabeth, wat doe jij hier?' vraagt hij. Het is Robert Fitzgerald, een schrijver, die ik pasgeleden tijdens een kunstexpositie in Hudson heb leren kennen. Ik leg hem uit dat ik vrijwilligerswerk voor het asiel doe en er een boek over schrijf. Hij maakt een wat verwarde indruk, niet alleen over mijn aanwezigheid hier, maar over alles. Hij maakt blijkbaar een moeilijke fase door. Plotseling begint hij met me te praten over de nieuwe kunsthandelaars in Soho en over kunstenaars die het niet verdienen, maar die wel in één klap beroemd zijn geworden. Het lijkt alsof we de hele dag hebben om bij te praten over de kunstwereld. Dan vertelt hij me dat hij een doos vol katten in zijn auto heeft. Buiten is het meer dan dertig graden. 'Breng ze direct naar binnen,' zeg ik tegen hem.

Fitzgerald zet een wijndoos op de balie die afgeplakt is met elektriciteitstape. Een paar gaatjes ter grootte van een potlood zijn in de zijkanten geprikt. Er komt geen geluid uit de doos. 'Ik kan ze niet meer te eten geven,' zegt hij treurig. Hij vult de overdrachtsformulieren in en vertrekt daarna snel. Dit is al het tweede verrassingspakketje vandaag. Er zouden net zo goed explosieven in kunnen zitten. Mijn dochter Kate, die samen met mij vrijwilligersdienst heeft, kijkt één keer heel lang naar de doos en rent dan weg om Andrea te gaan zoeken. Ze gruwelen beiden als ze de katjes eruithalen. Ze zijn doorweekt van het zweet, hijgen en liggen in hun eigen braaksel.

Tien minuten later komt Andrea terug om te zeggen dat de zes kittens en een jonge volwassen poes van ongeveer acht maanden op sterven liggen door oververhitting. Ze heeft ze in koud water gedompeld om ze af te koelen, maar ze zijn nog maar een paar uurtjes verwijderd van het einde. Ze wil ze snel naar de kliniek van dokter Johnson brengen om te zien of die ze nog kan redden.

'Ga maar,' zegt Laura-Ann. 'Breng ze erheen.'

Terwijl Fitzgerald met mij stond te kletsen over de opening van de biënnale in het Whitney Museum, werden de katten in de auto gestoofd.

Mensen die dieren komen ophalen of afleveren, kunnen op alle tijdstippen bij het asiel terecht, maar voor het publiek gaan de deuren stipt om halftwaalf open. Laura-Ann wijst me een plaats in de kattenruimte toe, waar achttien kooien staan met ongeveer dertig katten erin. In sommige kooien zitten afzonderlijke volwassen katten, in andere nesten met kittens, waaronder de kostbare manxen. Elke kat heeft een deken, een kattenbak, een paar speeltjes, voedsel en water. De kattenruimten baden in het zonlicht dat door de ramen stroomt. Tekeningen van dieren en vrolijke tips voor een goede kattenverzorging zijn aan de muren geprikt. Deze pogingen om een opgewekte omgeving voor deze ongewenste katten te creëren, werkt bijna.

In de grote kattenruimte staan vier kinderen, die uit één gezin lijken te komen, met hun vingers door de tralies van de kooien te poken. De moeder staat met een baby op de arm haar andere kinderen in de gaten te houden. Ze heeft lang, bruin haar en draagt een strakke spijkerbroek over een rood balletpakje. De vrouw ziet er mager en afgeknapt uit, is waarschijnlijk halverwege de twintig, maar lijkt een jaar of veertig. Ik zou niet weten of ze nog een levend wezen erbij wil nemen, boven op wat mij al een vol huis toeschijnt. Het oudste kind is ongeveer zeven, de volgende zijn zes, vijf en vier en dan heeft ze nog de baby in haar armen. Het zijn blijkbaar niet alleen de katten die fokken in Columbia County. Het is een lawaaiig gezin, maar de katten schijnen de drukte wel te waarderen; ze miauwen, hongerig naar alle aandacht die ze kunnen krijgen. Enkele oudere katten hebben zich schuw achter in hun kooi teruggetrokken; zij houden niet van deze chaos.

Als ik me voorstel, vertelt Alice dat ze in een woonwagenkamp woont, ongeveer drieëntwintig kilometer bij het asiel in Chatham vandaan; John, haar man, is nachtportier in een verpleeghuis. 'Dat is een nieuwe baan,' vertelt ze weinig enthousiast. 'Hij heeft hem gekregen via de gemeente.' Alice is tweeëntwintig. Ze kreeg Craig, haar eerste kind, toen ze vijftien was en nog op de middelbare school zat. De anderen kwamen er snel achteraan, maar ze is nooit met de vader getrouwd. De baby die ze in haar armen houdt, haar vijfde kind, is de eerste die ze bij John heeft. Alice draagt een trouwring om haar vinger. 'Ik bof,' zegt ze, 'John houdt van al mijn kinderen. Voordat ik met hem trouwde, woonde ik bij mijn ouders.' Ze woonden in een appartement in een nieuwbouwwijk in Hudson aan de oever van de rivier. 'Ik kwam als kind al in dit asiel,' zegt ze met een oprechte nostalgie naar deze plek, of misschien haar eigen kindertijd. Ze vertelt dat ze, nadat haar vader was gestorven en haar moeder hertrouwde, gedwongen was op zichzelf te gaan wonen. Alice was toen twintig en had vier jonge kinderen. Rond die tijd leerde ze John kennen, toen ze deelnam aan een bijbelstudie van Jehovah's Getuigen.

Terwijl we praten, slaan de kittens met hun pootjes in het wilde weg naar de hoofden van de kinderen. Alice vermaant hen streng dat ze afstand moeten houden, maar ze luisteren helemaal niet naar haar. Als een van hen, Paul, een haal over zijn gezicht krijgt en begint te huilen, wordt zijn moeder woedend, grijpt hem bij de arm en maakt van de gelegenheid gebruik om het hele stel de deur uit te bonjouren. 'Dat was het dan,' zegt ze met militaire autoriteit. Ze was niet van plan geweest een kat uit te zoeken. Het was maar een uitje met het gezin naar de dierentuin.

Ik ben alleen in de kattenruimte, dus speel ik wat met Catskill, mijn favoriet van dat moment. Hij is een grote, ruige Maine coon die als zwerver uit Greene County is binnengebracht. Deze kat heeft een koninklijk voorkomen; hij is de eerste die ik werkelijk graag mee naar huis zou willen nemen. Dan heb je nog Apollo, een grote, witte kat met grijze en zwarte vlekjes op zijn snoet. Hij zit op de rand achter in zijn kooi, maar zodra er iemand verschijnt komt hij traag, onder veel gegeeuw en gerek naar voren. Het kaartje op de kooi zegt: 'Deze knappe zwerver is ooit wellicht heer des huizes geweest, maar nu heeft hij geen thuis meer. Oudere katten zijn verstandiger, kalmer en meestal aanhaliger. Apollo heeft een tehuis nodig. Straf hem niet, omdat hij op jaren is.' De kat is zes jaar.

Mijn prettige samenzijn met Apollo wordt verstoord door de komst van twee kinderen, onder begeleiding van twee volwassenen. Ik leer dat ik geen vermoedens moet koesteren over de verwantschap van asielbezoekers. De jongen draagt een T-shirt met Beavis & Butthead en het kleine meisje heeft een Barbie als cheerleader op haar borst. Beide kinderen lijken onder de tien. 'Ik wil die,' zegt het meisje, wijzend op Tabitha, een jonge lapjeskat. De kinderen gaan van kooi naar kooi, alsof ze aan het zappen zijn. Hun moeder, die nog geen dertig lijkt, staat kauwgom kauwend op te letten of ze niet te dicht in de buurt van de kooien komen. Ze draagt een gebloemd hemd, dat heel nauw om haar forse lichaam sluit; ze ziet er verhit en slecht op haar gemak uit. Je kunt erop wachten dat de kinderen een haal krijgen. Ik probeer haar te waarschuwen. 'Ik weet toch hoe katten zijn,' bitst ze. Ze blijkt niet de moeder te zijn, maar de grootmoeder, die deze zaterdagmiddag oppast.

De jongen maakt plotseling een kooi open, in een poging Tabitha te pakken, waardoor Terry, Tommy, Toulouse en Twyla, haar nestgenoten, hun kans schoon zien. De kittens hebben de lol van hun leven, de kinderen lachen hysterisch en oma is razend. Ik slaag erin Tommy te grijpen, maar de andere katten schieten de hele ruimte door. Het is een pandemonium – ik ren weg om hulp te halen.

Andrea komt binnen en kijkt me aan met een blik van afschuw en ongeloof dat ik dit heb laten gebeuren. Heel bedaard slaagt ze er binnen enkele minuten in de kittens weer in de kooi te krijgen; haar gereedschap is een gewoon touwtje, dat ze over de vloer trekt om ze er achteraan te laten hollen. Daarna wendt ze zich tot de kinderen en begint ze de les te lezen over hoe ze zich in een asiel dienen te gedragen en waarom ze nooit zonder toestemming een kooi mogen openmaken. Oma kijkt boos; zij is de enige die het recht heeft de kinderen een standje te geven. Net als ze op het punt staat Andrea een grote mond te geven, stormt Jamie binnen om te zeggen dat er een nest met elf puppy's is binnengebracht (een driekleurige labrador-beagle kruising). Ze moet hem assisteren in de onderzoekskamer. Andrea gaat met hem mee, terwijl Beavis en Barbie de kattenruimten verlaten om een kijkje te nemen bij de honden. Ik wil het niet meemaken.

Tom LaBuda, een van de vele parttime onderzoeksambtenaren naar dierenmishandeling, is op het parkeerterrein bezig twee bullmastiffpups uit de ambulance van het asiel te halen. De pups, ongeveer vier maanden oud, zijn onweerstaanbare slungels. Af en toe zijn er volwassen mastiffs, meestal kruisingen, in het asiel, maar zelden raszuivere puppy's. Deze twee zijn hier echter al eerder geweest. Ongeveer een maand geleden kwamen Romeo en Julia binnen als zwervers. De honden zaten met een touw aan elkaar vast en liepen los rond in Greenport, een buitenwijk van Hudson. Toen het touw om iemands barbecue kwam vast te zitten, met als gevolg een enorme ravage in de achtertuin, werd om drie uur 's nachts de dierenbescherming gebeld. Lori en Paul Beckers, bekende dierenredders die 's nachts de telefoon van het asiel bewaken, kwamen hun bed uit om ze op te halen. Door het hele land zijn onafhankelijke dierenbeschermers werkzaam. Zij redden de zwerfdieren die ze zelf vinden of nemen dieren op van mensen die afstand moeten doen, maar die ze niet naar een asiel willen brengen uit vrees dat ze afgemaakt worden.

Lori Beckers is de schutspatrones van bejaarde dieren in Columbia County. Zij begon als kind al met het redden van kikvorsen en insecten. Toen stapte ze over op honden, katten, paarden, varkens en koeien, om maar een paar soorten te noemen. Op haar veertigste had ze het grootste deel van haar leven met dieren gewerkt. Paul, haar man, is ook dol op dieren. Dat is dan ook de reden waarom hij nog steeds haar echtgenoot is. Lori kan geen asiel passeren zonder de dieren te bezoeken en een donatie te doen. Tijdens een recente reis naar Massachusetts stopte ze om een plaatselijk asiel te bekijken. Er stond een rat op de dodenlijst. Nu zit Ben in een grote kooi in haar huiskamer.

'Je zult niet willen geloven waar deze mastiffs vandaan komen,' zegt LaBuda. Hij is bezweet en pisnijdig. Tom houdt van dieren, maar vliegtuigen en geweren zijn zijn ware passie. Hij onderhoudt zijn gezin als nachtwaker bij een bouwproject in Troy. LaBuda was op weg naar huis nadat hij de hele nacht had gewerkt, toen hij radiocontact had met de politie van Hudson. Er was een klacht binnengekomen over twee aan hun lot overgelaten honden. Toen LaBuda op onderzoek uitging, vond hij de mastiffs vastgebonden achter een bungalow. De voordeur stond wagenwijd open, waardoor je twee kamers kon zien die door de honden helemaal overhoop gehaald en onder gepoept waren.

De buurvrouw die de politie had gebeld, beweerde dat de honden drie dagen zonder eten en drinken alleen waren geweest. De agent die de woning was binnengegaan walgde zó van de troep, dat hij Tom belde om onmiddellijk te komen en de honden naar het asiel te brengen. Bobbie Ann Slade, de eigenares, was nergens te bekennen.

Tom gaat terug om foto's te maken en ik ga mee. Wendy Reed, de buurvrouw die gebeld had, staat met een bezorgd gezicht voor de deur van een grijs huisje. Ongeveer dertig meter verderop is een Pizza Hut. 'Bobbie Ann is al drie dagen weg,' zegt ze. 'Het is niets voor haar om de honden alleen te laten.' Wendy heeft lang, vlassig haar en zit onder de verf. Ze helpt haar man met het schilderen van een kapsalon in de stad, omdat ze pas haar baan bij de drogist in het winkelcentrum in de buurt verloren heeft. Als ik door het raam in het huis van Bobbie Ann tuur, zie ik inderdaad een ontzaglijke rotzooi. De honden hebben alles wat los en vast zat uit de kasten, laden en van de planken getrokken. De meubelstukken zijn aan flarden gescheurd en het vuilnis ligt over de vloer verspreid. De pups hebben de dag van hun leven gehad.

'Ik had niet genoeg geld om hondenvoer voor ze te kopen,' verklaart Wendy. 'Maar toen ik ze water gaf sprongen ze bijna in de kom.' Zij heeft ze uit de ravage gehaald en achter het gebouw vastgezet waar de eigenares hen ook vaak vastlegde. Ongeveer acht uur later, toen LaBuda bij de honden aankwam, zat de ketting zo vast om de nek van de reu dat hij naar lucht hapte; hij had zichzelf bijna gewurgd. Het teefje kon niet opstaan omdat een poot vastzat in de ketting. Maar nu maken ze het allebei goed. Terug in het asiel doen ze zich gretig te goed aan grote bakken voer.

Bob Grazianno, een hondengeleider die in een groot gebied van

Columbia County werkzaam is, brengt een loslopende Siberische husky met een blauw en een bruin oog binnen. Hij is gevonden langs de snelweg. De hond is er slecht aan toe. Hij is mager, hinkt en zijn vacht is smerig, maar hij is buitengewoon aanhalig. Husky's worden overvloedig gefokt en komen vaak in het asiel; de fokkers komen ze zelf brengen als ze niet verkocht of bij hen teruggebracht worden. Elisa Vega kijkt één keer naar deze husky en noemt hem Grover. Midden in de roos. Ik denk dat Grover snel zal worden geadopteerd, ondanks zijn manke poot, vanwege zijn overduidelijke charme. In het begin ga ik er vanuit dat praktisch alle honden snel zullen worden geadopteerd.

Barbara Spataro, de dienstdoende inspecteur, reageert eindelijk op het telefoontje van vanochtend over die zogenaamde 'valse' herder. Spataro is een kleine, aantrekkelijke vrouw met een kort kapsel. Ze heeft de vereiste opleiding tot hondengeleider voor de helft afgemaakt. Hondengeleiders, zoals politieambtenaren die bij de dierenbescherming werken worden genoemd, dienen veertig uur theorieles en achtenveertig uur schietoefeningen te volgen. Spataro heeft de theorie gedaan, maar ze is niet bevoegd een wapen te dragen omdat ze daar niets voor voelt. Daarom mag Spataro geen arrestaties verrichten, maar wel schriftelijke waarschuwingen afgeven en de politie sturen om arrestaties te verrichten.

Lee DeLisle, de chef van het onderzoeksteam van de afdeling Dierenmishandeling, is een voormalig politieman uit Albany. Hij draagt zijn wapen met plezier; wellicht staat hij elke morgen in dubio welk wapen uit zijn verzameling hij die dag zal dragen. DeLisle is in Cohoes, ten noorden van Albany, opgegroeid. De term 'wapenbeheersing' duidt daar volgens zijn zeggen op 'de kunst je doelwit te raken'. Cohoes is beroemd omdat Hiawatha, het fictieve opperhoofd van de Iroquois uit de bekende boekjes, daar is gestorven. De legende zegt dat hij in zijn boomkano over een waterval is gevaren en '*Cohoes!*' schreeuwde toen hij naar beneden viel, zijn dood tegemoet. Als kind hadden ze Lee verteld dat de vertaling van *Cohoes* 'help!' was, maar hijzelf vermoedt dat het zoiets als 'o, shit!' betekende.

Veel van het werk dat DeLisle voor het asiel doet, bestaat uit het onderzoeken van een reeks klachten die telefonisch door het publiek zijn gemeld. Momenteel liggen er op zijn bureau gevallen als clandestiene hanengevechten, een roedel dode damherten (tam gefokt om hun vlees), een pitbullfokker die zijn honden voor de vechtsport in Hudson verkoopt, mishandelde olifanten in de Catskill Wildboerderij en rijpaarden zonder dak boven hun hoofd in het Pretpark Ponderosa in Greene County.

Spataro krijgt veel algemeen voorkomende gevallen met honden en katten te onderzoeken. Ze kent niet alleen de herdershond die ervan wordt beschuldigd de buurt te terroriseren, maar ze weet ook precies waar hij woont; ze is er al eens geweest. Spataro vindt het goed als ik meega. We gaan met de ambulance van het asiel. Deze is uitgerust met kooien, dekens, een metalen stok met een nylon lasso aan één kant (om agressieve of zieke dieren mee te vangen) en een radioverbinding met het asiel.

Hudson is een stadje van achtduizend inwoners, gebouwd op een heuvel die recht naar de rivier afloopt. Op een heldere dag kun je vanaf het stadsplein de Catskill Mountains zien. Deze stad, de hoofdstad van de county, staat bekend om zijn prachtige achttiende- en negentiende-eeuwse architectuur. Hudson is oorspronkelijk in 1783 door Quakers gesticht. Tegen de eeuwwisseling, voordat het petroleum werd uitgevonden, leefde men in Hudson van de schepen die er laadden en losten en van de handel in walvistraan. Toen uiteindelijk de spoorweg de haven van de rest van het stadje afsloot, keerde de rivier terug tot de status van landschapsschoon. De inwoners stapten over op industrie. Hudson werd beroemd om zijn ijzergieterijen, de vervaardiging van solide wagens en vele brouwerijen. Warren Street, de hoofdstraat, is geplaveid met kasseien. Er zijn antiekwinkeltjes en er staan schilderachtige replica's van ouderwetse straatlantaarns. Maar de armoede ligt op de loer. Er is weinig werkgelegenheid en Hudson wordt, net als New York, geplaagd door drugs en pitbulls.

Columbia Street, waar Spataro en ik heen rijden, heette ooit Diamond Street, vernoemd naar Legs Diamond, de beruchte illegale drankstoker, die het gebied tijdens de Drooglegging van sterke drank voorzag. Er is een tijd geweest dat de hele straat één groot bordeel was. De huizen staan er nog steeds, maar ze zijn nu nog veel bouwvalliger.

De Packards wonen in een klein houten huis dat misschien dateert van honderd jaar geleden. Het staat letterlijk op instorten. Spataro was een jaar eerder al eens naar hun adres geroepen wegens een klacht over een hinkende zwarte hond, die naar verluidt door meneer Packard werd geslagen. Toen Spataro er aan kwam zat er een oude zwarte hond vast in de tuin, maar die bleek redelijk gezond te zijn. 'Redelijk' is het sleutelwoord. Je kunt een dier niet tijdens een eerste inspectie bij de eigenaar weghalen, als het niet duidelijk de dood nabij is. Een dergelijke toestand moet door een dierenarts worden vastgesteld, anders kan het asiel worden beschuldigd van diefstal of wederrechtelijk optreden. En dierenartsen staan niet te popelen om bij dergelijke situaties betrokken te raken; ze zijn niet graag het middelpunt van huiselijke meningsverschillen over de 'kwaliteit van leven' voor een huisdier. Dat win je nooit.

Als Spataro en ik arriveren, spelen de drie jongens buiten in de buurt van een raszuivere Duitse herder. Ik schat hen ruwweg tussen de twee en de vijf jaar. Er is geen zwarte hond. De herder ligt aan een ketting van nog geen twee meter, die bevestigd is aan een schutting. Zijn enige onderdak is een haveloos hok dat slordig van wat stukken hout in elkaar is gezet. Er ligt een vuile blauwe deken half buiten het hok. Naast het bouwsel staan twee metalen kommen; de ene is leeg, de andere ligt ondersteboven.

Het oudste kind heeft snijwonden op zijn benen, die vuil zijn, niet verbonden en die bloeden. Spataro is hier echter alleen om het welzijn van de hond te onderzoeken, niet dat van de jongens. Shane is een niet gesteriliseerde reu van circa negen maanden oud. Hij is tamelijk actief aan zijn ketting en rent rondjes binnen de straal die hem is toegemeten. Mevrouw Packard lijkt ongeveer vijfentwintig. Ze heeft een tanig gezicht en ze is mager. Ze is schaars gekleed in een lichtblauw, mouwloos T-shirt en een afgeknipte spijkerbroek. Ze heeft aanslag op haar tanden, die een beetje naar voren staan. Als ze begint te praten, hoor je aan haar nasale accent dat ze uit het Zuiden komt.

Mevrouw Packard groet Spataro beleefd. De inspecteur legt rustig uit waarom ze hier is en beschrijft de klacht die bij het asiel is binnengekomen. De vrouw kijkt verbaasd. Ze beweert dat de hond nooit van de ketting is, zelfs 's nachts niet; hij slaapt het hele jaar buiten. Ze vermoedt dat de buurvrouw haar hond heeft verward met de herdershond verderop in de straat, die onophoudelijk blaft en vaak losloopt. Alsof hij het gehoord heeft, begint er precies op dat moment een eindje verder een hond te blaffen. Mevrouw Packard grijnst om dit Hollywood-achtige wonder. Haar verhaal klinkt uitermate plausibel.

Terwijl mevrouw Packard doorpraat, trekt haar jongste zoon, die witblond stekeltjeshaar heeft, aan haar mouw om aandacht. 'Shane weet wel hoe hij moet wegkomen!' zegt hij en verdwijnt dan zelf. Mevrouw Packard is er verlegen mee, maar blijft rustig. Ze biecht op dat ze geen idee heeft wat er gebeurt als ze op haar werk is. Er hangt een muilkorf voor de hond aan een haak bij de deur. Als ze uitlegt waar die muilkorf voor nodig is, loopt hetzelfde kind naar de hond toe en maakt hem los, alsof het routine is. Het schijnt mevrouw Packard wel te schokken, maar ze geeft het kind geen standje. Je krijgt het idee dat ze te gast is in haar eigen tuin. De jongen lacht en gooit de dankbare hond een bal toe. De hekken van de voor- en achtertuin staan wagenwijd open.

De hond is energiek, maar veel te mager. Als hij los is weet hij schijnbaar niet goed waar hij het zoeken moet. Het duurt wel een minuut voor hij op me af komt springen en aanhoudend aan mijn benen snuffelt alsof ik een delicatesse ben. Spataro ziet dat zijn oren bedekt zijn met bloedige roofjes, die veroorzaakt lijken te worden door klein ongedierte, muggen of vliegen. Ik ben ontsteld, maar de inspecteur is blasé; ze heeft het al zo vaak gezien. Ze legt mevrouw Packard, die beweert dat ze zijn oren met vaseline insmeert, uit dat dit een algemeen voorkomend probleem is bij honden die buiten leven. Als vliegen op een bepaalde plek hebben gebeten, trekt dat ook andere insecten aan. Spataro stelt haar een goedkope behandeling met een balsem voor, die gewoon in de winkel te koop is.

Op dat moment komen de kinderen met een wit poesje naar buiten. Zij willen al hun dieren tonen, alsof het show-time is. Het hele gezin is dol op de witte langharige poes met blauwe ogen – Kitty heet ze. Maar nu beginnen haar kinderen en onze komst mevrouw Packard te irriteren. 'Die is van mij,' zegt ze streng, wijzend op de kat. 'Hij mag niet naar buiten en de hond mag niet naar binnen.'

Spataro keert snel tot het onderwerp honden terug – waar is de zwarte hond? 'We hebben hem laten inslapen,' verklaart mevrouw Packard. 'Hij was oud en Shane is relaxter nu hij er niet meer is.' De inspecteur vraagt of de hond zijn waterbak vaak omgooit. Ja, dus. Ze stelt voor dat de bak wordt vastgetimmerd aan de zijkant van zijn hok. Dan overhandigt ze mevrouw Packard een schriftelijke waarschuwing. De vrouw is er niet van onder de indruk; ze pakt hem aan alsof ze een kassabonnetje van de drogist krijgt, draait zich om en gaat het huis binnen. We vertrekken onmiddellijk.

Dit is een moeilijk geval. Het stelt Spataro, en daarmee het asiel, voor een dilemma. De conditie van de herder is niet dusdanig slecht dat Spataro in overweging kan nemen hem te laten weghalen. Maar ze weet ook, dat het meestal niet goed gaat met honden die buiten aan de ketting liggen. Het is slechts een kwestie van tijd, voordat ze ontsnappen en in de problemen komen – ze bijten iemand, rennen voor een auto of worden ziek. Maar mensen op het platteland houden hun honden nu eenmaal buiten. Spataro heeft haar handen vol aan alle honden die buiten verhongeren, uitdrogen en vastzitten aan veel te korte riemen, waar ze soms zó in bekneld raken, dat ze zichzelf bijna ophangen. Desalniettemin is er geen wet die zegt dat je je hond niet vierentwintig uur lang alleen buiten mag vastzetten, als hij beschutting heeft (voor de wet is een boom al voldoende) en voedsel en water krijgt. Maar dit zijn wel de dieren die onvermijdelijk in het asiel terechtkomen. Ze worden een last. Zodra ze kwalen beginnen te vertonen of de eigenaar verhuist naar een huis zonder tuin, worden de honden achtergelaten – of nodeloos afgemaakt, zoals de zwarte hond van de Packards, die is ingeruild voor een nieuw model. Shane staat aan het begin van dezelfde cyclus.

Misschien is die zwarte hond dood wel beter af dan te moeten leven aan een korte ketting met weinig eten. Of is leven – zelfs onder zware ontberingen – toch beter voor een dier dan de dood? Deze hond vertegenwoordigt volgens mij de kern van het dilemma van elke asielmedewerker. Er zijn voldoende aanwijzingen om te vermoeden dat Shane het, net als zijn voorganger, niet goed heeft bij dit gezin. Maar mensen hebben het recht om hun huisdieren te houden zonder de inmenging van sociale instellingen.

Het hoofdkantoor van de Humane Society of the United States in Washington D.C., de overkoepelende dierenbeschermingsorganisatie in Amerika, stelt de beleidslijnen op voor de plaatselijke asiels en redeneert dat euthanasie verreweg de meest humane optie is, indien de kwaliteit van leven van een dier niet aan de fundamentele eisen voldoet. Maar wat is de definitie van 'kwaliteit van leven'? Het heeft wat weg van een definitie van het woord 'obsceen'. Wat de één als obsceen beschouwt, is voor een ander passie, of zelfs een vorm van kunst. De mensen in Hudson houden, evenals op andere plaatsen, hun honden buiten aan de ketting. Het komt hen absurd voor dat de 'kwaliteit' van een hondenleven reden kan zijn om hun dier te laten weghalen. Als gevolg daarvan vinden veel mensen in Columbia County dat het asiel wordt geleid door een stelletje fanatiekelingen.

De herdershond van de Packards is nog jong en vol energie. Het is een dure, prachtige hond, gekocht bij een fokker; zijn oren zijn perfect gepunt en staan recht overeind, uit zijn ogen straalt intelligentie. Spataro en ik bespreken de kansen van deze hond om via het asiel geadopteerd te worden. Zoals steeds ga ik er vanuit dat hij niet moeilijk te plaatsen zal zijn; zij is daar niet zo zeker van. Maar hoe dan ook, de inspecteur heeft momenteel niet het recht hem weg te laten halen. 'Hij is niet ziek genoeg,' zegt ze.

'Maar die beesten in zijn oren dan?'

'Die zijn niet levensbedreigend. Als jouw hond een infectie aan zijn oren had, zou jij het dan op prijs stellen dat de dierenbescherming je huis binnenvalt om hem mee te nemen?' Daar heeft ze gelijk in. Tijdens de terugrit naar het asiel besef ik dat er niet veel voor

Shane gedaan kan worden. 'Ons werk komt grotendeels neer op het voorkomen van nog meer wreedheid,' legt Spataro uit. De dierenbescherming houdt zich via het adoptiebeleid aan de normen die ze heeft opgesteld voor de kwaliteit van leven, maar kan deze normen moeilijk aan de gemeenschap opdringen. 'De Packards weten in ieder geval dat ik ze in de gaten houd,' zegt ze. 'Dat is het enige wat ik kan doen.'

In die twee uurtjes dat Spataro en ik zijn weg geweest, zijn er veertien dieren in het asiel afgeleverd; tien nieuwe katten en vier nieuwe honden, waaronder een drie maanden oude, zwart-wit gevlekte Deense dog en twee boxers. Camille Praga, hoofd van de hondenkennel, staat met de boxers buiten op de parkeerplaats. Ze zien er zo robuust en gezond uit, dat ik in eerste instantie denk dat ze slechts op bezoek zijn. Camille licht me in. Buster en Samantha, broer en zus, zijn twee jaar oud en zijn nooit van elkaar gescheiden. Hun eigenaar is ongeneeslijk ziek en kan ze niet meer thuis hebben.

Toby, de Deense dog, was ter gelegenheid van de zesde verjaardag van een kind gekocht bij een fokker in de buurt. Men had vijftienhonderd dollar voor de puppy neergeteld. Zodra Toby op de grond lag, kwam het driejarige kind in het gezin naar hem toe en klom op zijn rug om paardje te rijden. De hond begon naar de kinderen te happen om van ze af te komen. De vrouw was bang; de kinderen keerden zich tegen de hond. Ze kreeg het advies om hem het huis uit te doen, voordat het happen overging in bijten. Toen de fokker weigerde het geld terug te geven, bracht ze Toby naar het asiel. De hond is hier pas twee uur en er zijn al drie adoptieaanvragen voor hem geweest. Toby is een prijshond.

Het is bijna vijf uur en het personeel staat op het punt om ermee te kappen voor vandaag. Het bordje op de deur is omgedraaid: GESLOTEN. Toch staat er iemand heftig te kloppen. 'Ik heb dieren!' schreeuwt de vrouw bij de deur. Ze loopt op krukken. Als ik opendoe, zie ik dat ze huilt. Het is moeilijk uit te maken of ze overmand is door verdriet of pijn.

Janet Cole woont twee jaar alleen, vanaf haar achttiende. Ze heeft blond haar met een pony en een paardenstaart; haar gezicht is roodgevlekt. Een maand geleden kreeg ze een zwaar auto-ongeluk. Ze moest drie weken naar het ziekenhuis, verloor haar baan bij de Wal-Mart en daarna haar flatje. Ze is gedwongen weer bij haar ouders te gaan wonen. Die willen hun dochter graag bij zich in huis nemen, maar haar katten niet. Janet heeft twee getijgerde katten,

Betty en Veronica, die haar dierbaarste metgezellen zijn. Ze moet huilen bij de gedachte dat ze haar katten – het enige wat ze nog had – nu ook nog kwijtraakt. Janet wil weten of het asiel ze kan houden tot ze hersteld is en werk heeft gevonden, misschien een maand of twee.

Dat is een moeilijke kwestie, zeker in de zomer, als de dieren binnenstromen als water uit de kraan. Het asiel werkt op volle toeren, wat zwaar is voor het kleine team van medewerkers, en het is ook nog een financiële belasting. Het asiel heeft geen pensiongelegenheid voor dieren – daar is geen ruimte voor. Als Janet ze achterlaat, kan er van alles gebeuren; de katten kunnen worden geadopteerd, afzonderlijk of samen. Ze kunnen ziek worden, niet per se met dodelijke afloop, maar ze kunnen een van die talloze infecties oplopen die katten aan elkaar doorgeven. In de kattenruimten woedt momenteel de niesziekte, een virusinfectie van de bovenste luchtwegen, die al maanden een probleem vormt. Dit virus is zo besmettelijk, dat men de bezoekers en het personeel heeft verzocht hun handen te wassen als ze een kat hebben aangeraakt, voordat ze naar een andere kat gaan. Cammisa kan Janet niets garanderen. Ze kan zelfs geen opbeurende dingen zeggen. De enige manier om ervoor te zorgen dat een dier Columbia Greene overleeft, is het mee naar huis te nemen.

Door het raam kan ik Betty en Veronica bij Janets vader in de auto zien zitten. Hij heeft zijn hoed diep over zijn ogen getrokken en er ligt een wat norse trek om zijn mond. Janet probeert zich met moeite te beheersen. Laura-Ann wendt zich tot mij met de woorden: 'Ga met hem praten. Misschien kun je hem ervan overtuigen dat het te gevaarlijk is de dieren hier achter te laten.' Ik kijk haar aan alsof ze niet goed bij haar hoofd is. 'Probeer alstublieft met hem te praten,' smeekt Janet. Ze houdt heel even op met huilen. Hoe kan ik zoiets weigeren?

Ik ga langzaam naar buiten. Ik kan al niet zo best met mijn eigen vader overweg, maar je weet het nooit. 'U bent zeker meneer Cole,' zeg ik tegen de man. Hij duwt zijn hoed een beetje naar achteren en knikt. De katten, opeengepakt in een kleine draagmand, zitten te schreeuwen. Ik kan niets van het gezicht van de man aflezen, maar zijn lichaamstaal zegt dat ik moet ophoepelen. 'Wat een afschuwelijk ongeluk,' zeg ik. 'Arme Janet.' Hij knikt weer, nog altijd zwijgend. De man lijkt wel van graniet, maar ergens moet een zwakke plek zijn. Ik maak het achterportier open, alsof ik de draagmand wil pakken, maar in plaats daarvan kijk ik naar binnen om de katten wat beter te kunnen zien. 'Het lijken me best lieve katten,' zeg ik tegen hem. Hij kijkt me aan en wacht tot ik die beesten uit zijn leven verwijder. Maar ik geef hem zijn zin nog niet. Ik gooi het portier dicht en loop naar het raampje aan de bestuurderskant.

'Moet u luisteren,' begin ik voorzichtig, 'uw dochter heeft pasgeleden haar flat, haar baan en bijna het leven verloren. Zij heeft haar katten nodig om haar te helpen herstellen. Als u ze hier laat, kan het zijn dat ze dood of vertrokken zijn tegen de tijd dat ze ze terug wil hebben.' Ik zwijg even. Meneer Cole staart me aan, in de war gebracht door mijn woorden. 'Laat deze kans om iets geweldigs te doen niet voorbijgaan. Janet zit in het kantoor te huilen. Laat haar de katten toch mee naar huis nemen.' Het graniet blijft onbewogen. We kijken elkaar zwijgend aan, maar ik voel dat er in zijn hoofd een strijd gaande is. Heb ik het recht hem de wet voor te schrijven? Dan begint het graniet ten slotte af te brokkelen. Hij neemt zijn hoed af, strijkt met zijn vingers door zijn haar en zegt: 'Oké. Zeg maar dat ze haar katten mag houden.' Ik bedank hem uitgebreid en loop met het goede nieuws terug naar het kantoor. Een minuutje later rent Janet met vliegende krukken het asiel uit, om haar vader de omhelzing van zijn leven te geven. Wij kijken allemaal toe door het raam en delen in haar vreugde. Betty en Veronica gaan naar huis.

Benjamin, een van de vijf katten
van Laura-Ann Cammisa

TWEE

Kattenmensen

HET IS NEGEN UUR in de ochtend. Op een groot bord op de voordeur staat duidelijk dat het asiel pas over tweeëneenhalf uur opengaat. Toch staan er twee nonnen heftig op de deur te bonzen en 'hallo! hallo!' te roepen. Wie ontzegt een non de toegang? Ik doe open en verneem dat ze ernstig verlegen zitten om een muizenvanger die zijn mannetje staat. 'De kerk zit vol muizen,' zegt een van de zusters met een zangerig Iers accent. 'We hebben vijf jaar een zwerfkat gehad die het uitstekend deed, maar hij is vorige week gestorven en we hebben nu al een invasie.'

Met de zegen van Laura-Ann neem ik hen mee naar de kattenruimten die inmiddels al zijn schoongemaakt. Op dit uur hebben de nonnen de ruimte helemaal voor zichzelf. De zusters gaan methodisch te werk en turen in elke kooi: de eerste kat is te oud, de tweede te groot, een andere te dun. Ik weet niet waarom ik ooit meende dat nonnen, op zoek naar een muizenvanger, redelijk snel tevreden zouden zijn. Deze vrouwen bekijken elke kat grondig en lezen elkaar hardop de verhalen op de kaartjes voor. Dan komen ze bij de

Beatles – John, Paul, George en Ringo – vier fotogenieke tijgers met strepen op hun rug en vlekjes op hun buik. Een van de nonnen bekent dat ze George altijd de leukste vond en vraagt me de kat met die naam uit de kooi te halen. 'Ik vond George ook leuk,' zeg ik. 'Maar ik ben overgestapt op John.'

Hoewel ik de kooi tot op ongeveer drie centimeter opendoe, tuimelen ze allevier als één grote wolbaal op de grond. Ik krijg George in zijn nekvel te pakken, maar de andere drie verdwijnen onder de kooien en springen rond alsof ze op gymnastiek zitten. Hopelijk dient het de nonnen tot vermaak. Ik ben duidelijk een neofiet, maar dat schijnt hen niet te deren. Ik geef George aan de ene non en ondertussen begint John tegen de andere op te klimmen, waarbij hij zijn nagels in haar kousen slaat. 'Au!' gilt ze. 'Ze zijn te speels. Zet ze terug!'

Het duurt een paar minuutjes, maar met behulp van wat kattenspeeltjes slaag ik erin de rest van de band in de kooi terug te zetten. Dankzij Andrea heb ik geleerd acht weken oude kittens te slim af te zijn.

De nonnen gaan verder en komen bij Apollo. Vergeleken bij het Fameuze Viertal zit hij er bedaard en soeverein bij. Maar het is moeilijk te zeggen of Apollo het goed zou doen in een kerk, en of hij muizen als een uitdaging beschouwt. Desondanks lijkt hij wel de bouw te hebben van een potentiële jager; hij ziet er krachtig en slim uit. Ik prijs Apollo, god van de zon, aan. De nonnen hebben belangstelling. Als ik de kooi openmaak, schrijdt hij langzaam naar voren, in plaats van naar buiten te rennen, rekt zich uit alsof hij een buiging maakt en gaat dan bij de rand van de kooi zitten, wachtend tot iemand hem eruit tilt. Deze kat heeft klasse. Ik draag hem naar een tafel in de ruimte, zodat beide vrouwen hem kunnen aaien.

Ik kan zien dat ze de kat meteen mogen. Hij wrijft langs hun armen en zuigt hun aandacht op als een plant die smacht naar water. Ik besluit hen alleen te laten. Apollo heeft mij niet nodig om op zijn subtiele voordelen te wijzen.

Toen ik als vrijwilligster bij het asiel begon, zag ik mezelf eerlijk gezegd meer als een hondenliefhebster dan als kattenvriendin en ik nam aan dat de meeste mensen in een van deze categorieën passen. Ik had vrienden die volslagen opgingen in hun katten, maar ik smeedde meestal sneller een band met hondenliefhebbers, met wie ik over africhten, kapsalons, veilig speelgoed en hondenuitlaters in de stad kon praten. Hoewel ik in de loop van mijn leven katten in huis had gehad, had ik deze dieren nooit echt goed leren kennen of hun taal bestudeerd.

Laura-Ann nam het op zich mij over katten te onderrichten. Toen ik bijvoorbeeld te weten kwam dat katten meer dan veertig spieren in elk oor hebben, kreeg ik meer waardering voor hun gevoeligheid voor geluid. Katten hebben geurklieren rond hun bek, voorhoofd en bij de staartwortel, waar ze graag geaaid willen worden. Ik begon na te denken over hun behendigheid en de nuances van hun taal. Toen ik eenmaal gemiauw van gespin begon te onderscheiden en het verschil opmerkte tussen tevreden en gedeprimeerde katten, kreeg ik meer inzicht in de complexiteit van de kattencultuur. Laura-Ann nodigde me uit om naar haar eigen katten te komen kijken. Zij woont in een huis dat in het asiel bekendstaat als het 'Kattenpaleis'. De medewerkers zeggen wel eens gekscherend dat ze, als ze opnieuw geboren worden, willen incarneren als een van Laura-Anns verwende katten. Haar huis is eigenlijk hun huis.

Laura-Ann is een kattenmens in hart en nieren, maar in het asiel weet ze deze passie betrekkelijk goed onder controle te houden. In de beslotenheid van haar eigen huis kent haar liefde voor katten echter geen grenzen. De directrice heeft zichzelf omringd met kattenkunst, kattenbordjes, kattendekens en kattenspulletjes, waarmee ze een algehele kattensfeer heeft gecreëerd. Iedere vierkante centimeter van de muur is bedekt met afbeeldingen van glimlachende poezen, met hier en daar een koe of paard ertussendoor, voor de juiste proportie. Er staan beeldjes van opzittende katten in de hoeken en kruipende katten langs de aanwezige leuningen. Ook het toilet en de badkamer hangen vol afbeeldingen van zorgeloze dieren, voornamelijk katten.

Zo gauw ze de voordeur binnenkomt, begint Laura-Ann tegen haar vier katten te praten, die meestal onzichtbaar door het hele huis verspreid zijn. Bij de klank van haar stem komen ze traag één voor één te voorschijn. De katten zijn veel te verwend om zich aan de voeten van hun bazin te werpen. Ze blijven onverschillig wat rondhangen, wachtend tot ze worden gelokt. Laura-Ann spreekt ze met een lief stemmetje toe, het soort stemmetje dat een ouder soms opzet als hij of zij helemaal verrukt is van een kleine dreumes. Na ongeveer vijf minuten verwaardigen de katten zich werkelijk te vertonen, om te zien of ze wat te eten krijgen. Ze verzamelen zich in de keuken, waar ze op het fornuis en het aanrecht springen.

Kun je katten leren van het aanrecht te blijven? Jazeker. Maar Laura-Ann zegt: 'Als je niet wilt dat je kat op het aanrecht springt, kun je misschien beter geen kat nemen.' Van haar katten is bekend dat ze bij haar op tafel zitten en van haar bord mee-eten.

De katten van Laura-Ann vormen een uiteenlopend gezelschap,

dat goed gedijt onder haar zorg. Cary (genoemd naar Grant) is een nonchalante, stevige, grijs-witte kater; Benjamin is een pezige, oranje-witte kat die de anderen met gemak de baas is; Brandon is een oranje-witte reus, die het met elk levend schepsel goed kan vinden; Lily, een schuwe lapjeskat, is Laura-Anns lieveling.

Het is niet eenvoudig te achterhalen waarom deze vrouw zo aan katten gehecht is. 'Mijn moeder hield van katten,' vertelt ze, 'maar die waren nooit het middelpunt van het gezin.' Ze heeft twee belangrijke herinneringen aan haar jeugd, die haar dierenobsessie hebben doen postvatten. Laura-Ann weet nog dat ze absoluut niet met haar vader naar westerns wilde kijken, omdat ze zo bang was dat de paarden zouden struikelen. Toen de vrieskist van haar oom vol zat met konijnen die hij in één seizoen had geschoten, had hij de hele familie in de keuken bijeengeroepen om te pochen op zijn grote vangst. Laura-Ann had haar ogen dichtgeknepen.

Maar als kind droomde Cammisa niet van dieren, maar van nonnen. 'Dat is de droom van ieder goed-katholiek meisje,' zegt ze, alsof me dit allang bekend had moeten zijn. Ze is in 1949 in Brooklyn, als oudste van drie dochters in een hechte Italiaanse familie geboren. Haar vader studeerde voor civiel ingenieur en haar moeder zorgde voor de kinderen in hun souterrainwoning aan Lancaster Avenue. 'Het was het enige wat we ons konden permitteren,' weet ze nog. Maar het leven werd beter toen het gezin naar Massapequa Park op Long Island verhuisde, vooral omdat ze daar naar een openbare school konden.

Vervolgens ging Cammisa naar een katholieke college, waar ze meer over onafhankelijkheid dan over het geloof leerde en vloog toen ze haar school had afgemaakt onmiddellijk voor een jaar naar Italië. In 1972 was ze drieëntwintig, woog vijftig kilo en was ze één meter zesenzestig lang. Haar middellange haar danste los op haar rug, wat haar een onmiskenbaar vrouwelijk uiterlijk gaf en haar onmiddellijk een beslissende voorsprong gaf bij sollicitaties naar een bepaald soort beroepen. Ondanks de bloeiende vrouwenbeweging wierven luchtvaartmaatschappijen op agressieve wijze alleen ranke, goedgevormde meisjes om de uitnodigende hemelen te doorkruisen. Laura-Ann hapte toe.

'Ik wist dat mijn uiterlijk voldeed aan de criteria om stewardess te worden, dus solliciteerde ik bij een paar luchtvaartmaatschappijen,' herinnert ze zich. 'Die sollicitatieprocedures waren onvoorstelbaar. Bij Pan American moesten we in een gang heen en weer lopen, zodat de directeuren onze benen konden beoordelen.' Ze vonden haar benen mooi, maar Laura-Ann ging bij Eastern werken en vertrok naar Miami voor de opleiding. 'Ik dacht dat er een droom in vervulling ging,' geeft ze toe. 'Ik was net terug uit Italië en het enige wat ik wilde was teruggaan naar Europa. Ik wilde dolgraag reizen, geloof het of niet,' zegt ze met een lach. Dat is inderdaad moeilijk, want de vrouw die ik ken heeft vliegangst en haat het al om één avond van huis te zijn; ik kan haar zelfs niet overhalen mee te gaan naar de bioscoop.

De stewardessenopleiding was een grote flop. 'Het leek het leger wel, met dien verstande dat we werden gedrild in vrouwelijkheid,' vervolgt ze. 'Bij aankomst kregen we allemaal een make-upkoffertje van Christian Dior, dus droegen we allemaal dezelfde roze lippenstift en dezelfde roze nagellak. Toen begonnen ze ons te instrueren hoe we okselspray en vaginale spray moesten gebruiken. En dat in de jaren zeventig! Vrouwen hadden het over bevrijding en Eastern leerde ons hoe we zakenmensen moesten verwennen.' Alice in Wonderland werd wakker en rook koffie, geserveerd door modelvrouwen.

Het uur van de waarheid kwam voor Laura-Ann, toen ze aan de beurt was voor een nieuw imago. De gevestigde orde stond erop dat ze haar magische lokken afknipte. 'Ik had een pruik meegebracht omdat ik wel wist dat mijn haar een discussiepunt was,' legt ze uit. De docenten waren niet bereid een uitzondering te maken. 'Ik had mijn haar vanaf mijn zestiende niet meer geknipt en ik was niet bereid dat te doen om Eastern Airlines te plezieren,' zegt Laura-Ann. Ze verliet de opleiding en vloog naar New York terug.

Tegen het jaar 1977 woonde Laura-Ann in Upper West Side in New York in een studio met meer dan honderd kamerplanten. 'Ze was uren bezig met water geven,' zegt Jeff Schloss, de man met wie ze in 1980 trouwde. Schloss was acteur die zijn brood verdiende als ober. 'Toen ik Laura-Ann leerde kennen, had ze een cateringbedrijfje. Ze kon eten voor tweehonderd mensen klaarmaken in een keukentje dat zo klein was, dat je, als je in het midden stond, alle vier de muren kon aanraken.'

Cammisa werd een beroemdheid in de buurt, niet door haar liefde voor katten, maar vanwege haar bedrevenheid in het bakken van taarten, vruchtentaartjes en het bereiden van mousses, die ze aan bakkers en restaurants in de buurt verkocht. Ze herinnert zich een bakwedstrijd, gesponsord door Abraham and Strauss, waar ze haar pompoen-kaastaart introduceerde, een smakelijke, puddingachtige lekkernij, met de kleur van modder. 'Jeff en ik stonden op een perron van de metro, op weg naar A & S, en daar liet ik mijn kaastaart op het perron vallen! We konden hem niet meer in elkaar zetten, dus rende ik naar een delicatessenzaak om zure room te kopen, waarmee ik de bovenkant bedekte.' De taart won de tweede prijs. Als er geen laag zure room op had gezeten, zou hij waarschijnlijk de hoofdprijs hebben gewonnen, zoals in de wedstrijd het jaar daarop. Deze werd gesponsord door een vereniging van buurtbewoners. Laura-Ann won een klokradio.

Haar extreme hartstocht voor dieren, vooral voor katten, ontstond later pas, toen ze in Manhattan voor haar flatgebouw een zwerfkat vond. Achter de rug van haar huisbaas om (maar met de zegen van zijn vrouw), nam ze Linus bij zich in huis en werd stapelverliefd. Jawel, op een kat. Ze spreekt over dit grote oranje dier alsof het haar eigen kind was. De relatie met Linus en hun wederzijdse vermogen elkaar te troosten, ontroerde haar op een manier die ze nooit had gekend. Misschien was Linus een opmerkelijk intelligente kat, maar misschien was hij gewoon ontzettend dankbaar. Hoe dan ook, met Linus kwam het keerpunt in Laura-Anns leven. Ze sloot zich aan bij een onafhankelijke organisatie van vrouwen die zwerfdieren in de stad redden, opnamen en een tehuis voor ze zochten. Ze nam katten en een paar honden op, onder andere een husky, die Hobo heette. Toen ze geen van deze dieren in een pleeggezin of een permanent tehuis kon plaatsen, bracht ze ze naar een dierenopvangcentrum onder auspiciën van de ASPCA (American Society for the Prevention of Cruelty to Animals – komt ongeveer overeen met de Nederlandse Vereniging ter Bescherming van Dieren, vert.). 'Ik was zo dankbaar dat ik een plek had gevonden waar ik hen naartoe kon brengen. Ik vroeg nooit wat er met ze gebeurde,' zegt ze, terugziend op haar eigen naïviteit. Nu weet ze heel goed wat er gebeurt met zwerfdieren die in het asiel terechtkomen, zeker in New York City.

Wanneer Cammisa praat over het leven dat ze leidde voordat ze met dieren ging werken, lijkt het over een ver en inmiddels gestorven familielid te gaan. Ze heeft het wel eens over die tijd, waarin ze hele avonden aan het koken was, vrienden ontmoette of kalligrafeerde, een van haar geheime kundigheden. Maar geleidelijkaan begon haar obsessie voor dieren haar leven over te nemen en ieder uur van de dag te bepalen. 'Wil je wel geloven dat ik een heel creatief mens was?' vraagt ze spijtig. Nu gaat al haar creativiteit in haar huis zitten (ze heeft nog altijd talloze kamerplanten) en haar katten.

Licht stroomt door de vele ramen van dit moderne huis van cederhout en glas en de katten baden zich erin op kussens en in manden, die strategisch zijn neergezet voor hun genot; Laura-Ann heeft een speciale erker ingericht met een zitje op een verhoging, zodat de groep de vogeltjes van dichtbij kan gadeslaan. Zij mogen niet buiten komen – nooit. Maar de katten schijnen geen last te hebben van deze beperking. Waarom zouden ze ook? Er liggen kleurige kussens, dekens en speelgoed door het hele huis verspreid, zodat het een zorgvuldig uitgedachte kattenspeelzaal lijkt. Deze bevoorrechte groep katten heeft leergeld betaald; elk van hen is weggerukt van het randje van de dood in het asiel. Nu wonen zij in Katten-utopia, waar het comfort van de dieren prioriteit heeft boven dat van de mensen.

'Ik was eens op bezoek bij Laura-Ann en stond op het punt in een gemakkelijke stoel midden in de huiskamer te gaan zitten,' vertelt Lee DeLisle, genietend van dit verhaal. 'Maar daar zat Lily al. Dus wilde ik haar oppakken, zoals ieder normaal mens zou doen, om haar van de stoel te zetten. Laura-Ann kreeg een toeval. "Geen mens mag in dit huis een kat storen."' DeLisle plaagt de directrice, een van zijn beste vriendinnen, met haar obsessie voor dieren. Hij komt vaak bij haar over de vloer, omdat hij de eigenaar is van Dakota, een van Laura-Anns paarden. Honey, de metgezel van Dakota, was een geschenk van hem aan haar. Paarden moeten altijd minstens één ander dier als kameraad hebben (een geit is al genoeg), omdat het niet goed voor ze is alleen te zijn. Dakota en Honey rennen, eten en slapen samen; ze gaan ook samen in bad, worden samen beslagen en behandeld.

Af en toe komt Lee om op Dakota te rijden, maar Honey is een beetje onervaren; ze is nooit helemaal 'gestart' (het politiek correcte woord voor 'gebroken'). Laura-Ann had Honey een paar maanden (samen met Dakota natuurlijk) naar een trainer gestuurd, maar heeft ze voordat de training was afgerond teruggehaald, omdat de paarden begonnen te hoesten. Laura-Ann heeft weinig belangstelling om te leren paardrijden, hoewel ze les heeft genomen – ze toont foto's als bewijs. Maar de directrice van het asiel blijft ambivalent staan tegenover het voortzetten van Honey's training. Haar paarden zijn louter huisdieren, geen werkpaarden. 'Ik ben er niet van overtuigd dat paarden blijer zijn als ze werken,' zegt ze. 'Dat is wat de mensen denken, maar niemand weet het echt. Paarden zijn in ieder geval niet ongelukkig als ze de hele dag mogen spelen en eten.' Wie kan dat bestrijden?

DeLisle kan dat. 'Het breken van een paard is belangrijk,' zegt hij. 'Het kan van invloed zijn op zijn toekomst. Het is gevaarlijk om een paard te hebben dat niet in de hand te houden is.' Maar Lee heeft geleerd met Laura-Ann niet (te vaak) in filosofische discussies over dieren verzeild te raken. Ondanks hun samenwerking en vriendschap nemen ze wat dit onderwerp betreft verschillende standpunten in. Hun meningsverschil weerhoudt hem er echter niet van zijn geliefde paard aan haar zorg over te laten. De omheinde wei waar Dakota en Honey wonen is onberispelijk; wanneer Laura-Ann er is, schept ze verscheidene keren per dag de uitwerpselen weg. De paarden slapen op cederhoutkrullen, die iedere avond worden ververst en ze krijgen een speciaal mengsel van graan en vitaminesupplementen. Als tussendoortje krijgen ze zelfgebakken koekjes, gevuld met geschraapte worteltjes en stroop.

Aan het eind van de dag ziet Laura-Ann uit naar haar thuiskomst en het wegscheppen van mest in haar vredige koninkrijk. Ze heeft al drie jaar geen nieuw dier aan de groep toegevoegd. De laatste was een langharige zwerfkat, die bij haar achterdeur om eten bedelde. De directrice bracht de kat naar de dierenarts en liet haar de routine afwerken – inentingen, een leukemietest en sterilisatie. De kat kreeg de gedistingeerde naam Tootsie en verbleef een tijdje in het kantoor van het asiel. Maar de nieuwkomer wekte het misnoegen van Grace, de lapjeskat en asielmascottte, hoewel het Pebbles, het maatje van Grace, schijnbaar weinig kon schelen. Niettemin nam Laura-Ann Tootsie mee naar huis, waar zij de enige binnen- en buitenkat van de directrice is.

Tootsie komt niet verder dan de bijkeuken van Laura-Anns huis. De kat wordt evenzeer in de watten gelegd als de andere vier, maar nooit binnen gevraagd om zich bij de andere katten te voegen. Laura-Ann is ervan overtuigd dat Tootsie het evenwicht tussen de verschillende persoonlijkheden zou verstoren. Als katten territoriale gevechten leveren, beginnen ze meestal buiten de kattenbak te plassen. Eén lid van de asieldirectie, die verscheidene katten heeft, heeft vierentwintig uur lang een videocamera in haar keuken laten lopen, om erachter te komen welke van het stel clandestien ergens anders plaste. Elke kat in het huis van Laura-Ann heeft een eigen bak, een van de geheimen om de harmonie in de groep te bewaren; er staan ook vier afzonderlijke waterbakjes (van kristal natuurlijk) op de vloer in Laura-Anns keuken.

Na enige tijd in het Kattenpaleis te zijn geweest, werd het glashelder voor me wat ik in mijn eigen leven miste. Op dit broze moment in mijn voortschrijdende kat-bewustzijn, begon ik medelijden te krijgen met een kleine witte kitten, die Tibbs heette. Hij had een akelige infectie van de bovenste luchtwegen en zat in afzondering in het asiel. Tibbs was al door een familie geadopteerd, maar werd direct na zijn sterilisatie ziek, waarschijnlijk omdat de infectie al latent aanwezig was. (Dit is de reden waarom asieldieren vaak een ziekte krijgen zodra ze in hun nieuwe omgeving komen; hun weerstand is verminderd door de sterilisatie-ingreep, waardoor incuberende ziektes onmiddellijk de kop kunnen opsteken.) Tibbs familie wachtte tot hij hersteld was, maar de kleine bleef maar hoesten en schreeuwen. Hij moest het asiel uit om in een pleeggezin zonder katten te kunnen herstellen. Men zei me dat zijn toestand na een week of twee zou verbeteren, dus nam ik hem mee naar huis.

Drie maanden later, toen het gekokhals eindelijk over was, was hij geen schattig klein katje meer. Zijn adopteerders wilden een jong exemplaar en kozen een andere uit het asiel. Ikzelf had geen enkele behoefte om afstand te doen van mijn kat.

Tibbs had er al een aanvang mee gemaakt mij te laten zien wat de voordelen van een kat boven een hond zijn. Katten zijn er bijvoorbeeld tevreden mee gewoon kat te zijn. De meeste honden die ik ken, ook Bobby, zijn dieren die mens willen zijn. Katten kunnen menselijke wezens in het juiste perspectief zien. Het is niet zo dat ze ons niet waarderen, maar ze leven gewoon graag zonder te veel bemoeienis van buitenaf. In het leven van de kat zelf schijnt genoeg te gebeuren, waardoor ze betrekkelijk weinig belangstelling hebben voor wat er in ons leven gebeurt. Dat kun je van een hond nauwelijks zeggen.

Tibbs vindt veel dingen die Bobby doet merkwaardig. De kat zou het bijvoorbeeld niet in zijn hoofd halen om een hele doos ongekookte pasta, inclusief de doos, op te vreten. Ook zou hij er niet over peinzen op een lampje te kauwen. Het verschil tussen katten en honden lijkt een beetje op het verschil tussen honkbal en football. Het is even populair, maar in het laatste geval gebruikt men het hoofd als slaghout. Honden zijn kinderen, katten zijn artiesten.

De doorsnee katteneigenaar met een of twee aanhalige poezen, realiseert zich waarschijnlijk niet dat er tientallen verschillende kattenrassen zijn, evenals kattententoonstellingen, die met evenveel fanfare worden aangekondigd als hondenshows. Tijdens deze evenementen kunnen fokkers hun prijsdieren tentoonstellen en natuurlijk bestellingen voor kittens opnemen, die ze kunnen verkopen voor honderden, zelfs duizenden dollars.

Mijn komst bij Columbia-Greene was het begin van mijn opleiding. Ik ging er zoals de meeste mensen vanuit dat een raskat nooit in een asiel terechtkwam. Daar waren ze toch veel te duur, te waardevol en te dierbaar voor? Maar toen maakte ik kennis met de Siamezen, de Himalaya-katten, de Perzen, de Balinezen, de Maine Coons; de manxen, de Japanse kortstaarten, de oci-katten, de Blauwe Russen en de Turkse angora's, die er te gast waren. Ze waren gaan zwerven, net als de getijgerden en andere kortharigen.

Op een ochtend in het asiel pak ik de telefoon op. Er is een vrouw aan de lijn die een geval van mishandeling wil melden. Dit is het domein van Barbara Dohrman, maar zij heeft haar handen meer dan vol aan het betalen van rekeningen, bestellen van hondenvoer, iemand zoeken die de wasmachine kan repareren – alweer – en de accountant zit onder de knop van de telefoon te wachten tot ze klaar is. Dohrman, die uit New Jersey afkomstig is en hiernaartoe is verhuisd, werkt al meer dan vijf jaar bij het asiel en doet de administratie. Ze knikt 'ja graag' als ik vraag of ik het telefoontje voor haar moet aannemen. Ik wist nog niet dat het simpel aannemen van een telefoontje, zeker als het een geval van mishandeling betreft, vaak inhoudt dat je de verantwoordelijkheid op je neemt voor een of ander dier in moeilijkheden.

'Ik weet niet of ik de dierenbescherming wel moet bellen,' zegt een fluisterstem.

'Waarom niet?' vraag ik.

'Omdat ik fok. Ik weet dat jullie niet van fokkers houden.' We praten wat en ik hoor dat ze Himalaya-katten en Perzen fokt. Deze dame weet niet hoeveel geluk ze heeft dat ze mij aan de lijn treft. Laura-Ann lust fokkers rauw. Dohrman heeft geen tijd om naar hun problemen te luisteren. De vrouw is nerveus en wil haar naam of telefoonnummer niet zeggen. Die moet ik hebben voordat ik een melding kan opnemen. Ik zeg dat de kwestie hypothetisch blijft als ze niet bereid is zich te identificeren; dan wordt ze nijdig. Ik zeg dat ik achter haar sta, beloof dat ze anoniem blijft en verklaar dat de inspecteur misschien nogmaals contact met haar moet opnemen. Ze blijft onzeker. Als ik zeg dat ik ophang als ze geen besluit neemt, gooit ze haar verhaal eruit.

De vrouw aan de lijn beschrijft een andere vrouw die op zoek was naar een Perzische kat en ten slotte bij haar terechtkwam. Deze mevrouw had verteld dat één bepaalde fokker meer dan veertig katten in een caravan hield; ze beweerde dat de katten opeengepakt zaten in vuile kooien en allemaal erg ziek waren. 'De enige reden dat ik de dierenbescherming bel, is dat ik van Perzische katten hou en vind dat ze beter verdienen,' zegt de belster.

'Waarom belt die mevrouw haar klacht niet zelf door?' vraag ik.

'Zij geeft niet voldoende om de katten om erbij betrokken te willen worden,' zegt de vrouw.

'Hoe weet u dat de katten werkelijk ziek zijn?' vraag ik. 'U hebt ze niet met eigen ogen gezien.'

'Ik heb uitgebreid met haar gepraat,' dringt ze aan. 'Ik weet dat ze de waarheid zegt. Waarom zou ik mijn reputatie als fokker riskeren door u op te bellen, als ik niet de indruk had gekregen dat het serieus was?'

Ik laat haar even wachten en raadpleeg Dohrman, die onmiddellijk zegt dat ik rechtstreeks moet praten met de vrouw die de katten heeft gezien; dit is allemaal van horen zeggen.

'Ik moet de vrouw spreken die de katten heeft gezien,' zeg ik, als ik haar weer aan de lijn heb.

'Het spijt me heel erg,' zegt ze verontschuldigend, 'maar ik heb beloofd dat ik haar naam niet zou noemen.' Ze is wel bereid er bij de vrouw op aan te dringen dat ze zelf het asiel belt, maar ze betwijfelt of dat helpt. Dan geeft ze me de exacte locatie van de caravan en de naam van de fokker. 'Meer kan ik niet doen.'

Laura-Ann is zo sceptisch over deze klacht dat ze er nauwelijks naar wil luisteren. De directrice is niet bijzonder dol op Perzen, of wat voor raskatten dan ook. 'Weer zo'n fokker die een andere fokker in diskrediet brengt,' zegt ze afwerend. 'Zou dat mens het niet zalig vinden als de dierenbescherming een inval doet en de concurrent sluit?'

Maar ik ben niet overtuigd. 'Ik heb overigens niemand om er naartoe te sturen,' zegt Laura-Ann in een poging de discussie te kappen. 'Waarom ga jij niet?' stelt ze opeens voor. 'Vindt Tibbs het niet leuk om een Pers als maatje te hebben?' Misschien wel.

Er zitten momenteel twee Perzen in de kattenafdeling. Een ervan is een mix, die als zwerfkat is binnengebracht. Hij had met zijn poot in een valklem bekneld gezeten; hij kreeg prompt de naam Trapper. Dit zijn stalen valklemmen, die door jagers in het bos worden gezet en ze zien eruit als een (zeer scherp) vals gebit. Als een dier erop trapt, schiet de val dicht en breekt daarbij meestal ieder botje dat ertussen zit. Pootklemmen zijn in sommige staten verboden, omdat ze als inhumaan worden beschouwd. Bovendien raken er vaker huisdieren in bekneld dan dieren in het wild. Trapper is er goed vanaf gekomen. Zijn poot was niet gewond en er hoefde maar één teen te worden geamputeerd.

Ik vertel mijn dochter, die veel tijd met mij in het asiel doorbrengt, over de melding van dierenmishandeling door de kattenfokker. Zij beraamt onmiddellijk een plan: 'Je kunt haar bellen en zeggen dat je een kat wilt kopen voor de verjaardag van je dochter en dat je haar mee wilt nemen om er een uit te kiezen.' Kate heeft zin om detective te spelen. 'Ik wijs de ziekste katten in de kooien aan, zodat we ze eruit kunnen halen en hun ogen bekijken,' voegt ze eraantoe. 'Daarna kijk ik in hun oren.' Kate weet precies wat ze met katten moet doen, nu ze geruime tijd in de onderzoeksruimte van het asiel meedraait. Ik neem haar liever mee dan alleen te moeten gaan. Maar ik houd er niet van me anders voor te doen en mijn dochter daar ook toe aan te zetten. Ik leg het ethisch dilemma aan Kate voor, die voor alles een oplossing weet. 'Koop dan maar echt een kat voor mijn verjaardag,' stelt ze hoopvol voor. Ze is inderdaad binnenkort jarig en dit is de beoogde afsluiting van haar scenario.

Wanneer ik Denise Abbott aan de telefoon heb, zegt ze dat ze ongeveer twintig Perzische en Himalaya-kittens te koop heeft. Abbott dringt erop aan snel een afspraak te maken omdat ze zomeruitverkoop houdt. 'Het is een troep bij me,' waarschuwt ze. 'Ik ben mijn caravan aan het verbouwen.' Ze legt verder uit dat ze pas gescheiden is en een fulltime baan heeft als verkoopster in een speelgoedzaak. 'Daarmee betaal ik mijn katten,' voegt ze eraantoe. Ik kan door de gehaaste manier waarop ze praat, de gespannen situatie in haar leven duidelijk aanvoelen. De vrouw moet een paar katten verkopen om rond te komen.

Laura-Ann stelt voor dat ik een afspraak met haar maak om de katten te komen bekijken en dan een dag eerder, op het afgesproken tijdstip kom. Op die manier heeft Abbott geen kans om de boel op te ruimen en de ziekste katten uit het zicht te houden. Maar daar kan ik op een of andere manier niet toe komen. Ik ben al bezig een val voor haar te zetten.

Kate en ik moeten lang zoeken voor we het goede caravanpark in Valatie (de geboorteplaats van Bobby) vinden, en als we er eenmaal zijn, moeten we nog naar de goede caravan zoeken. We arriveren een halfuur te laat; Abbott is geïrriteerd omdat ze van haar werk heeft moeten komen om ons te ontvangen. Ze draagt een geel polyester pak, een heleboel make-up en heeft kort, blond haar met kleine krulletjes.

We gaan de caravan binnen. Het is geen kattenpaleis, maar ook geen kattenkerker. Het is er inderdaad wel een troep. De helft ligt overhoop door de verbouwing en er wordt geschilderd. In een kleine alkoof staan ongeveer twaalf kooien vol katten; in sommige ervan zitten vier volwassen dieren, zodat ze geen ruimte hebben om rond te lopen. 'Ik laat de airconditioning aan voor de katten,' zegt ze. 'Ze hebben een hekel aan de hitte.' Deze katten hebben lang haar en een platte snuit. Perzen hebben gauw last van oogproblemen en veel van Abbotts katten hebben drab onder de ogen en rode strepen over hun gezicht. 'Je moet hun gezicht elke dag wassen,' legt de fokster uit. Waarom doe je dan dan niet? wil ik vragen.

Abbott heeft de ruimte niet voor onze komst schoongemaakt, ze heeft zelfs de kattenbakken niet leeggeschept. Maar afgezien van de janboel maken de katten een lethargische indruk. Hun haren zien er slonzig uit en zitten vol met klitten. Gezonde, actieve katten houden zichzelf schoon. 'Wanneer ik er eentje verkoop, maak ik haar schoon en verzorg haar vacht,' verklaart ze. 'Ik heb er de tijd niet voor om ze steeds allemaal te borstelen.' Dan vraagt Abbott hoe wij onze huisdieren houden. Indien we er een van haar willen kopen, wil ze van ons weten of de kat gesteriliseerd moet worden. 'Mijn katten zouden eigenlijk nooit buiten mogen komen,' voegt ze eraantoe.

Kate loopt rond en pakt loslopende kittens van de grond op. Ze steekt haar vingers door de tralies, net als de andere kinderen die ze in het asiel heeft gezien. Abbott houdt haar vanuit haar ooghoek in de gaten. 'Ik wil die zien,' zegt Kate tegen mij, wijzend op een grote grijze kitten, die wat futloos in een hoek van een kooi zit. Abbott pakt hem eruit voor ons. 'Hij is mager,' merk ik op. 'Hij is gewoon actief,' verklaart Abbott. 'Deze is een druktemaker.' Kate werpt me een blik toe die zegt 'laten we hem nemen'. Ik kan er niet uit opmaken of ze acteert of niet.

'Heeft u nog meer katten?' vraag ik, vissend naar een indicatie voor nog zo'n pakhuis. 'Nee,' zegt ze, 'dit is het.' Ze legt haar prijzenbeleid uit: 'Driehonderd dollar voor een kat met papieren en honderdvijftig voor een kat zonder papieren. Als u ermee naar een tentoonstelling wilt of gaat fokken, hebt u de papieren nodig, anders hebt u er weinig aan.' Als ik meedeel dat ik moet nadenken over mijn besluit, werkt ze ons haastig de deur uit, sluit snel de caravan af en is al van de oprit verdwenen voor Kate en ik goed en wel onze gordels om hebben. Er zit een uitbouw aan de caravan en ik ben in de verleiding om door het raampje te turen, maar ik vrees dat de buren misschien kijken. Ik merk dat Abbott de airconditioning voor de katten, zesenveertig in getal, aan heeft laten staan.

Wanneer ik Laura-Ann de situatie beschrijf, vindt ze het een grensgeval, niet erg genoeg om terug te gaan met een huiszoekingsbevel. 'Ze heeft je tenminste gevraagd de kat goed te verzorgen en binnen te houden,' zegt ze erbij. Dat moet ik tot mijn spijt toegeven. Denise Abbott is een fokster die weinig tijd heeft en haar populatie niet onder controle houdt. Ze zit met te veel katten, te veel jongen en te veel rekeningen opgescheept en heeft niet genoeg tijd om de katten zelfs maar schoon te houden en ze er behoorlijk verzorgd uit te laten zien. Fokken is niet altijd lucratief. De maanden daarop worden er bij het asiel verscheidene Perzen binnengebracht en ik begin de stamboom van Abbott te herkennen. Ook het andere personeel herkent ze; ze hebben allemaal druipogen.

Ik kan niet begrijpen waarom Catskill, een schitterende Maine coon, al maanden in het asiel zit. Als mijn vriendin Sandra Kingsbury, een lerares in New York, met haar dochter Nell komt om een kat uit te zoeken, hoop ik dat ze hem neemt. Catskill is een subtiele kat met een fraai jasje. Hij is bedaard van karakter, maar heeft een enorme uitstraling. Sandra en Nell doen er uren over om een kat uit te zoeken, altijd een teken van serieuze kattenliefhebbers. Eerst willen ze Sasja, dan Squid, dan misschien Catskill. Maar op het laatst wil Nell een aanbiddelijke, langharige kitten, die Ashley heet. Kun je het haar kwalijk nemen? Catskill is wat verlegen en Ashley heeft ook een goed tehuis nodig.

In de asiels door het hele land zitten drie keer zoveel katten als honden. In tegenstelling tot honden worden ze meestal niet officieel geregistreerd, maar de ambtenaren van volksgezondheid in de regio hebben de laatste jaren wel bepaald dat ze tegen hondsdolheid moeten worden ingeënt. (Verscheidene kleine steden experimenteren tegenwoordig met verplichte registratie van katten.) Tot mijn grote verbazing nemen mensen aan dat katten uitstekend voor zichzelf kunnen zorgen. In plattelandsgebieden is het heel normaal om een zwerfkat bij de achterdeur te eten te geven. Een enkeling wordt binnengelaten, maar de meeste planten zich voort in portieken en in het bos, met als resultaat een kolonie verwilderde katten om je huis.

Wilde katten vormen een belangrijk probleem in de staat New York, zowel op het platteland als in dichtbevolkte gebieden. Het vereist, nog afgezien van de moed, een grote mate van handigheid om ze te vangen. Deze katten kun je onmogelijk aanpakken, laat staan in een draagmand stoppen en naar de dierenarts brengen. (De meeste dierenartsen staan er ook niet om te springen ze aan te pakken.) Verwilderde katten houden zich meestal in de buurt van melkveebedrijven op, maar gezien de dalende melkprijzen gaan boeren er niet gauw toe over zorg aan ze te besteden. Als een kat overlast bezorgt, bellen mensen de dierenbescherming, de ongediertebestrijding, of ze pakken een geweer en schieten ze af.

Verwilderde katten zijn ook niet bepaald dol op mensen. Het asiel levert diervriendelijke vallen, die met water en voedsel neergezet en regelmatig gecontroleerd moeten worden. De katten in de val laten lopen is eenvoudiger dan ze er weer uithalen. Het is een karwei dat veel kundigheid vereist; sommige asielmedewerkers komen zelfs niet in buurt. Personeel dat pas in dienst is staat erom bekend dat ze dekking zoeken als er een troep wilde katten arriveert. De katten moeten uit de val overgezet worden in kooien, waar ze voedsel krijgen en een paar dagen geobserveerd kunnen worden. Maar tijdens het overhevelen schieten ze nog wel eens uit de val, met als doelwit het dichtstbijzijnde gezicht.

Andrea Walker en Camille Praga, de parttime leidinggevende van de kennel, kunnen ze zonder een schrammetje op te lopen in zo'n kooi krijgen; ze plaatsen het uiteinde van de val in een open kooi, zodat de kat geen kant op kan. Soms ontsnapt zo'n kat desondanks als een ware Houdini en moet dan met een tang worden gevangen. Lori heeft littekens op haar onderarmen, omdat ze er met blote handen achteraan ging.

'Sommige wilde katten zijn goede schuurkatten,' zegt dokter Susan M. Tanner, de dierenarts van Old Chatham, die probeert samen te werken met werkgroepen die katten redden. 'Maar alleen als ze gesteriliseerd en ingeënt zijn. Deze katten vermenigvuldigen zich als gekken.' Cammisa neemt niet deel aan programma's voor het redden van wilde katten of voor hun vrijlating in gecontroleerde kolonies. Na de opvangtermijn in het asiel van vijf dagen worden ze allemaal afgemaakt. Als gevolg van dit beleid zijn er kattenliefhebbers die geen voet in het asiel zetten. Velen van hen menen dat geen enkel dier mag worden afgemaakt. Vanuit het standpunt van Laura-Ann bezien, is het gekkenwerk om een wilde kat voor adoptie vrij te geven. 'Ze hebben niet alleen een hekel aan binnenzitten, maar wie adopteert er nou een wilde kat, als er veertig vriendelijke beschikbaar zijn?' verklaart de directrice.

De mensen die ik in het asiel zie rondkijken, willen geen wild dier. Integendeel, zou ik zeggen. Zij zijn op zoek naar hun beste vriend – een mooi, gezond, goedgemanierd, volmaakt huisdier. Dat was wat ik wilde toen ik voor het eerst het asiel binnenliep. Maar die bestaan niet. Geweldige huisdieren maak je, ze worden niet geboren.

Asielmedewerkers en redders van dieren begrijpen dit kattenprobleem, maar het gewone publiek schijnt zich daar volstrekt niet bewust van te zijn. Nadat ik wekelijks tientallen katten bij het asiel heb zien afleveren, kan ik niet begrijpen hoe mensen zo opgewekt afstand kunnen doen van hun katten en kittens – rasdieren, lapjeskatten, oranje, zwarte, witte – zonder zich enige rekenschap te geven van hun verantwoordelijkheid voor het feit dat ze ze op de wereld hebben laten komen. De doorsnee mens wil dat zijn kostbare kat ten minste één nest jongen werpt, in de veronderstelling dat het voor een dier goed is jongen te krijgen. Bovendien willen de kinderen zo graag kleine poesjes en menen de ouders dat zoiets een waardevolle les is in het vreugdevolle gebeuren van de voortplanting. Dit is een fantasie die wordt gevoed door onjuiste ideeën. Zo zijn niet-gesteriliseerde katers gevoeliger voor kanker aan de testikels, bovendien spuiten ze je hele huis onder de urine. Bij vrouwtjes voorkomt sterilisatie borstkanker en houdt het ongewenste mannelijke bezoekers uit de buurt. Bevallen is geen risicoloos gebeuren, noch bij de mens, noch bij dieren. En duizenden kittens, geboren in gelukkige gezinnen, eindigen in het asiel, omdat de eigenaars geen plekje voor ze kunnen vinden. Hoe kun je dan van asiels verwachten dat zij ze allemaal kunnen plaatsen?

Als telkens dezelfde mensen met hele nesten binnenkomen, verwachten ze geen reprimande of een preek. Maar als ik luister hoe Cammisa die mensen op het hart drukt even stil te staan bij de rampenkoers die ze volgen wat betreft het bevolkingsoverschot aan huisdieren, besef ik dat ze er niet slechts een voorspelbare dierenideologie op nahoudt. Als zij één persoon ertoe kan bewegen zijn kat te laten steriliseren, vermindert dat op den duur de belasting van haar eigen personeel.

Zo af en toe sla ik Laura-Ann gade, als ze iemand ervan probeert te doordringen dat hij beter geen afstand kan doen van de kat die in de auto zit te wachten. Zij schijnt een soort röntgenoog te hebben ontwikkeld, waarmee ze in de harten en hoofden van mensen kan kijken en waarheid van halve waarheid en regelrechte leugen kan onderscheiden. Laura-Ann kan in een gesprek van een paar minuten een fatsoenlijke van een dubieuze eigenaar onderscheiden; ze observeert hoe zij fysiek met hun eigen honden en katten in het asiel omgaan. Ze leert mij ook aan de telefoon selectief binnenkomende dieren af te wimpelen. Wanneer iemand belt om te vragen of ze de kat kunnen komen brengen omdat hij naast de kattenbak plast, zeg ik: 'Gebruikt u altijd dezelfde kattenbakvulling?' Meestal zeggen ze ja. Dan adviseer ik ze over te stappen op een ander merk vulling en de kat nog een weekje te houden. Vervolgens stap ik over op een gesprek over infecties van de urinewegen en allergieën. Het doel hiervan is de eigenaar ertoe te brengen met de kat naar de dierenarts te gaan – niet naar het asiel. De mensen realiseren zich niet dat een dierenarts behulpzaam kan zijn bij het oplossen van een heleboel gedragsproblemen, die begonnen zijn als een medisch probleem.

Er staat een boodschap op mijn antwoordapparaat thuis, van Sandra Kingsbury. Ik ga onmiddellijk van het ergste uit, wat de gebruikelijke geesteshouding in het asiel is als een adopteerder zomaar opbelt. Maar Sandra meldt dat het met Ashley geweldig gaat – een lief, aanhalig beestje, dat zonder enige moeite is gewend. Het probleem is dat ze Catskill niet uit haar hoofd kan zetten. Dat gevoel komt me bekend voor. 'Ik kan het niet verdragen als hij nog steeds in die kleine kooi zit,' zegt ze.

'Hij zit hier nog steeds op je te wachten,' zeg ik gretig. Hij kan zich geen beter tehuis wensen. En tegen het eind van de week is Catskill bij Ashley ingetrokken.

Op een avond, als iedereen het asiel heeft verlaten, zie ik Laura-Ann de kattenruimte binnenglippen. Zij doet werkelijk haar best om iedere kat in deze instelling als haar eigen kat te behandelen. Ze spreekt ze aan met een grappig stemmetje, zorgt ervoor dat elk katje een speeltje en een deken heeft voordat ze weggaat, maakt elke kooi open en geeft iedere kat een nachtkus op zijn of haar wangetje. Daarmee bedekt ze ze onvermijdelijk met lippenstift, haar handtekening, waar het ochtendpersoneel de volgende dag om gniffelt.

Kooi na kooi werkt ze af in een tijdverslindend ritueel, dat aan het eind van de dag iets van haar bezorgdheid schijnt weg te nemen. De katten kennen haar. Oliver, die me geen blik waardig keurt, komt op Laura-Ann af rennen en ze telt de zes tenen van elke voorpoot, alsof dit een regelmatige routine is. De directrice controleert nauwgezet het sterilisatielitteken van Gemini, de oren van George, en alle nageltjes, die kort gehouden moeten worden. 'Katten met lange, scherpe nagels worden het laatst geadopteerd,' zegt ze. Ik snap dat ze niet alleen de dieren controleert, maar ook haar personeel. Ze wijst op twee verkeerd gespelde woorden op de kaartjes en klaagt over vuil in een van de hoeken. 'Ik maak de voorraadkast maar niet eens open,' voegt ze eraantoe, 'daar word ik alleen maar kwaad van.'

Wanneer we bij Apollo's kooi komen, zit daar een grote Siamese kruising met de naam Koning Toet. Mijn maag krimpt ineen. 'Waar is hij?' vraag ik nerveus. 'Rustig maar,' zegt ze. 'Hij is niet in de hemel, maar er wel dichtbij.' De nonnen hebben hem een paar dagen geleden opgehaald.

Buster en Samantha

DRIE

Er *is* een thuis voor je

ANTHONY LAWRENCE, een zwaarlijvige, kalende man van in de dertig, staat bij de balie een overdrachtsformulier in te vullen voor zijn hond. Hij draagt een T-shirt met daarop een afbeelding van een reusachtige kikvors die een bierblikje leegdrinkt. Nieuwe dieren worden verwelkomd met een mengeling van nieuwsgierigheid en ongerustheid. Ik loop naar buiten en zie een statige, wit met leverkleurige Springer-spaniël in een verwaarloosde Honda Civic zitten. De hond kwispelt enthousiast als ik langsloop en hem aankijk. Lawrence komt naar buiten en vertelt dat het een zwerfhond is, die hij twee weken geleden in Hudson heeft gevonden. Zijn huisbaas staat erop dat hij de hond wegdoet; de familie Lawrence heeft al een grote labrador. Hij schijnt erg gehecht te zijn aan deze hond, die door zijn zoon Pip is genoemd. Hij vertelt het asiel dat de hond zes jaar is. 'Hij heeft een paar wratten en een huidprobleem, maar dat is geen punt,' voegt hij eraantoe. Lawrence vraagt of hij even met Pip alleen mag zijn, voordat hij hem afgeeft. 'Pip sliep bij mijn zoon in bed,' zegt hij. 'We zijn snel aan hem gehecht geraakt.'

Ik laat de man en zijn hond alleen om in alle privacy afscheid van elkaar te kunnen nemen en ga naar het kantoor terug, waar mensen zitten die ik niet ken. De wisseling van de wacht gaat hier zo snel, dat er wekelijks nieuwe gezichten bijkomen. Andrea Walker is er nog, maar die gaat binnenkort ook weg. Ze heeft besloten een opleiding tot dierenartsassistente te volgen, wat inhoudt dat ze twee jaar naar school moet. Goed opgeleide, gespecialiseerde assistenten zijn minder duur dan dierenartsen en het zijn meestal de werkpaarden in de praktijk van dierenartsen en asiels. Deze assistenten kunnen bijna alle verrichtingen uitvoeren, behalve opereren. Laura-Ann besteedt de helft van haar tijd aan het aanstellen van nieuw personeel en het lozen van problematische medewerkers.

Ik bedien in de receptie de telefoon om het personeel daar te ontlasten. Bij het eerste belletje ben ik al sprakeloos. Het is een oudere vrouw met een incontinente, twaalf jaar oude pommeraan; de hond loopt met luiers om en de vrouw is het zat om voor het dier te zorgen. Ze wil weten of we 'Rosie' kunnen laten adopteren of dat we haar 'gelijk afmaken'. Ik houdt haar aan de lijn en haal Laura-Ann.

'Wat moet ik tegen haar zeggen?' vraag ik.

'Vraag of ze haar man ook loost als hij oud en incontinent wordt,' grauwt ze. Dan neemt ze de telefoon zelf aan en zegt tegen de vrouw dat het een daad van wreedheid is om haar oude zieke hond voor haar laatste levensmaanden bij het asiel af te leveren. 'Oude honden, zeker honden met een gezondheidsprobleem, mag je een dergelijke overgang niet aandoen,' verklaart ze. 'Ten eerste is het hier lawaaiig en angstaanjagend voor oudere dieren. Ten tweede kunnen weinig mensen zich veroorloven een zieke hond te adopteren. De rekeningen van de dierenarts zijn hoog. Het aardigste wat u voor uw hond kunt doen als u van haar houdt, is de dierenarts laten komen om haar in uw eigen huis te laten inslapen. Bespaar haar het trauma hier te moeten komen.' De vrouw begint te huilen. Laura-Ann zucht hardop. 'Als u het niet aankunt,' vervolgt ze, 'dan zullen wij het moeten doen.' Daar heb je het antwoord op haar vraag. Ik dank de hemel dat ik dit dier niet hoef te ontmoeten.

Lawrence zit nog steeds buiten met Pip en heeft grote moeite met het afscheid. Hij wil de hond zelf naar de achterste kennel brengen om te zien waar Pip zal verblijven. Dat is geen ongebruikelijk verzoek, maar dat gedeelte is alleen toegankelijk voor personeel. Sommige honden zijn nog niet onderzocht of ze zijn agressief. Op het moment is Grover daar, samen met Toby, een nest met acht labrador-rottweiler puppy's, drie zwervende labrador-herderkruisingen, een Duitse herder die Prince heet, Lady Luck, een Siberische husky, Smokey, een kleine grijze terriër en de twee bullmastiff pups, die we hier houden als bewijs van dierenmishandeling en in het asiel laten opgroeien. Er zijn drie plaatsen over en een daarvan gaat naar Pip. Ik vraag me af waar ze de dieren laten als er een plotselinge run op het asiel is.

Gedurende mijn eerste maanden als vrijwilligster bij de adoptie, wil ik de honden en katten snel meegeven aan iedereen die binnenloopt, voordat er ruimtegebrek ontstaat. Ik heb het gevoel dat de plaatsingsprocedure die Cammisa en haar personeel volgen, veel te lang en te nauwgezet is en dat ze er moeite mee hebben de dieren te laten gaan. Er wordt oeverloos gedebatteerd of die-en-die familie wel goed genoeg is voor Smokey of Grover. Ze zijn zo aan de realiteit van euthansie gewend, dat ze er niet meer door worden afgeschrikt, terwijl ik dat als een constante dreiging ervaar. Ik begin vrienden te bellen om dieren te adopteren, maar ze vinden dat ik te ver ga. Ik oordeel geringschattend over de staf omdat ik merk dat ze ertoe neigen vreemde mensen te wantrouwen en vreemde dieren niet. Cammisa vindt dat ik noch de maatschappij, noch haar beleid goed begrijp. 'Maar dat komt nog,' deelt ze me mee. 'We maken allemaal dezelfde stadia door. Ik heb precies dezelfde gevoelens gehad als jij nu.'

Ik besluit een paar honden te volgen vanaf het moment dat ze in deze molen terechtkomen, om te zien wat nu eigenlijk bepalend is voor een adoptie en wat niet. Ik ga bij dit onderzoek niet erg systematisch te werk. Ik kies honden uit, die ik toevallig gadesla gedurende de eerste schok van hun opname in het asiel. Voor mij loopt dit, verrassend genoeg, uit op een ervaring van binding. De beloning hiervoor is de geweldige voldoening als zo'n dier wordt geplaatst. Maar die voldoening duurt vaak maar kort. Beduidend veel honden komen meteen terug en moeten voor een tweede of derde keer worden geplaatst. Telkens wanneer het aantal dieren dat wordt teruggebracht oploopt, wil Cammisa de adoptieprocedure strenger maken. Maar het heeft geen zin honden in het asiel vast te houden als er een eventueel tehuis wacht.

Anthony Lawrence en Pip trekken direct mijn aandacht, omdat de man, ondanks zijn gehechtheid, de hond kan loslaten. Ik vraag me af of meneer Lawrence zelf geprobeerd heeft een tehuis voor de spaniël te vinden, voor hij hem hier bracht. Ik ga voor de derde keer naar buiten om de hond te halen en zie dat Lawrence huilt. 'Pip gaat meteen naar de adoptiekennel zodra daar ruimte voor hem is,' zeg ik tegen hem, bij wijze van troost. 'Rashonden worden vaak het eerst geadopteerd.' Schoorvoetend overhandigt hij me de riem, verlegen met zijn emoties.

'Ik heb een idee,' stel ik spontaan voor. Hij kijkt me aan. 'Wilt u dat het asiel uw huisbaas belt om te proberen iets te regelen? Misschien kunnen we hem van gedachten laten veranderen.'

'Nee,' zegt hij keihard, alsof mijn aanbod om te helpen beledigend was, 'niet doen.' Daarna stapt hij abrupt in zijn auto en rijdt weg zonder om te kijken.

Pip is een beste kerel en lang niet zo overstuur als zijn baasje over de scheiding – nog niet, althans. Ik breng de hond naar het kantoor om een medewerkster van de kennel te zoeken die hem mee kan nemen. 'Waar heb je hém vandaan?' vraagt Lori Beckers retorisch, terwijl ze de hond een klopje op zijn kop geeft. 'Lekkere wratten,' voegt ze eraantoe. Ik vertel haar van het lange afscheid van Pip en zijn huilende eigenaar. 'Ja, ja. Als hij écht zo overstuur is, waarom heeft hij die verdomde hond dan niet gehouden en zijn huisbaas aan de kant gedaan?'

Lori draagt een T-shirt waarop te lezen staat: 'Ik heb me al zo vaak ziek gemeld, dat ik me nu maar dood meld.' Op haar veertigste is zij verreweg het langst van allemaal bij het asiel werkzaam – zestien jaar – en ze heeft ook het meeste gevoel voor humor. Lori kan ontzettend vals zijn, daarom willen de meeste mensen graag met haar op goede voet blijven. Ze zegt meestal onmiddellijk wat ze op het hart heeft en gaat tot het uiterste om een dier te redden. Bij een spoedgeval zijn zij en haar man Paul altijd het eerst ter plekke. Haar laatste avontuur was het redden van een stel katten uit een brandende etage. De brandweer belde midden in de nacht en de Beckers werden uit hun bed gebeld om de gewonde dieren te redden en de dode op te ruimen. Gedurende al die jaren heeft Lori paarden uit rivieren, koeien uit moerassen, ratten uit dodencellen en honden en katten uit allerlei hoeken en gaten gehaald.

Op een keer was Lori op routine-onderzoek naar een geval van dierenmishandeling. Het ging om een hond die aan een ketting aan een boom zat. Ze trof een oude, ondervoede labrador aan, zonder water of een dak boven haar hoofd. Maar het allerergste was dat een of andere reu haar had gedekt terwijl ze vastzat; ze had twaalf jongen om te voeden. Lori ging volkomen over de rooie en was niet bereid de hongerende moeder met haar jongen aan de boom te laten zitten. Toen ze de familie meedeelde dat ze de honden meenam, begon de jongste zoon, van misschien zes jaar, haar uit te schelden en een enorme stennis te schoppen. Lori pakte een vuurwapen, richtte op hem en sloot hem op. Daarna begon ze bedaard alle dertien honden in de ambulance te laden. Sinds dat voorval draagt ze de bijnaam 'Beckers de wreker'.

Lori heeft een onuitwisbare indruk op de jongen gemaakt, die nu acht is. 'Dat mens kwam met een vuurwapen aanzetten, zeg,' vertelt hij me drie jaar later. Ik was met DeLisle naar hetzelfde huis gegaan, toen het asiel klachten binnenkreeg over de huidige hond van deze familie. Dit keer was alles in orde met de hond. Een buurman had de klacht ingediend, in de hoop dat de dierenbescherming hen zou komen lastigvallen. 'De Montagues tegen de Capulets,' zei DeLisle tegen mij, toen we vertrokken. De familie was opgelucht dat DeLisle kwam, niet Beckers. Ze is overgeplaatst en doet geen opsporingswerk meer, eerder vanwege gezondheidsredenen – Lori lijdt aan zware astma en allergieën – dan vanwege haar bulldozerachtig optreden.

Als ik Lori aan het voorval herinner, kan ze zich de familie niet meer voor de geest halen, maar ze weet vaag dat het om een witte hond met puppy's ging. 'Geloof maar dat ik een goede reden heb gehad om die honden mee te nemen,' zegt ze. Ik geloof haar.

Lori steekt niet onder stoelen of banken dat ze meer van dieren houdt dan van de meeste mensen. 'Je gelooft me niet,' zegt ze. 'We hebben net een vijfjarige labrador binnengekregen, echt een leuke hond. Moet je kijken wat de eigenares schrijft.' Lori geeft me het overdrachtsformulier, zodat ik het zelf kan lezen. In fijn handschrift staat bij 'reden van overdracht' ingevuld: 'Geen ruimte in de achtertuin.'

'Ik heb gevraagd hoe groot haar tuin is,' vervolgt Lori. 'Ze zegt: "Tamelijk groot, maar we hebben pas een zwembad laten aanleggen en nu is er geen ruimte meer voor de hond." Die hadden we nog niet gehoord, hè?' Lori schudt lachend haar hoofd. 'En het is écht een leuke hond,' herhaalt ze. Lori staat bekend om haar sympathie voor oudere honden. Ik heb gehoord dat haar huis een soort rusthuis voor honden is.

'Denk jij erover de hond te adopteren?' vraag ik haar.

'Misschien,' zegt ze, 'maar ik heb er al vijf. Moet je mijn keuken zien als het etenstijd is.' Daarna beschrijft ze een eetritueel dat volgens een nauwgezette choreografie verloopt. 'Je moet maar eens komen kijken,' zegt ze, terwijl ze de telefoon opneemt.

Andrea neemt Pip mee naar achter om te ontbijten. De honden huilen (er zitten vier beagles) en schrokken hun eten naar binnen alsof er geen morgen meer zal zijn. De maaltijden zijn natuurlijk het hoogtepunt in het leven van een asielhond. Het geluid van twintig schrokkende honden die hun kommen helemaal leeglikken en water slurpen om hun verhemelte schoon te spoelen verheugt het kennelpersoneel, omdat het een aanwijzing is dat ze gezond zijn en in een goede stemming verkeren. Als honden niet eten, moet het personeel achter de reden zien te komen. Asielhonden genieten over het algemeen van ieder beetje aandacht dat ze krijgen.

Als de honden klaar zijn met hun ontbijt, wachten ze reikhalzend op Fred Bernockie, een gepensioneerde postbode uit Hudson, die met elke hond twintig minuten gaat wandelen op Humane Society Road, langs de maïsvelden en de weilanden met de koeien. Fred is vrijwilliger; hij laat elke hond in het asiel zeven dagen per week uit, zonder over te slaan en bij elk weertype, alsof hij nog altijd de post rondbrengt. Wanneer deze aardige, leeftijdloze man met zijn gerafelde gele lasso (een verlengbare riem die de honden ongeveer twee meter speling geeft) door de kennel loopt, wordt iedere hond dolenthousiast, in de hoop dat hij of zij het eerst wordt meegenomen. Niet dat ze op andere tijdstippen niet uitgelaten worden door potentiële adopteerders of personeelsleden, maar de honden adoreren Fred gewoon. Eén vrouw die een kleine West Highland terriër had geadopteerd, kwam een keer langs voor een bezoekje aan Fred, omdat ze meende dat de hond wat opgevrolijkt moest worden. Het komt zelden voor dat er een dusdanig agressieve hond in het asiel is dat zelfs Fred niet bij hem in de buurt kan komen. Meestal hangt er dan een haastig geschreven briefje aan een hok met de woorden: *Gevaar – alleen Fred kan hiermee omgaan.* Fred heeft geen angst voor dieren. Hij is ook praktisch doof – wat geen handicap is in deze tak van werk.

Fred komt de receptie binnen om te horen welke honden vandaag 'naar huis' gaan, om hen in het bad te doen. 'Naar huis gaan' klinkt in het asiel als het luiden van de feestklok. Wanneer dieren werkelijk vertrekken is dat een grote gebeurtenis. Het personeel komt afscheid nemen en knuffelt hen. Zack staat op het punt weg te gaan, dus baadt Fred hem het eerst. Zack is een opgewekte, driekleurige, krulharige terriër van twee, zo uit *Annie* weggelopen. Hij gaat met de familie Salt mee naar huis. Ze hebben zes kinderen, die in leeftijd variëren van vier maanden tot veertien jaar. Priscilla Salt, die achter in de twintig lijkt, heeft haar handen vol, maar niet alleen aan de kinderen. Jim Salt is tegen de twee meter en even moeilijk als hij lang is. Tijdens zijn eerste bezoek aan het asiel joeg hij ieder personeelslid met wie hij in aanraking kwam tegen zich in het harnas. Wat Jim betrof was het invullen van een adoptie-aanvraag voor een hond een belachelijke procedure.

Wanneer de auto van de familie Salt op het parkeerterrein

stopt, gaat er een algemeen gekreun op in het kantoor. 'Je kunt niet van iedere adopteerder houden,' zegt Sue Spohler, die zich voorbereid op de beproeving van aanstonds. Spohler is een uiterst waardevolle en flexibele medewerkster. Ze is rustig en gedecideerd en over het algemeen in staat met uiteenlopende typen mensen om te gaan. In tegenstelling tot Beckers kan zij ook voor mensen sympathie opbrengen. Ze is een hartelijke, optimistische persoonlijkheid en heeft een prachtige kop met roodblond haar. Spohler woont vijftien kilometer hiervandaan met Cody, haar zoon van acht, en (bij laatste telling) vijf manx-katten. In haar vrije tijd maakt Sue kleurige sieraden, meestal heel aparte dieren- of groentefiguurtjes. (Ikzelf draag af en toe een welgevormde rode biet op mijn revers.)

Zack heeft tweeëntwintig dagen in het asiel moeten wachten op iemand die hem mee wilde nemen. Ik heb zelf een voorliefde voor langharige terriërs en het verbaast me als ze wekenlang in het asiel zitten. Dit zijn de eerste mensen die Zack nog eens in overweging hebben genomen. 'Laten we hopen dat het goed gaat,' zegt Laura-Ann. 'Het was geen slechte aanvraag.'

De Salts komen haastig binnen. Ze zijn geïrriteerd dat ze moesten omrijden om bij het registratiekantoor in de buurt een vergunning voor de hond te halen. Andrea brengt Zack binnen, die er schoon en wollig uitziet. Ze begint te vertellen hoe de hond verzorgd moet worden. Alle mensen krijgen, voordat ze vertrekken, een korte uitleg over de basisprincipes van dierenverzorging. Ik sla Jim door het raampje in het kantoor gade en zie dat hij Andrea voortdurend onderbreekt, zodat ze geen zin kan afmaken. Andrea ergert zich. Ze stopt met het praatje, geeft Priscilla de riem en loopt weg.

'Ik kan niet met hem omgaan,' zegt Andrea in de beslotenheid van het kantoor tegen mij. 'Ik probeer alleen maar uit te leggen hoe ze het litteken van de sterilisatie moeten behandelen, maar die vent houdt zijn waffel niet. Hoe zijn die lui in hemelsnaam door de adoptieprocedure gekomen?' vraagt ze. 'Ze denken dat ze alles van honden af weten, omdat ze ooit een teckel hebben gekocht in een dierenwinkel, die ze nota bene binnen twee maanden hebben weggegeven! Zack is veel te goed voor ze!' Dit zijn geen aardige mensen. Maar ze hebben het recht om een hond te bezitten en ze hebben de horden van het asiel genomen.

Ik ga naar buiten om de Salts te begroeten en afscheid te nemen van Zack. Intussen waarschuw ik Priscilla dat Zack een beetje bazig is. 'Hij *blijft* ten slotte een terriër,' zeg ik. 'Geef hem even de gelegenheid om zich aan te passen, vooral aan al uw kinderen, dat is het beste.' Ze knikt en terwijl wij praten, waarschuwt ze haar kinderen de hond niet te plagen. 'Laat hen niet in de buurt komen als hij aan het eten is,' waarschuw ik haar. Iedere hond, niet alleen een terriër, kan met andere dieren of kinderen in de buurt, erg verdedigend reageren als het om zijn eten gaat.

Priscilla vraagt informatie over hondenvoer voordat ze vertrekken. Ik vraag haar waar ze altijd haar boodschappen doet, zodat ik een merk kan bedenken dat voor een moeder van zes kinderen gemakkelijk te krijgen is.

'Waarom wilt u weten waar wij boodschappen doen?' onderbreekt Jim me, alsof ik zijn vrouw naar een belangrijk familiegeheim heb gevraagd.

'Er wordt doorsnee hondenvoer verkocht in de supermarkt,' leg ik een beetje defensief uit, 'en hoogwaardig voedsel in zaken als Agway en True Value, en daar doet u misschien uw boodschappen al.'

'Ik geef mijn kinderen al geen *hoogwaardig* voedsel, waarom dan wel aan de hond,' antwoordt meneer Salt.

Ik weet niet of ik hierom moet lachen of niet. Priscilla kijkt me schaapachtig aan en zegt: 'Hij maakt maar een grapje.'

'En wát geeft u de kinderen dan te eten?' vraag ik, smekend om de volgende rake opmerking.

'Macaroni met kaas,' zegt hij, 'iedere avond. Vooruit, we gaan.' Hij geeft Priscilla een seintje om op te schieten en zij gebaart haar kinderen haastig mee te komen. Ze heeft de riem van Zack in haar ene hand en de baby in haar armen. Een jaar geleden zou mijn medeleven geheel naar Priscilla zijn uitgegaan; nu heb ik ook met de hond te doen, omdat ik weet dat hij bij de familie Salt onder aan in de pikorde zit.

Iedereen maakt zich zorgen om Zack. Laura-Ann kijkt de aanvraagformulieren nog eens door. 'Ze zijn erdoorheen gekomen omdat er geen concrete redenen waren om deze mensen een hond te weigeren,' zegt ze tegen de medewerkers. 'Ze zijn zelfs eerlijk geweest over het feit dat ze hun laatste puppy hebben weggegeven.'

'Heb je het recht mensen een hond te weigeren, alleen op grond van antipathie?' vraag ik.

'Wij zijn een particuliere instelling. We kunnen doen wat we willen,' zegt de directrice. 'Maar ik wil graag een goede reden hebben om iemand een hond te weigeren. Niet dat we mensen niet automatisch een hond weigeren. Kijk maar naar de Zwarte Lijst. Die beslaat dertien kantjes.' De Zwarte Lijst is een op alfabetische volgorde gerangschikte lijst van mensen die nooit het genoegen zullen smaken een hond van het asiel te mogen adopteren. De meeste van hen hebben een mishandeld dier gebracht, of er zijn dieren bij hen weggehaald.

De adoptie-eisen bij de dierenbescherming van Columbia-Greene zijn strikter dan bij sommige asiels en soepeler dan bij andere. Het asiel van Ulster County, aan de overkant van de rivier, ten zuiden van Greene County, plaatst geen dieren buiten de regio. Men zou mij een hond hebben geweigerd, omdat '212-ers' niet welkom zijn. Bij een ander asiel, vlak buiten Albany, kunnen adopteerders langskomen, een kat of hond uitzoeken en na twintig minuten alweer met een nieuw huisdier buitenstaan. Die dieren zijn ook niet gesteriliseerd voordat ze naar huis gaan.

Op een middag, toen ik de stroom dieren en mensen observeerde in het Centrum voor Dierenopvang en -sterilisatie in New York City, zag ik een Russisch echtpaar, dat geen Engels sprak en van een bijstandsuitkering leefde, een kleine, niet gesteriliseerde hond adopteren. Het echtpaar was pas zes maanden in het land en had nooit eerder een huisdier gehad. Toen de adoptieadviseur hun een formulier overhandigde waarmee ze de hond gratis konden laten steriliseren bij een van de vele dierenartsen die met de asiels samenwerken, leken deze mensen er helemaal niets van te begrijpen. In een poging om de betekenis van de operatie aan hen uit te leggen, pakte de adviseur het hondje op, wees naar zijn genitaliën, herhaalde een paar keer het woord 'steriliseren' en maakte een kappende beweging met zijn hand. Dit gebaar maakte het stel heel erg van streek. Zij schudden zeer beslist het hoofd en zeiden: 'Nyet. Nyet. Nyet.'

Ik begon me af te vragen of die mensen misschien dachten dat hen werd gevraagd de hond te laten castreren. Toen ik dat tegen de adviseur zei, ging hem een lichtje op. Hij rende naar buiten om de zoon van het echtpaar te halen, een man van ongeveer vijfendertig, die wel een beetje Engels sprak. De zoon snapte de verwarring blijkbaar, dus werd hem gevraagd het verschil uit te leggen tussen sterilisatie en castratie. Nadat hij het in het Russisch had uitgelegd, kalmeerde de vader. Hij nam schoorvoetend het papier aan alsof het een dagvaarding betrof.

Nadat de familie met de hond aan een riem, die zo-even nog om de nek van een andere hond had gezeten, was vertrokken, vroeg ik de adviseur waarom hij meende dat deze mensen de hond een goed tehuis konden bieden. Hij antwoordde: 'Toen ze door de kennel liepen keken ze met ogen vol liefde naar de hond.'

'Is dat uw belangrijkste criterium?'

Hij knikte.

'Houdt u de hond in de gaten?'

'Daar hebben we geen tijd voor,' verklaarde de uitgeputte adviseur. Toen vertelde hij me treurig dat het hondje anders die avond een spuitje zou hebben gekregen. De constante druk om de dieren te plaatsen voordat ze worden afgemaakt, maakt het onmogelijk om ervoor te zorgen dat ze goed terechtkomen.

Twee dagen nadat hij geplaatst is, wordt Zack alweer bij het asiel teruggebracht. Priscilla komt binnen met haar tweejarige dochtertje op de arm. Ze heeft een kleine snijwond boven haar oog. 'Het is niet de schuld van Zack,' zegt de moeder direct ferm. Het kleine meisje was van achteren naar de hond toe gekomen. Deze had zich snel omgedraaid en haar per ongeluk in het gezicht gehapt. Het kind was hysterisch geworden. 'We kunnen hem niet houden,' zegt ze met oprechte spijt. De Salts willen het geld terug. Daar hebben ze recht op, omdat ze de hond binnen twee weken terugbrengen. Het meisje wil nog naar andere honden kijken, maar Priscilla is zo verstandig te zeggen: 'Daar komt niets van in.'

Wanneer een van de adoptiemedewerksters, een Britse vrouw die Andrea Stewart heet, aankondigt dat ze overweegt Zack zelf mee naar huis te nemen, lijkt het een aardverschuiving te ontketenen. Opeens, nadat Zack weken in het asiel had zitten smachten, wil iedereen hem hebben. Tegen het eind van de week zijn er twee aanvragen voor hem binnengekomen. Ik merk dat je geen staat kunt maken op smaak, dat er ook geen wetenschappelijke formule bestaat waaruit je kunt afleiden welke honden door welke mensen zullen worden meegenomen. Een paar weken lang denk ik dat alle jonge, lichtgekleurde dieren het eerst worden geadopteerd, maar vervolgens wordt een kleine witte puppy in het asiel achtergelaten en blijft daar drie maanden, voordat hij een tehuis vindt. Dan is iedereen wekenlang zoekende naar een niet verharende terriër, of naar een poedelkruising, en dan blijft Rocky, een raszuivere poedel met een gouden hart, bijna vier maanden in zijn hok. Als hij eindelijk naar huis gaat met de eigenaars van een van de grootste veeboerderijen in de omgeving, huilt Elise Vega, zo blij is ze voor de hond. Ze nam hem af en toe 's avonds mee naar huis om hem op te vrolijken.

Beide aanvragen voor Zack bieden een goed tehuis, dus heeft het asiel de luxe om te kiezen. Zack komt in een passend gezin: ouders, twee kinderen en zijn nieuwe beste vriend is een speelse cockerspaniël.

Walker maakt zich zorgen om Pip, de zes jaar oude Springer die nu al verscheidene weken hier is. De hond wordt zichtbaar depressief, hij ligt de hele dag met zijn neus tussen zijn poten in het hok. Honden leven in groepen, maar vooral voor oudere honden is een opgesloten leven in een lawaaiige kennel bijzonder stressvol. Puppy's doen het in het asiel nog het best; die spelen de hele dag met hun broertjes en zusjes tot ze doodmoe in slaap vallen. Maar oudere honden hebben genoeg ervaring in gezinnen opgedaan om te weten wat ze missen. Pip wordt lethargisch, zijn vacht begint uit te vallen en hij heeft ook niet veel belangstelling meer voor mensen. Niemand die hier langsloopt neemt notitie van hem omdat hij op de vloer achter in zijn kooi ligt; de reddingsvereniging van Springers (elke soort heeft wel een stel toegewijde fans die komen aanrennen om individuele honden te redden), heeft niet eens de beleefdheid te reageren op de telefoontjes van het asiel om te helpen. Wanneer honden een tijdje hier zijn, begint het personeel strategieën te bedenken om te voorkomen dat ze moeten worden afgemaakt. Ik kijk naar Andrea die haar lunchtijd bij Pip doorbrengt, met hem wandelt en tegen hem babbelt en haar eten met hem deelt.

'Waarom neem je hem niet mee naar huis?' vraag ik haar ten slotte.

'O,' zegt ze, 'ik heb je zeker nog niet over Peanut verteld.' Peanut is haar moeilijke golden-retrieverkruising, die niet met andere honden kan opschieten en ook niet met mensen. Hij heeft een goede vriendin van Andrea in het gezicht gebeten. ('Het was niet de schuld van de hond,' zegt ze.) Peanut is gered uit een gezin waar hij werd mishandeld. Ze gaven hem weg, tegelijk met de uitverkoop van hun tuin. Andrea is hem zeer toegewijd, maar Peanut is dermate neurotisch dat ze Pip, of welke andere hond dan ook, niet mee naar huis kan nemen.

Het asiel zit tjokvol en er moeten spoedig beslissingen worden genomen over wie er in aanmerking komen voor euthanasie. Andrea gaat naar Laura-Ann en smeekt haar Pip een weekje naar het kantoor te laten verhuizen. Aangezien Nicholas, de geliefde asielmascotte, rustig is gestorven, is daar een plaatsje voor een hond. 'Als het goed gaat, kunnen we hem er misschien houden,' stelt Andrea voor, heel goed wetend dat mascottedieren geen gevaar lopen.

Laura-Ann is God. Bij haar berust de macht over leven en dood voor de dieren. Deze keer behaagt het God Andrea's wens in vervulling te laten gaan. Tot zijn grote vreugde wordt Pip uit de kennel naar het kantoor verhuisd, waar op de grond een bed voor hem wordt gemaakt. Laura-Ann heeft de as van Nicholas nog op haar bureau staan, ze heeft nog geen tijd gehad om een zerkje voor hem te bestellen.

Op de derde dag dat Pip in het kantoor woont, belt meneer Volk, een bejaarde Duitser die nauwelijks Engels spreekt. Hij en zijn vrouw hebben pas hun twaalf jaar oude Springer-spaniël verloren. Ze treuren om hem en willen graag een nieuwe hond. 'Het is een wonder,' zegt Barbara Dohrman, die een oogje heeft op de oude spaniël die onder haar bureau ligt. Wanneer de Volks over Pip horen, beschouwen zij het ook als een buitenkansje. Ze haasten zich naar het asiel om hem te leren kennen.

Meneer en mevrouw Volk zijn in de tachtig. Ze spreken en bewegen traag en zoeken een rustige, lieve hond. Meneer Volk kan wel wat Engels spreken, maar zijn vrouw, een zedig dametje van nog geen één meter vijftig, spreekt alleen Duits. Zij zijn bijna veertig jaar huisbewaarders geweest op een groot landgoed in Old Chatham. Nu zijn ze gepensioneerd en wonen ze in een blokhut in Ghent. Ze willen Pip onmiddellijk mee naar huis nemen. Zij vinden zelfs dat hij op hun oude hond Fritz lijkt.

Elise maakt hun aanvraagformulieren in orde en heeft een paar bezorgde vragen omtrent deze plaatsing. 'De laatste hond van de Volks zat het grootste deel van de dag vastgebonden buiten,' zegt ze tegen Laura-Ann. 'Maar 's avonds werd hij binnengelaten,' voegt ze er hoopvol aan toe. Nadat ze de referentiepersonen heeft gesproken, stijgt de sympathie van Elise voor het oude echtpaar. 'Ze zijn overdag allebei thuis en Pip mag binnen wonen. Mevrouw Volk gaf haar laatste hond hetzelfde eten als ze voor henzelf kookte,' vertelt ze erbij.

'Wat kookt ze dan?' vraag ik.

'Voornamelijk Bratwurst,' zegt Elise, die haar tong uitsteekt en een vies gezicht trekt. Ze is vegetariër. De Volks hechten dan niet veel belang aan de voedzame bestanddelen van eten, maar ze behandelen hun hond als een familielid. 'Laten we ze de hond maar geven,' vindt Laura-Ann. 'Hij verdient een goed tehuis.' Zelfs Andrea is blij. Ze rijdt hem zelf naar de dierenarts om hem te laten steriliseren.

Na de operatie van Pip belt dokter Johnson onmiddellijk met Laura-Ann. Dierenartsen bellen zelden op, tenzij er een probleem is. 'Hij is er prima doorheen gekomen, maar deze hond is geen zes,' zegt hij tegen de directrice. 'Waarschijnlijk is hij tien of elf jaar.' Laura-Ann is sprakeloos, net als wij allemaal. Pip is tamelijk energiek voor zo'n oude hond. Maar op die leeftijd moet een operatie wel goed overwogen worden. Dokter Johnson is niet blij met deze vergissing. 'Maar waarom belt hij me dan niet vóór de operatie, als hij zo bezorgd is?' vraagt Laura-Ann zich af.

Pip blijkt echter kerngezond te zijn en keert in een opgewekte stemming terug uit de kliniek. Maar de Volks moeten wel de juiste leeftijd van de hond weten. 'Hier is iets heel vreemds aan de hand,' zegt Elise. 'Zo'n discrepantie is verdacht.' Ze wil een beetje speuren om meer informatie over de hond te krijgen. Hoewel Pip binnen werd gebracht als zwerfhond, scheen de vinder zeker te zijn van zijn leeftijd. Elise besluit Lawrence te bellen.

De moeder van Lawrence neemt op. 'Wij willen u meedelen dat we een goed tehuis voor Pip hebben gevonden,' zegt Elise opgewekt. Mevrouw Lawrence is blij. 'Weet u nog welk jaar u de hond hebt gekregen? Er bestaat wat verwarring omtrent zijn leeftijd.' Mevrouw Lawrence denkt even na en zegt: 'Eens even kijken. Wij hebben Pip gekregen in hetzelfde jaar waarin mijn kleinzoon werd geboren. Dus dan moet hij elf zijn.' Elise, die het grootste deel van haar volwassen leven werkt voor het welzijn van dieren, is furieus Zij deelt mevrouw Lawrence mee dat haar zoon tegen het asiel heeft gelogen over de leeftijd van Pip en hem heeft voorgedaan als een zesjarige zwerfhond. 'Hij heeft daarmee het leven van de hond tijdens een operatie in gevaar gebracht, en nu is het onzeker of zijn adoptie doorgaat,' voegt ze eraantoe. Mevrouw Lawrence is er ondersteboven van.

'De mensen liegen ons voortdurend voor,' zegt Elise, terwijl ze ophangt. 'Ze hebben er geen benul van dat die leugens gevolgen voor de dieren hebben.' Ze belt de Volks op, om hen tactisch op de hoogte te stellen van het teleurstellende feit dat Pip niet zes, maar elf jaar is. 'Hij is kerngezond en is uitstekend door de operatie gekomen,' verklaart ze. 'Wij dachten allemaal dat hij best zes had kunnen zijn, zo energiek is hij.' Maar de Volks willen hun adoptie heroverwegen. Ik vraag me af hoe graag zij de hond werkelijk willen hebben. 'We kunnen het hen niet kwalijk nemen als ze zich terugtrekken,' zegt Laura-Ann meelevend. 'Ze hebben pasgeleden hun oude spaniël dood zien gaan.' Pip ligt op de grond te slapen, zijn gebruikelijke manier van doen. Zijn tennisbal, die hij nooit uit het oog verliest, ligt onder zijn neus.

Ik loop de dag daarop het kantoor binnen en neem de telefoon aan. Het zijn de Volks. Ze willen Elise aan de lijn. Ze pakt de hoorn van me over en praat een paar minuten met hen. Er is zoveel lawaai in het kantoor, dat je moeilijk kunt horen wat ze tegen haar zeggen. Als Elise heeft opgehangen, schrijdt ze theatraal naar de microfoon, alsof ze op het punt staat een lied aan te heffen. Dan schakelt ze de microfoon in en zegt over de luidspreker: 'Luister goed allemaal. Pip gaat naar huis!'

Kan het zijn dat een hond zich in het asiel anders gedraagt dan bij iemand thuis? Nou en of! Maar wanneer er na korte tijd al berichten over een radicale verandering binnenkomen, krijgt het asielpersoneel argwaan. Honden hebben, net als mensen, tijd nodig om te wennen aan hun nieuwe omgeving. Sommige doen dat sneller dan andere. Bobby, mijn eigen hond, gedroeg zich voorbeeldig, tot ze na twee weken voldoende geacclimatiseerd was om op alles in huis te gaan kauwen. Een week nadat Pip naar zijn nieuwe tehuis is vertrokken, belt mevrouw Volk het asiel. Ze is erg van streek, maar ik kan niet goed verstaan wat ze zegt. Elise is niet in de buurt, dus ik doe mijn best. Ten slotte dringt het tot me door dat ze me probeert te vertellen dat ze een communicatieprobleem heeft met Pip – de hond is doof!

Ik vraag me af of het niet simpelweg komt doordat Pip geen Duits verstaat. Als Pip doof is, moet hij kunnen liplezen. Geen mens in het asiel verdacht hem ervan dat hij niet kon horen. Maar mevrouw Volk heeft nog een klacht. Pip heeft geprobeerd haar te bijten en nu is ze bang voor hem. Terwijl ik haar nog aan de telefoon heb, komt meneer Volk met de hond binnen. 'Hier is uw man, hij komt net binnen,' zeg ik tegen haar, verbaasd hem te zien. 'Ja!' schreeuwt ze, volkomen gefrustreerd. Ze probeerde me de hele tijd aan het verstand te brengen dat hij op weg was naar het asiel. Daar ben je dan weer, Pip.

Andrea komt het kantoor binnen om Pip te halen. Verontwaardigd zegt ze: 'Onbegrijpelijk, dat iemand niet van deze hond kan houden.' De Volks zijn van hun voetstuk gevallen. Iedereen kijkt woedend naar meneer Volk, als hij bezig is het vereiste formulier in te vullen. 'Het was geen goede plaatsing. Het spijt ons,' zegt Laura-Ann beleefd. Hij is wel zo fatsoenlijk dat hij zijn geld niet terugvraagt.

Pip ondergaat een aantal gehoortests. Iedereen schrikt als men erachter komt dat hij een beetje doof is. Maar op een of andere manier maakt deze handicap de hond nog vertederender. Hij wordt uitgekozen voor een foto bij de column in de plaatselijke courant, die Minky Johnson regelmatig over het asiel schrijft. Minky is nu in de zeventig en voormalig voorzitter van het bestuur van het asiel. Ze is een fervent dierenliefhebster en een sociaalvoelend mens. Haar columns staan bol van de passende tips hoe je voor dieren moet zorgen, en zijn doorspekt met brieven, gedichten en karakterschetsen van de beschikbare honden en katten in het asiel. De dieren die voor haar columns worden gefotografeerd worden vaak geadopteerd. 'Als dit niet werkt, wordt hij onze mascotte en houden we hem in het kantoor,' stelt Dohrman voor. Iedereen is het ermee eens.

Maar de avonturen van Pip zijn nog niet voorbij. Net als het personeel eraan gewend is dat hij in het kantoor woont, ziet Marilyn Poole, die bij de overheid werkt en vlak buiten Albany woont, zijn foto in de krant en knipt die uit. Elk ras schijnt zijn eigen fans te hebben; Marilyn en haar man Tom houden van Springer-spaniëls.

Marilyn besluit met haar zesjarige dochtertje Alyssa naar het asiel te komen om de hond te zien. Marilyn is een hartelijke, joviale vrouw. Ze is zacht voor de hond en ze deinst helemaal niet terug voor de aanvraagprocedure. Ik mag haar onmiddellijk. De medewerkers prijzen de oude hond zo hoog de lucht in, dat je zou gaan denken dat het de reïncarnatie van Rin Tin Tin was. Maar Marilyn laat de informatie rustig over zich heen komen.

Wanneer ik even alleen met mevrouw Poole naar buiten loop om haar een beetje te peilen, zeg ik zonder omwegen dat Pip elf jaar is, net een operatie achter de rug heeft, misschien gezondheidsproblemen heeft, bijna doof is en dat hij in ieder geval, voorzover ons bekend, al twee vorige tehuizen achter zich heeft. 'Als wij geen geschikt tehuis voor hem vinden, houdt het asiel hem waarschijnlijk,' voeg ik eraantoe. Marilyn schudt verbijsterd haar hoofd. 'Tjonge, wat een geweldig beest, dat hij dat allemaal heeft doorstaan.'

Mevrouw Poole wil met de hele familie, waaronder Gibbles, hun huidige Springer, terugkomen naar het asiel om Pip te leren kennen. Tegen de tijd dat ze weggaat, hoopt iedereen dat deze familie de hond in huis zal nemen.

Gibbles blijkt een heerlijk vertroeteld, sprankelend dier te zijn met een smetteloos onderhouden vacht. Wanneer Pip haar ziet, is hij onmiddellijk onder de indruk van haar charmes. De familie beslist ter plekke dat ze Pip een tehuis willen bieden.

Als Marilyn en haar dochter Pip een paar dagen later komen ophalen, komen ze met een bestelauto. Achterin hebben ze voor Pip een bed opgemaakt. De oude hond springt erin en gaat liggen alsof hij zijn hele leven lang nooit anders heeft gedaan. Laura-Ann neemt voor het vertrek foto's van de hond, wat ik haar nog niet eerder heb zien doen. Als ze wegrijden, kan de directrice zich niet inhouden en begint te huilen. Pip heeft haar over een emotionele rand geduwd; de redding van dit ene leven doet haar denken aan al die andere, die niet zo gelukkig waren. 'Kregen ze allemaal maar zo'n tehuis,' is haar commentaar, terwijl ze haar neus snuit.

Na drie dagen hebben we nog niets van de Pooles gehoord. Ik wil hen bellen om navraag te doen naar de hond. 'Laat ze met rust,' adviseert Lori me. 'Als ze een probleem hebben, hoor je het gauw genoeg.'

Laura-Ann is het er niet mee eens. 'Bel ze maar,' zegt ze tegen me. 'Als ze een probleem hebben, kunnen we het misschien nog oplossen voordat ze de hond terugbrengen.'

Bezorgd draai ik hun nummer, maar Marilyn neemt direct op en is zo genadig om me meteen gerust te stellen. Ze vindt het heel fijn dat het asiel belt en verontschuldigt zich dat ze zelf nog niet eerder had gebeld. 'Nu begrijp ik waarom jullie allemaal zo gek op die hond waren,' zegt ze. Ze gaat maar door over hun nieuwe gezinslid. 'Jullie hoeven je over Pip geen zorgen meer te maken,' stelt Marilyn me nogmaals gerust.

Als ik ophang en het goede nieuws vertel, is iedereen opgelucht. De details kunnen hen gestolen worden, het enige wat ze willen weten is of de hond een blijvend tehuis heeft. Nu kunnen ze Pip loslaten en ruimte maken in een hoekje van hun collectieve hart voor de volgende hond die een extra zetje nodig heeft. Wie zal dat zijn? Prinses, de nerveuze cockerspaniël die wegens gedragsproblemen is binnengebracht? Grover, de beminnelijke husky die steeds wegloopt bij zijn eigenaars? Marco Polo, de grote Deense dog, die doordraait in zijn hok? Wat kunnen we doen voor Smokey, de chagrijnige terriër? Of Bandit, de hyperactieve rode wasberenjager? Wordt het Sage, Honey Bear, Spike, Walt, Lancelot, Clyde, Gloria, Chewbacca, Cinnabar, Bouncer, Mitsi, Annie, Arthur, Bogart, Mystic, Hugo, Buster, Wishbone, Rufus, Madison, Zeplin, Chinook, Ms. Bowser of Arlo?

De ervaring met Pip inspireert me om me in te zetten voor een hond die het naar mijn mening ongelukkig getroffen heeft. Buster, een raszuivere boxer, die aanvankelijk samen met zijn zus Samantha was binnengebracht, is terug. Bij de karakteromschrijving heeft de eigenaar ingevuld: 'destructief als hij alleen is' en 'te sterk voor jonge kinderen'. Het woord 'agressief' is in het rijtje bijvoeglijke naamwoorden omkringeld. Buster heeft het etiket 'moeilijke hond' gekregen, ondanks zijn innemendheid. Laura-Ann is terughoudend in het plaatsen van honden die mogelijk gevaarlijk kunnen opleveren voor kinderen. De toekomst van Buster ziet er niet goed uit.

'Denk eens aan Zack,' zeg ik tegen Laura-Ann. 'Die is ervan beschuldigd dat hij een klein meisje heeft gebeten en nu woont hij in een gezin met twee kinderen. Zelfs Pip werd teruggebracht wegens agressief gedrag,' voeg ik eraantoe. Laura-Ann heeft er een hekel aan als je een goed woordje doet voor bepaalde dieren. Informatie wordt op prijs gesteld, maar je moet haar niet onder druk zetten om hun leven te redden. 'Sla Buster een week gade,' zegt ze bij wijze van compromis, 'en laat hem door een africhter beoordelen.'

Buster is niet het soort hond waar ik me gewoonlijk toe aangetrokken voel. Meestal val ik op een wat ouder, gevoelvol vuilnisbakkenras. Boxers zijn me te gespierd en ze hebben niet genoeg haar. Deze heeft oren die zo kort zijn gecoupeerd, dat het lijkt alsof het thuis op de keukentafel is gedaan en zijn grote, natte ogen puilen ver uit hun kassen. Maar iets in zijn karakter maakt hem zo aardig, dat ik mijn mening over dit ras moet bijstellen. Wanneer ik Buster het kantoor binnenbreng is iedereen, zelfs Lori, sceptisch. Maar de hond bewijst dat ik gelijk heb. Buster heeft verborgen kwaliteiten. Hij went snel aan vreemde mensen en blijft rustig in het kantoor liggen, hoewel het er een komen en gaan is. Als ik met hem ga wandelen, blijkt dat hij geleerd heeft aan de riem te lopen. Buster begint iedereen voor zich te winnen.

Wanneer de vrijwillige africhtster komt om een enorme rottweiler te testen, vraag ik haar of ze ook naar Buster wil kijken. Ze legt hem aan de riem en loopt wat met hem, daarna raakt ze hem over zijn hele lijf aan, inclusief zijn poten. Ze steekt haar hand direct in zijn bek. De hond schijnt zeer alert te zijn en te genieten van de interactie. Dan loopt de vrouw achteruit en roept hem bij zijn naam. De hond springt op haar af, tegen haar op en likt haar in het gezicht. Ze pakt hem beet en legt hem op zijn rug. De hond blijft gewoon liggen wachten tot ze hem over zijn buik kriebelt. Buster is óf schizofreen óf een fantastische hond. 'Hij is prima,' zegt de africhtster. 'Nee, hij is niet prima – hij is geweldig.' (De rottweiler was trouwens ook geweldig, toen hij eenmaal zijn hok uit mocht.)

Laura-Ann vraagt me uit te zoeken wat er in zijn vorige tehuis eigenlijk mis is gegaan. Wanneer ik bel, krijg ik een vrouw aan de telefoon die zegt dat ze een nicht is van Busters vorige eigenaars, die nu op vakantie zijn. Ze vertelt me dat Buster niet te houden was en de hele dag los rondliep op de melkveeboerderij.

'Waar was hij 's nachts?' vraag ik.

'In een schuur,' zegt ze.

'Alleen?'

'Ja.'

Er was een andere hond in huis, die er niet op zat te wachten zijn terrein met Buster te delen. Buster zat de hele nacht in de schuur te blaffen en ontsnapte regelmatig. Toen hij bij de huizen in de buurt begon te verschijnen en tegen de voordeuren stond te krabbelen, kregen ze last met hem en brachten ze hem terug naar het asiel.

Veel honden doen het goed op een boerderij. Bordercollies hebben, evenals de meeste herdersrassen, een aangeboren neiging tot hulpvaardigheid. Maar Buster was hier niet op zijn plaats. Hij wilde dolgraag bij de mensen zijn. Nu had ik voldoende ammunitie om deze hond geplaatst te krijgen.

Ik moest steeds aan zijn zuster Samantha denken. Zij was terechtgekomen bij Terry en Mary Moon, een stel met vier jonge kinderen. Ik vroeg me af of hun boxer gedragsproblemen had vertoond. 'Bel ze maar op,' zei Laura-Ann.

Ik krijg Terry meteen aan de lijn. Hij is staatspolitieman in Columbia County. 'Hoe gaat het met Samantha?' vraag ik met enige aarzeling.

'Ze is fantastisch,' zegt Terry enthousiast. 'Ze is gewoon een lid van het gezin, als een van de kinderen.' Terry vertelt dat ze helemaal verzot zijn geworden op dit ras. Als Samantha zich in een zorgzame omgeving goed aanpast, dan verdient Buster hetzelfde.

Als ik Terry meedeel dat de broer van Samantha terug is in het asiel, zegt hij: 'Die hond is een paar keer door mijn hoofd geflitst.'

'Kom een keertje naar hem kijken,' stel ik voor. 'Zou het niet geweldig zijn de honden weer bij elkaar te brengen?'

Binnen een etmaal arriveren Terry en Mary, met Samantha, bij het asiel. Buster gaat uit zijn dak bij het zien van zijn zus; zijn hele lijf trilt van geluk. Samantha is ook vriendelijk, maar ietwat koel. De Moons gaan met beide honden naar buiten. Aan het eind van hun bezoek komen ze naar de balie en zeggen dat ze Buster dolgraag mee willen nemen. Het enthousiasme werkt aanstekelijk.

Ik geef de Moons een week de tijd met de honden, voor ik bel om te horen hoe het gaat. Als Pip kan terugkomen, kan iedere hond terugkomen. Ik ben ook bezorgd of er misschien een duistere zijde van Buster naar boven is gekomen. Maar wanneer ik Mary aan de telefoon krijg, hoor ik dat het uitstekend met hem gaat. Alleen Samantha is een beetje overdonderd door haar broer.

Twee weken later sta ik bij hen voor de deur. Ze zijn mijn buren en ik kan de verleiding om de twee honden bij elkaar te zien niet weerstaan. Buster is binnen en staat te trappelen om me te begroeten. Hij is al een paar pond aangekomen en ziet er beduidend beter uit dan de laatste keer dat ik hem zag. Samantha gedraagt zich een beetje teruggetrokken. 'Dat komt wel goed,' zegt Mary. 'De honden hebben prettig gezelschap aan elkaar.'

Terwijl ik wegga begroeten de twee boxers een van de zoons van de familie Moon, die van school thuiskomt. Ze rennen hem niet omver, maar likken om beurten zijn gezicht, voordat hij zelfs maar zijn rugzak kan afdoen. 'De honden horen helemaal bij ons,' zegt Mary, terwijl we toekijken hoe haar zoon met Samantha en Buster over de vloer ligt te rollen. Kan een kind een mooier welkom krijgen als het thuiskomt?

Ik ga eindelijk in op de uitnodiging van Lori Beckers om naar haar dieren te komen kijken. Lori heeft het malle idee dat ik Ben, haar rat, zal adopteren, voornamelijk omdat ze weet dat mijn dochter Kate, om redenen die ik niet geheel begrijp, dol is op knaagdieren. Ik probeer Lori uit te leggen dat er in New York City al genoeg ratten zijn, maar zij houdt vol dat ik wel anders zal praten wanneer ik Ben heb gezien.

De Beckers bewonen een behaaglijk huisje, een beetje van de hoofdstraat die door Greenport loopt, vandaan. Het is een echte buitenwijk. Er staat een houten gelukwens in hun voortuin en twee houten varkentjes, die een bordje ophouden waarop staat: FAMILIE BECKERS. Als ik aankom staat Ben in een grote kooi in de tuin, waar hij in het zonnetje op alfalfa zit te knabbelen. Lori komt enthousiast de deur uit rennen, om de familie aan me voor te stellen. Ik wijs het aanbod om Ben vast te houden af, en kies ervoor de rest van haar vrienden te leren kennen. 'Hopelijk ben je er klaar voor,' zegt ze, als ze de deur opendoet.

Tot mijn verbazing zitten er vier grote honden in haar huiskamer tevreden televisie te kijken. Het lijkt wel een bejaardentehuis. Anders dan Bobby, die hysterisch begint te blaffen zodra er iemand binnenkomt, blijft dit hele stel rustig zitten. 'Zo zijn oude honden nou eenmaal,' zegt Lori. Het huis van de Beckers heeft een oppervlak van hooguit vijftig vierkante meter. 'Ik heb alle meubelen opgeslagen om ruimte voor de honden te maken,' verklaart Lori. Er staat een bank in de huiskamer en een bed in de slaapkamer en dat is het.

Cooper, een oude zwarte labrador met grijs haar om de snuit, is de eerste die me komt begroeten. De hond is twaalf en je ziet meteen dat hij een schat is. Hij kwam naar het asiel toen hij negen jaar was. Nadat hij was geplaatst, had Lori gezworen dat ze hem zelf zou meenemen als hij teruggebracht werd. De hond wérd teruggebracht, omdat hij naar de kinderen zou hebben gebeten. 'Ik breek nooit mijn woord jegens een hond,' zegt ze met een knipoog.

'Deze hier loopt niet lang meer mee,' vertelt Lori als ik haar naar een zware, harige hond vraag, die in een hoek van de kamer opgerold ligt. Care Bear is een zuivere newfoundlander die Paul heeft meegebracht, via een groep die rashonden redt. Hij is dol op newfies, zoals ze hier genoemd worden en is naar Canada gereden om deze op te halen. 'Ze is nu ongeveer twaalf, maar heeft de laatste vijf jaar in een souterrain doorgebracht. De familie nam een puppy en liet haar aan haar lot over,' legt Lori uit. 'Toen we haar kregen, was ze volslagen kaal. Ik heb vierhonderd dollar aan doktersrekeningen betaald om haar weer in conditie te krijgen.' Lori en Paul hebben de hond ongeveer twee jaar. 'Ze heeft nog een jaartje of zo te leven, maar dat weet ze niet. Ze heeft artritis en heeft overal gezwellen, maar ze heeft geen pijn. Ze slaapt en eet goed.' Care Bear staat op om me vriendelijk te besnuffelen en gaat dan weer terug naar haar hoek om te liggen. 'Dat is haar plek,' zegt Lori.

Er is ook nog een donkere colliekruising in de kamer, een donkerder versie van Lassie. Deze gedraagt zich teruggetrokken. Ze krimpt ineen als ik mijn hand uitsteek om haar over haar kop te aaien. 'Toen ik voor het eerst met Tasha thuiskwam was ze erg bang voor handen. Als je iets op de grond laat vallen, raakt ze nog steeds in paniek en verwacht ze straf. Dus als er nu iets valt of er is lawaai, dan maak ik er een grap van en aai haar heel lang, zodat ze het na verloop van tijd beschouwt als de normaalste zaak ter wereld. Het gaat al beter met haar.' Tasha is als pleeghond door Lori meegenomen. De hond was op haar tiende door het asiel geplaatst en een jaar later door de eigenares teruggebracht, toen deze in de bijstand kwam. De vrouw huilde bij de balie. Ze had Tasha zo goed mogelijk verzorgd als haar middelen haar toestonden. 'Ik kan Tasha nu niet meer weggeven,' legt Lori uit. 'Ze is te goed vooruitgegaan en het zou traumatisch voor haar zijn om weer te verhuizen.' Bovendien houdt Lori van haar. Tasha volgt haar als een schaduw door het huis.

Fluffy is een grote langharige bastaard, die me op afstand houdt. 'Zij is de nieuwste hier,' legt Lori uit. 'Fluffy is ongeveer een maand geleden naar het asiel gebracht om afgemaakt te worden. Het ging helemaal niet goed met haar en ze had een grote tumor op haar rug. 'Maar daar zijn we vanaf, hè meisje?' zegt ze met een babystemmetje, terwijl ze de hond recht aankijkt. Fluffy komt op haar af rennen en begraaft haar snuit in Lori's schoot. 'Het komt allemaal weer goed met haar,' vervolgt ze, terwijl ze me het litteken laat zien waar de tumor heeft gezeten.

'Oké. Hou je vast!' zegt Lori. 'Het wordt tijd dat Kipper binnenkomt.' Kipper, nummer vijf, is buiten in de tuin. Zijn komst gaat niet onopgemerkt voorbij. Hij is een grote roodharige hond, die meent dat de wereld van hem is. Hij komt springend binnen, schijnt iedere kubieke centimeter aan beschikbare ruimte op te vullen, springt tegen ons op en besnuffelt ons en ook de andere honden. Zelfs Care Bear schijnt hem te mogen. Kipper heeft veel meer energie dan de rest.

Dan zie ik opeens ik dat Kipper Nevada is, of was. De oversized golden retriever die binnenkwam met gezondheidsproblemen en een ketting achter zich aansleepte. Maar deze hond ziet er jong en zijdeachtig uit. 'Is dát Nevada?' vraag ik ongelovig.

'Reken maar,' zegt Lori. De transformatie van deze hond is opmerkelijk. 'Ik dacht dat hij een oude, zielige hond was met huidproblemen, zonder een kans om geadopteerd te worden,' legt ze uit. 'Daarom heb ik hem mee naar huis genomen en hem op een goed dieet gezet. Hij bleek gewoon een beetje depressief te zijn. Kipper is zeven jaar en gedraagt zich als een overjarige puppy. Hij eet alles wat hij in zijn blikveld krijgt. Gisteravond heeft hij een komkommer van het aanrecht gepikt. Hij is de oudere jongere van mijn groep.' Ze lacht en aait de hond over zijn rug. Ze hebben ook pasgeleden ontdekt dat hij suikerziekte heeft. Lori of Paul geeft hem iedere ochtend een injectie.

'Wacht maar tot je Arnold ziet,' zegt Lori met een ondeugende grijns. Dan roept ze: 'Zeg Arnie! Er is bezoek schat!'

Er klinkt geknor uit een kamertje naast de keuken en er komt een dier aanstappen, dat veel wegheeft van een reusachtige Brilloschuurspons. Ik sta voor het eerst oog in oog met een Vietnamees hangbuikzwijn. Ergens heb ik het gevoel dat ik de eerste schrijver ben, die hij ooit van dichtbij heeft ontmoet. We staren elkaar sprakeloos aan. Arnie is iets voor Spielberg; hij ziet er koddig en prehistorisch uit. Ik weet niet of hij van plan is me aan te vallen of als een hond mijn hand te likken.

'Hij gaat heel raar doen als er een vreemde in huis is,' zegt Lori. 'Maar maak je niet druk, zeg maar gewoon hallo en geef hem een koekje.' Lori geeft me een hondenkoekje. 'Hij eet alles,' zegt ze. Ik geef hem zijn traktatie heel omzichtig, maar hij blijft door zijn kleine snuit tegen me knorren en kijkt me aan alsof ik een indringer ben. Lori dringt erop aan dat ik hem aanraak, dus aai ik hem over zijn vel, dat ruw en stekelig aanvoelt, deels olifant, deels stekelvarken. 'Zijn huid is droog en schilferig, daarom moet ik hem afspuiten met lanoline en water,' legt ze uit. 'Hij schreeuwt en blèrt als een gek als ik dat doe. Hij heeft een gruwelijke hekel aan nat worden.'

Ik weet niet waarom mensen zich tot deze varkens aangetrokken voelen, hoewel ik heb gehoord dat ze als biggetje heel aimabel zijn, intelligent en gemakkelijk zindelijk te maken. Lori is volslagen verliefd. Ze aait Arnie teder en babbelt met een hoog stemmetje tegen hem. Het varken reageert op ieder woord en trekt zich dan langzaam terug naar zijn kamer naast de keuken.

'Arnie heeft het hele huis tot zijn beschikking,' zegt Lori. 'Hij loopt in en uit, gebruikt de tuin samen met de honden en vindt het heerlijk om 's avonds samen met mij televisie te kijken. Hij is nu vier jaar oud en ze worden niet veel ouder dan negen.'

'Ik dacht dat hangbuikzwijntjes klein waren.'

'Zie je nou? Dat krijg je als mensen niet weten waar ze mee bezig zijn,' zegt Lori, die inziet dat ze een leek op varkengebied in huis heeft. 'Arnie komt voort uit een kruising met een boerderijzwijn, maar de mensen die hem kochten beseften dat niet. Ze hadden te horen gekregen dat hij ongeveer vijftig pond zou gaan wegen. Ik heb er nog nooit een gezien die minder woog dan zestig of zeventig pond.' Opeens moet ik denken aan de vrouw die een biggetje meenam naar haar flat in New York City. Het biggetje werd zo groot dat de vrouw hem de voordeur niet meer uitkreeg; uiteindelijk moest hij door een pianoverhuizer het raam uit getakeld worden.

'Ik zou zonder een varken niet gelukkig kunnen zijn,' merkt Lori op, als constateert ze een feit. Ze heeft Arnie gekregen via 'Varkens, een veilige haven', een organisatie voor het redden van varkens in Charleston, West-Virginia. Toen haar vorige varken was overleden, nam Lori contact met de groep op, die haar doorverwees naar Long Island om Arnie op te halen; hij was letterlijk uit zijn huis gegroeid.

'Speelt Arnie met de honden?' vraag ik.

'Nee. De honden blijven bij hem uit de buurt. Arnie is de baas en hij heeft zijn eigen kamer.' We lopen een kleine alkoof bij de achterdeur in. Daar ligt een nest van dekens en kussens op de grond. Aan één wand hangt een glazen kastje waar Lori haar verzameling van tweehonderdvijftig varkens van glas en keramiek heeft staan. Aan de andere kant van de kamer staat een glazen bak met water erin, wat stenen en een grote, groene leguaan, die een berg nat hondenvoer verorbert. 'Verrassing!' zegt Lori. 'Dit is Iggy. We hebben hem al sinds hij heel klein was. Wil je hem vasthouden?'

'Stoor hem maar niet. Hij zit te eten,' zeg ik smekend. Iggy is zestig centimeter lang en ziet eruit alsof hij zeker tien pond weegt. 'Dit is het enige huisdier dat Paul en ik ooit hebben gekocht,' moet ze toegeven. Ze hebben hem uit een dierenwinkel. Ze konden het gewoon niet laten.

Alle dieren, behalve Iggy, zijn gered uit het asiel. Lori's bastaarden hebben heel wat tehuizen versleten, maar de laatste terugkeer naar het asiel zouden ze niet hebben overleefd. 'Het doet me werkelijk pijn als mensen zeggen dat ze geen oudere hond willen nemen omdat hij niet in het huishouden past, of te oud is om af te richten,' zegt ze. 'Kijk eens naar mijn honden. Oudere honden zijn prima huisdieren. Ze zijn rustig en dankbaar als je ze bij je in huis neemt. Zodra deze honden mijn huis binnenkwamen, voelden ze zich onmiddellijk op hun gemak.' Dit is een uitzonderlijke groep goedgemanierde, beminnelijke dieren. 'Ze weten heel goed waarom ze hier zijn,' voegt ze eraantoe. 'Ze kunnen allemaal goed met elkaar overweg omdat ze gewoon nergens anders heen kunnen.'

Hilary en Lady, naar het asiel gebracht omdat ze niet op konijnen wilden jagen

VIER

Moeilijke honden, moeilijke baasjes

NAARMATE HET KOUDER WORDT, overstromen alle mogelijke variëteiten honden en katten – om maar te zwijgen van de konijnen, fretten, hamsters, geiten, leguanen, vogels (waaronder twintig vinken van een failliete fokker, die in een pleegtehuis worden geplaatst) – het asiel. Eind augustus en september zijn de wreedste maanden voor de dierenopvang in het noorden van de staat New York. De mensen met een zomerverblijf verhuizen terug naar de stad, de kinderen gaan weer naar school en dat houdt in dat hun katten en honden tot last worden. De toeristen gaan naar huis. De rijpaarden van de ruiterkampen, die mensen berg op, berg af over smalle paden hebben gedragen, gaan naar de veiling, waar ze naar gewicht voor de slacht worden verkocht. Er komen geen kinderen meer in de kinderboerderijen om de dieren te aaien, of om de beren te bezoeken in de Catskill Wildboerderij. Sommige van deze hardwerkende dieren overleven de winter, andere worden gewoon afgemaakt, omdat dat voordeliger is dan ze tot de volgende zomer van voedsel en onderdak te voorzien.

Het asiel wordt overstelpt met dieren die door de eigenaars zijn afgeleverd of gewoon achtergelaten. Een meisje van tien brengt een van vlooien vergeven puppy, die ze van haar moeder niet langer dan de zomervakantie mag houden; twee beagles, de zusters Hilary en Lady, worden gedumpt, omdat ze niet op konijnen willen jagen; een huisbaas brengt een roodharige-colliekruising die in een gehuurd zomerhuisje is achtergelaten. Een jonge man verschijnt met twee 'loslopende' pitbulls die vol littekens zitten. Een zwarte labrador wordt binnengebracht nadat de eigenaar is aangehouden wegens illegaal drugsbezit, om nog maar te zwijgen van het feit dat hij verdacht wordt van moord op zijn vrouw; haar lijk is drijvend in de Hudson gevonden. De hond is een zenuwachtig wrak, maar leeft tenminste nog.

Naarmate de in de steek gelaten dieren het asiel vullen, binnengebracht door hondengeleiders of buren, die het niet meer kunnen aanhoren dat er naast hen katten om eten zitten te schreeuwen, denk ik terug aan Laura-Anns voorspelling, dat ik uiteindelijk meer sympathie zal gaan koesteren voor de dieren dan voor hun eigenaars. Je kunt niet anders dan een hekel krijgen aan mensen die zich van hun huisdieren ontdoen alsof het afgedragen kleren zijn, zeker als er mishandelde dieren binnenkomen. De kans is groot dat wanneer er een gestoorde hond wordt binnengebracht, er aan de andere kant van de riem een gestoord baasje zit.

Honden komen met een bepaalde mate van intelligentie op de wereld, maar niet met een aangeboren mishandelde persoonlijkheid. Asielmedewerkers moeten onderscheid kunnen maken tussen mishandelde en goed aangepaste, tussen agressieve en bange honden. Mensen die een hond bij het asiel afleveren, zeggen vaak dat de bewuste hond agressief is, dat is immers een goede reden om er vanaf te komen. Maar veel van deze honden reageren alleen maar defensief, in een poging zichzelf tegen de eigenaar te beschermen. Ze hebben uit ervaring geleerd terug te deinzen bij het zien van een hand of een stok. (Bobby was in het begin bang voor laarzen, omdat hij geschopt was.) Het is niet eenvoudig het verschil te zien tussen een agressieve en een mishandelde hond. Soms is de grens zo vaag, dat het niet uit te maken is. Zo'n hond kan – en mag wellicht – niet gered worden.

Een van de eerste aanwijzingen dat een hond problemen heeft, is een eigenaar die problemen maakt. Er zijn in de omgeving verscheidene beruchte individuen, die het ene dier na het andere gehavend bij het asiel brengen. De honden schijnen zich meestal wel te rehabiliteren. De eigenaars veranderen niet. 'Ik heb weer een klacht over April King,' deelt Laura-Ann de staf mee. 'Het is niet waar,' valt Lori Beckers in.

'Wie is dat?' vraag ik. Laura-Ann verdwijnt in haar kantoor en komt terug met een dossier. 'Lees maar, dan hoef ik je het verhaal niet te vertellen,' zegt ze.

Het dossier bevat een overdrachtsformulier van een overleden zwarte kat, gedateerd 15 mei 1994. Onder 'reden van overdracht' schreef April met een onbeholpen handschrift: 'Man heeft kat vermoord.' April gaf haar man aan bij de politie en belde de dierenbescherming. Het dossier bevat ook een kopie van haar aangifte bij het politiebureau van Hudson, waarin beschreven staat dat Arthur King hun kat meenam naar de badkamer en zijn keel met een mes doorsneed. 'Ik hoorde de kat eerst heel hard schreeuwen en na een paar seconden hoorde ik helemaal niets meer,' luidt het verslag van April aan de agent.

Arthur werd gearresteerd en ten slotte veroordeeld tot drie maanden voorwaardelijk. Hij heeft nooit vastgezeten of boete hoeven betalen. Maar zijn vrouw ging bij hem weg.

De moord op de kat maakte April tot een soort beroemdheid in het asiel. Helaas was Arthur niet het enige probleem in huize King. Ook April kwam op de zwarte lijst te staan, toen ze het ene dier na het andere in deplorabele staat naar het asiel bracht. 'Je hebt haar gezien,' zegt Laura-Ann tegen mij. 'Heb jij China niet aan de balie in ontvangst genomen?'

Plotseling herinner ik me April King. Ze is ongeveer dertig jaar, een beetje te zwaar, en ze leek emotioneel niet in balans. Wat me ook was bijgebleven was dat ze op zo'n onheuse, kleinerende manier over haar hond, een onderdanige labrador-kruising, sprak. China, die oorspronkelijk Lady heette, was zeven maanden oud, niet zindelijk en rilde van angst. Ze was mager en had een worminfectie. Het hondje was in het gezicht geslagen. Ze was buitengewoon kopschuw, teruggetrokken als er mensen in de buurt waren en ze luisterde niet naar haar eigen naam. Ik gaf haar prompt een nieuwe identiteit. De hond was broos als een porseleinen pop, vandaar die nieuwe naam.

Je moest China heel lang lokken, voordat ze in haar kooi naar voren durfde te komen. Desondanks was ze niet agressief, en toen ze doorkreeg dat het veilig was in het asiel, begon ze langzaam te wennen aan omgang met mensen. China zat echter wekenlang in de adoptiekennel omdat er veel gelijksoortige zwarte honden zaten, die extraverter reageerden. Drie maanden lang zag ik de mensen deze rustige hond voorbijlopen, tot eindelijk Beverley Kipp door de kennel liep en onmiddellijk contact maakte. De hond van de familie Kipp was pas overleden en ze zochten een andere. Zij adopteerden China, die de naam Molly kreeg, brachten haar naar de hondentrainer en maakten haar zindelijk, waarna ze succesvol in het gezinsleven integreerde. Het geeft een enorme voldoening als mishandelde honden met succes in een goed tehuis terechtkomen.

Nu heeft Laura-Ann een anonieme tip gekregen van een vriendin, die King op straat een puppy heeft zien schoppen. Haar bron is bereid haar naam onder een klacht te zetten, als het asiel een onderzoek instelt. 'Maar we kunnen er niet zomaar heen gaan en haar puppy weghalen, tenzij de hond er natuurlijk echt slecht aan toe is,' helpt de directrice me herinneren. 'We moeten binnen de grenzen van de wet blijven.' Ze pakt de telefoon en belt DeLisle om het geval te bespreken. 'Niet *zij* weer,' is zijn commentaar. 'Ik kom eraan.'

De laatste inspecteur van de dierenbescherming die bij King is geweest, was Tom LaBuda, die haar wist te overreden twee bordercollie-puppy's over te dragen, van wie één, Mickey, een gebroken heup had. Een getuige had gezien dat ze de pup op een betonnen trottoir had gesmeten, waardoor hij zijn verwonding opliep. King gaf de twee puppy's snel af om niet gearresteerd te worden. Spoedig daarna werden ze geadopteerd. Mickey moest een operatie ondergaan die zevenhonderd dollar kostte. De hond loopt, maar zal mank blijven. Zijn nieuwe eigenaar aanbidt hem echter.

Als DeLisle arriveert, spreken Laura-Ann en hij over de wettelijke implicaties die het heeft als ze weer een puppy van King meenemen. Laura-Ann wil, indien mogelijk, de hond daar weg laten halen voordat King nog meer schade aanricht. 'Als het een ander was zou ik niet zo'n haast maken om er te komen,' zegt Lee. 'We moeten haar voor de rechtbank zien te krijgen met een hond die er zeer slecht aan toe is.' Dat is de enige manier om een dierenbeul onschadelijk te maken.

In bepaalde staten zou het King niet zijn toegestaan zo door te gaan met de ene hond na de andere. De dierenbescherming zou haar voor de rechtbank kunnen dagen en ervoor zorgen dat ze nooit meer de hand op een volgend dier kon leggen. Lee toont mij een ondertekende, beëdigde verklaring van een geval van dierenmishandeling in Cheyenne, Wyoming. Een vrouw, genaamd Terri Smith, bekende op 2 september 1992 schuld aan 'grove verwaarlozing van negen puppy's (en een moederhond).' De rechter veroordeelde haar tot de maximale boete en straf, vijfhonderdtwintig dollar en zes maanden gevangenisstraf. Toen zette hij de gevangenisstraf om in het volgende vonnis: 'Het is u niet toegestaan enig dier in eigendom te hebben. Het is u niet toegestaan enig dier te lenen of te bezitten. Het is u niet toegestaan ergens te werken waar een dier wordt gehouden. Het is u voor de rest van uw leven niet toegestaan contact te hebben met enig dier. Als u dat wel doet, zult u de maximale straf die ik kan opleggen, een gevangenisstraf van zes maanden, moeten uitzitten.'

Een dergelijke uitspraak, die door alle afdelingen van de dierenbescherming circuleerde, doet ambtenaren die gevallen van dierenmishandeling onderzoeken, watertanden. Maar de strekking van het vonnis ging nog verder, verder dan ieders stoutste verwachting. De rechter gaf het bureau van de county sheriff van Laramie toestemming om, met instemming van de officier van justitie, 'te allen tijde het huis [van mevrouw Smith] zonder [haar] toestemming te betreden en te doorzoeken, en als er dieren worden aangetroffen, dienen ze onmiddellijk in beslag te worden genomen en [mevrouw Smith] dient onverwijld te worden gearresteerd om een straf van zes maanden in de gevangenis uit te zitten.'

Helaas werkt DeLisle in de staat New York, waar rechters zelden zware straffen opleggen aan dierenbeulen. In de districten Columbia en Greene beschouwen de officieren van justitie de gemiddelde wreedheden jegens dieren niet als een prioriteit, laat staan als een misdrijf waar een hoge financiële boete of gevangenisstraf op staat. Dieren kunnen maanden of jaren in een kooi zitten wachten omdat ze vastgehouden worden als bewijsstukken in gevallen die de rechtbank nauwelijks in overweging neemt. Herhaalde misdrijven zijn regel, geen uitzondering. 'Wij zitten op de bodem van de vuilnisbelt in de misdaadvervolging,' verklaart Lee. Zijn collega's door het hele land verkeren in dezelfde omstandigheden.

Lee en ik zetten een hondenkooi in de bestelwagen en rijden naar de woning van April King. Als we tien minuten later aanbellen, hebben we geen idee wat ons binnen te wachten staat. Wanneer April opendoet, valt haar mond open bij de aanblik van inspecteur DeLisle. King weet precies waarvoor hij komt.

'Mogen we binnenkomen?' vraagt Lee beleefd. Hij stelt me voor aan April, die knikt en de deur voor ons openhoudt. Ze ziet eruit alsof ze op het punt staat in tranen uit te barsten. De flat staat vol rook en het ruikt naar vlees; de vriend van King, die ik ook herken van de dag dat China werd gebracht, bakt hamburgers voor het avondmaal. Ze wonen samen in een éénkamerwoning op de benedenverdieping van een klein gebouw in Hudson. De woning kijkt uit op een brede straat, waar de auto's voortdurend vlak voor het raam voorbijzoeven.

De kamer is spaarzaam gemeubileerd en tamelijk netjes. Er zit een puppy naast een merkloos twintig-pondspak met hondenvoer van Wal-Mart; er staat een volle bak met hondenbrokken onaangeroerd op haar te wachten. Een deel van de vloer is bedekt met kranten en er liggen een paar speeltjes te slingeren. De hond, een zwartwitte jachthondenkruising, lijkt ongeveer tien weken oud. Ze komt langzaam op ons af lopen; ze is wat schuw, maar wel speels.

'Waar heb je haar vandaan?' verbreekt Lee de spanning.

'Van een vrouw die puppy's uitdeelde op het parkeerterrein van Price Chopper,' zegt ze.

Lee buigt zich om de hond over de kop te aaien. Daarna wrijft hij met zijn hand over de ribbenkast.

'Deze krijgen jullie niet,' zegt April woedend. 'Ik laat jullie deze niet weghalen.' Dan begint ze te jammeren. 'Ik houd van deze puppy. Ik doe haar geen kwaad. Ik beloof dat ik dat niet zal doen. Deze keer is het anders.' Hoe anders kan het deze keer worden?

'Ik heb bij het asiel al een melding liggen,' vervolgt Lee. 'Je bent gesignaleerd toen je deze puppy over de straat sleepte, schopte en vreselijk tegen haar liep te schreeuwen. Het hondje was bang en het huilde, April.'

'Ik probeer haar alleen maar aan de riem te laten wennen. Ik doe deze puppy geen kwaad. Ik zweer het je, echt niet. Ik houd van haar.' April tilt de pup van de grond en omhelst haar stevig. Ze beschermt de pup tegen Lee, alsof hij van plan is de hond uit haar armen te grissen en ermee weg te rennen. April kust het hondje onophoudelijk met gesloten ogen.

Lee heeft het er zichtbaar moeilijk mee. Toch wil hij de hond meenemen. Ik zeg geen woord.

'April, ben je werkelijk in staat voor deze hond te zorgen? Denk er eens goed over na,' zegt hij, in een poging haar opnieuw te benaderen. 'Honden vergen veel werk. Ze zijn best lastig en nog duur ook. Waarom draag je de puppy niet nu aan mij over, dan maakt geen van ons zich nog druk over de klacht die er op mijn bureau ligt.'

'Geen sprake van,' vuurt ze terug. 'Jullie nemen mijn hond niet mee. Ik weet dat jullie dat wettelijk niet mogen doen.'

Lee zwijgt. Hij is verbaasd dat ze de wet kent. Hij kan de hond inderdaad niet zomaar meenemen; het diertje ziet er goed uit. 'Ben je al met de pup naar de dierenarts geweest voor de eerste inentingen?'

'Nog niet, maar ik heb een afspraak. Ik heb pasgeleden gebeld.'

Lee kijkt mij aan. Ik hurk op de grond bij de puppy. Ze is een beetje mager en haar vacht is droog en schilferig, maar volgens de wet mag de dierenbescherming honden niet bij hun eigenaars weghalen omdat ze verkeerd eten krijgen en roos hebben.

'Luister, April. Wij gaan nu weg. Maar als ik weer een melding krijg dat je het hondje pijn doet, kom ik niet gewoon de puppy weghalen, maar met een arrestatiebevel. Begrijp je dat?'

April knikt. Haar vriend staat naar ons te staren en laat het avondmaal aanbranden.

'Onthoud dat goed: wij houden je dag en nacht in de gaten. Als je de hond opnieuw mishandelt, weet ik dat.' Lee loopt naar de deur en ik volg hem. De deur valt met een klap achter ons dicht.

Het is duidelijk dat er met April King iets niet in orde is. Alleen al uit haar lichaamshouding en de manier waarop ze praat, blijkt dat ze slecht functioneert; haar ogen dwalen af en haar kleren hangen er slordig bij, alsof ze moeite heeft met zich aankleden. Ze neemt deel aan een overheidsprogramma voor mensen met een ontwikkelingsachterstand, maar ze schijnt te leven voor haar dieren. Of deze behoefte voortkomt uit haar emotionele problemen, of dat ze die behoefte heeft ondanks haar problemen, is niet duidelijk. In ieder geval zoekt April het gezelschap van dieren en slaat ze dan blijkbaar.

April en haar nieuwe vriend, die een auto heeft, komen regelmatig bij het asiel op bezoek, waar April ervan droomt meer dieren mee naar huis te nemen. Op de dag dat ze China kwam brengen, informeerde ze of ze adoptie kon aanvragen voor Vlekje, een energieke dalmatiërkruising. Laura-Ann verklaarde vriendelijk dat er voor Vlekje al een tehuis was gevonden. Dat was een leugen om bestwil. Ze had April de hond gewoon kunnen weigeren en kunnen zeggen dat ze nooit meer terug mocht komen. De directrice doet dat niet, omdat ze wil dat April zich in het asiel op haar gemak voelt, zodat ze vrijwillig afstand blijft doen van haar dieren als ze het niet meer kan bolwerken.

Het zou kunnen zijn dat Aprils angst afneemt als ze een huisdier heeft en het kan haar contact met de realiteit versterken. Maar zou ze er een mogen hebben? 'Als het aan de dierenbescherming lag, absoluut niet,' zegt Lee. 'Maar in de staat New York heeft April volgens de wet recht op een huisdier. Ik zou alleen willen dat ze het eens met goudvissen probeerde.'

Asielmedewerkers komen heel wat mensen met zware psychische stoornissen tegen, die afstand doen van nerveuze – uitermate nerveuze – honden. Het zijn mensen die 'van dieren houden' maar absoluut niet voor ze kunnen zorgen. Of ze wel in staat zijn voor zichzelf of voor hun kinderen te zorgen is ook maar de vraag. De laatste druppel, die hen vaak naar het asiel leidt, is een gezondheidsprobleem of ruzie met de huisbaas. Als hun huisdier ziek wordt, te duur om te onderhouden, of wanneer het hen gaat storen, brengen zij het naar het asiel. Dit zijn cliënten die zelden een dierenarts bezoeken, tenzij ze contact willen hebben met de gemeenschap. Deze eigenaars kunnen zich geen regelmatige inentingen veroorloven of helemaal niet voor het dier zorgen. Het lijkt wel alsof dierenartsen en asielmedewerkers twee verschillende bevolkingsgroepen van diereneigenaars bedienen. Dierenartsen werken over het algemeen met cliënten die hun dieren koesteren, terwijl de asiels te maken krijgen met mensen die hun dieren verwaarlozen. Velen van hen zijn dakloos, of staan op het punt door de mazen van de sociale vangnetten te glippen. Er wordt geen statistiek bijgehouden van volwassen dieren, vooral katten, die bij Columbia-Greene arriveren, die nooit een praktijk van een dierenarts van binnen hebben gezien. Maar het zijn er heel veel.

Ik leer potentieel problematische mensen onmiddellijk herkennen, evenals ik hun moeilijke honden leer herkennen.

Wanneer mevrouw Taylor aan het eind van een lange dag met haar stok tegen de deur van het asiel bonkt, weet ik direct dat er iets mis is. 'De hond zou naar een man in Greene County gaan, maar die is er niet,' zegt ze tegen me, alsof we midden in een gesprek onderbroken waren. 'Ik weet niet waar-ie zit. Maar ik kan de hond niet hebben. Ik doe het niet meer.' De vrouw ratelt aan één stuk door en begint vervolgens over haar dochter te klagen, die alweer naar het ziekenhuis moet, ditmaal om aan haar knie te worden geopereerd. Ze moest met de ambulance worden gehaald. De dochter had twee kinderen en een bruine hond, die Windy heet, achtergelaten. Windy ziet eruit als een dingo. Mevrouw Taylor heeft haar kleindochter Becky bij zich. Windy zit nerveus in de auto te wachten.

'Een van de meisjes moest ergens anders heen,' zegt ze. 'Wat is dat voor een moeder, die niet voor haar eigen kinderen kan zorgen? Becky is al moeilijk genoeg, maar die hond heb ik helemaal niet in de hand.' Het kind, dat ongeveer acht jaar is, luistert mee en staart naar de grond. Het is een mooi meisje met blond haar, dat in een losse vlecht op haar rug valt. Als ik naar haar glimlach, wendt ze haar blik af.

'Mijn dochter weet niet dat ik dit doe,' merkt mevrouw Taylor op terwijl ze het formulier ondertekent waarmee ze Windy overdraagt. 'Ik heb haar beloofd dat ik voor de hond zou zorgen, maar dat kan ik gewoon niet. Ze trekt zo hard aan de riem dat mijn rug er zeer van doet, en als ik haar vastbind, ontsnapt ze.' Windy is vier jaar oud. Ze loopt al jaren bij deze mensen weg. 'Ze is een lieve hond,' voegt mevrouw Taylor eraantoe. 'Jullie doen haar toch geen kwaad?'

Zoals altijd probeer ik haar gerust te stellen, een vaardigheid die ik tot in de perfectie begin te beheersen. Het asiel probeert mensen een positief gevoel mee te geven over hun besluit afstand van een dier te doen. Maar mevrouw Taylor troosten is onbegonnen werk. Ze wil hier blijven hangen om te klagen over de hardheid van het leven, hoe weinig geld ze heeft en hoe graag ze van die hond af wil. 'Niemand helpt mij ooit,' zegt ze somber. Eigenlijk probeer ik de hele tijd niets anders te doen. Ik zeg haar een paar keer dat ze door afstand van de hond te doen meer aandacht aan haar familie kan schenken, dat ze daar het meest nodig is. Maar mevrouw Taylor is absoluut niet geïnteresseerd in wat ik te zeggen heb. Ik sta als het ware in het luchtledige te praten. Het kleine meisje reageert helemaal niet.

Als de telefoon gaat neem ik op, in de hoop dat mevrouw Taylor ziet dat ik het druk heb en gewoon weggaat. Het is Laura-Ann die vanuit haar kantoor belt. 'Zeg dat ze weg moet gaan,' zegt de directrice. 'Wees doortastend, anders zit ze hier de hele nacht.'

'Kom me helpen,' fluister ik. 'Ik kan niet van haar af komen. Ik heb geen autoriteit. Ik ben maar een vrijwilligster, weet je nog?'

'Dat kun je wél,' zegt Laura-Ann. 'Gebruik mij maar als laatste toevlucht.' Ik besluit het nog een keer te proberen. Ik haal diep adem en keer naar de balie terug. Ik leg uit dat het asiel gesloten is en dat het tijd is dat ze weggaat. Een ogenblik spreken mevrouw Taylor en ik schijnbaar dezelfde taal; ze maakt zich schoorvoetend op om te vertrekken. 'Mijn dochter zal wel erg boos worden. Bel haar niet meteen op,' smeekt ze. 'Ze vermoordt me, weet je.' Ze herhaalt deze voorspelling met zoveel ernst in haar stem dat ik begin te denken dat het misschien nog waar is ook. Het afleveren van de hond bij het asiel is in haar ogen een gevaarlijke en verraderlijke daad. Ik herinner me dat ik mijn ouders heb willen vermoorden toen ze mijn hond Winston, een schnautzer, hadden weggegeven toen ik een keer op zomerkamp was! Deze anekdote vertel ik maar niet aan mevrouw Taylor.

Eindelijk gaat de vrouw weg en komt Laura-Ann te voorschijn, samen met Dohrman, die in het directiekantoor heeft zitten werken. De altijd praktische Dohrman sluit de voordeur af. Laura-Ann heeft zitten bellen met de ambtenaar van de hondenregistratie in Philmont (de geboorteplaats van Oliver North), waar mevrouw Taylor woont. Windy is al maanden een probleem. 'Die familie zorgt niet goed voor haar,' zegt Laura-Ann. 'Het is maar goed dat wij haar hebben.' Ik begin een beter gevoel te krijgen over dit verraad.

Maar ons gesprek is nog niet afgelopen of mevrouw Taylor staat er alweer. Opnieuw bonkt ze op de deur met haar stok. Niet te geloven. Laura-Ann trekt zich in haar kantoor terug. 'Je moet hier blijven,' smeek ik haar. 'Zeg maar dat we vandaag gesloten zijn en dat we geen transacties meer voeren,' zegt ze, terwijl ze wegloopt. 'Ik blijf hier,' zegt Dohrman, die achter haar eigen bureau gaat zitten. Zij blijft tenminste in dezelfde ruimte.

Ik begrijp dat mevrouw Taylor met de auto naar het eind van de weg is gereden en daar is gekeerd. Als ik opendoe komt ze binnen hobbelen op haar stok. Becky is nog steeds aan haar zijde. 'Ik ben van gedachten veranderd,' zegt ze, 'ik wil de hond terug.'

'Maar u hebt me zojuist een uur lang zitten vertellen dat u niet in staat bent om voor Windy te zorgen.'

'Ik wil haar terug. Ik ben van gedachten veranderd. Mijn dochter vermoordt me. Ik kan het gewoon niet doen. Windy is een lieve hond,' zegt de vrouw kort en bondig.

'Als Windy een lieve hond is, doe dan wat het beste voor haar is. Ze zit in een kennel met een deken en een grote bak eten. Vannacht kan er niets met de hond gebeuren. Luister eens, ik ben maar een vrijwilligster,' voeg ik eraantoe. 'Slaap er een nachtje over en bel morgenochtend de directrice.'

Ik kan zeggen wat ik wil, mevrouw Taylor blijft gewoon bij de balie staan volhouden dat ik haar hond moet halen. Hoe meer ik ertegen inbreng, hoe meer ze over haar toeren raakt. Om van haar af te komen zou het het eenvoudigst zijn haar die verdomde hond mee te geven, wat erg verleidelijk is. Maar ik weet dat Laura-Ann de hond vanavond onder geen beding aan de vrouw teruggeeft, waarschijnlijk nooit meer. Nu begint de zin van al die strenge adoptieregels van het asiel tot me door te dringen. Ik besef dat het mijn opdracht is deze hond te beschermen. Ik vraag me inmiddels ook af of de dierenbescherming Becky hier kan houden.

'Ik wil de hond terug – nu!' Ze begint tegen me te schreeuwen. 'Wie denk je wel dat je bent? Het is mijn hond. Waar is ze trouwens?' Dan marcheert mevrouw Taylor de kennel in, op zoek naar Windy. De honden lagen rustig in hun hokken, maar nu slaan ze eendrachtig aan als een inbrekersalarm. 'U mag daar niet naar binnen!' roep ik, terwijl ik haar de kennel uitsleep. 'Windy zit daar trouwens niet. Gaat u zitten, alstublieft, dan haal ik de directrice.'

Ik ga het kantoor van Laura-Ann binnen en sluit de deur. Dohrman houdt mevrouw Taylor in de gaten. Laura-Ann zit achter haar bureau met haar hoofd in haar handen; ze heeft de strijd aangehoord.

'Wat ga je doen?' vraag ik.

'Je bedoelt, "wat gaan *wij* doen,"' antwoordt ze. Dan zegt ze gedecideerd: 'Wij gaan haar het kantoor uitwerken – zonder hond.' Voordat we het oorlogsgebied opnieuw betreden, pakt Laura-Ann de telefoon en piept Dohrman op, die nog achter haar bureau zit. Ze vraagt haar naar de schuur te gaan om DeLisle te halen, die daar toevallig een paar paarden onderzoekt.

'Misschien moet Lee Lucas meebrengen,' stel ik voor, als grapje. Lucas is een formidabele rottweiler in de kennel. 'Lee heeft Lucas niet nodig,' antwoordt Laura-Ann.

Als we binnenkomen hoor ik mevrouw Taylor zeggen: 'Maak je geen zorgen, Becky. Wij krijgen mama's hond wel terug.' Laura-Ann pakt de formulieren van Windy, neemt ze nog eens door en vraagt: 'Wat is het probleem, mevrouw Taylor? U hebt ons verzocht uw hond op te nemen en dat doen we graag. Er zal goed voor Windy worden gezorgd.'

'Ik wil haar terug. Ik ben van gedachten veranderd. Het is de hond van mijn dochter. Ik had beloofd dat ik haar niet hiernaartoe zou brengen.'

Laura-Ann is direct – altijd de beste houding. 'Ik geef u de hond vanavond niet meer mee. Het asiel is gesloten. U hebt de formulieren ondertekend en nu ben ik wettelijk verantwoordelijk voor Windy. Morgen kunnen we er opnieuw over praten. Ik zou graag rechtstreeks uw dochter willen spreken, om te horen of ze een alternatief weet voor de opvang van Windy. Maar ze blijft vannacht bij ons.'

'Ik bel de politie,' dreigt de woedende grootmoeder.

'Gaat uw gang,' zegt Laura-Ann kalm. 'U kunt mijn telefoon gebruiken.'

Mevrouw Taylor is witheet. Ze slaat twee keer met haar stok op de grond en gaat in een stoel zitten. 'Ik ga hier niet weg voordat u mij mijn hond teruggeeft. Becky, kom naast me zitten.' Ze grijpt het meisje vast en gebruikt haar als een soort schild.

'Mevrouw Taylor, als u niet onmiddellijk weggaat, bel ik zelf de politie en laat ik u arresteren. U bent in overtreding. Dit is een particuliere instelling en ik sommeer u van ons terrein te gaan.' Dan loopt Laura-Ann naar de andere kant van de balie en pakt de vrouw bij haar arm om haar de deur uit te leiden.

'Raak me niet aan!' schreeuwt mevrouw Taylor en geeft Laura-Ann met de stok een harde tik op haar arm. 'Bel de sheriff,' schreeuwt Laura-Ann tegen me, 'en zeg dat ik ben aangevallen door iemand die het terrein niet wil verlaten!'

Ik pak de telefoon en bel direct het alarmnummer, dat met een rode sticker op het bureau geplakt zit. De agent die de telefoon aanneemt reageert onmiddellijk. 'We zijn er over enkele minuten,' zegt hij. 'We hebben een auto in Claverack.' Iedereen weet waar het asiel is.

'Ze zijn onderweg,' zeg ik tegen Laura-Ann, die bij mevrouw Taylor staat en haar gevangene in de gaten houdt als een dobermann. Mevrouw Taylor is ongeveer dertig centimeter groter dan Laura-Ann en twee keer zo zwaar.

De komst van Lee schijnt een kalmerend effect te hebben, althans aanvankelijk. 'Ik heb net de politie gebeld,' deelt Laura-Ann hem mee. 'Mevrouw Taylor heeft me met haar stok geslagen en weigert het asiel te verlaten.' Er zit een rode striem op haar arm. Mevrouw Taylor zwijgt, maar loopt opeens naar de deur, om snel de aftocht te blazen. 'U gaat nergens heen tot de politie hier is,' zegt Lee scherp. 'Ga zitten.'

Maar tot mijn grote verbazing probeert Taylor, die in de zestig is, Lee, die toch een grote kerel is, opzij te duwen en ervandoor te gaan. Hij grijpt haar vast en draait haar armen op haar rug. 'Haal mijn handboeien,' roep hij tegen mij. Ik ren naar zijn bureau en vis de glimmende handboeien uit zijn aktetas. Terwijl ik Lee de boeien overhandig, barst Becky in tranen uit en rent naar buiten. 'Wat een voorbeeld voor dat meisje!' zegt Lee tegen haar. 'Wat moet zij wel denken als ze ziet hoe ik u aan de stoel vastmaak, mevrouw Taylor?' Eindelijk besluit de vrouw te gaan zitten. Op dat moment stoppen twee politiewagens op het parkeerterrein.

Tijdens het verhoor van mevrouw Taylor en Cammisa ga ik naar buiten om Becky te zoeken, die in de auto van haar grootmoeder is gaan zitten. Het kind kijkt me voor de eerste keer aan en zegt: 'Doe oma geen kwaad. Ze probeert alleen maar mijn moeder te helpen.' Ik beloof haar dat haar grootmoeder niets overkomt. 'Maar ze mag mensen niet zomaar met haar stok slaan,' zeg ik. Ze kijkt op en knikt. Ik vraag me af of zij ook met die stok te maken heeft gekregen.

Wanneer mevrouw Taylor eindelijk het asiel uitkomt, heeft ze een dagvaarding gekregen, wat inhoudt dat ze een advocaat in de arm moet nemen en voor de rechtbank zal moeten verschijnen. Laura-Ann heeft besloten een aanklacht in te dienen. Ik heb er gemengde gevoelens over dat deze irrationele vrouw voor de rechtbank wordt gesleept. 'Ik kan dergelijk gedrag in het asiel niet tolereren,' zegt de directrice tegen me.

De volgende ochtend spoort Laura-Ann Karen Taylor op in een ziekenhuis in Pittsfield. In tegenstelling tot de moeder is de dochter gemakkelijk te benaderen. Ze is blij dat haar hond veilig en wel in het asiel zit. Wanneer Karen ermee instemt dat de directrice Windy laat steriliseren, krijgt deze wat meer gevoel voor haar benarde situatie en besluit de hond twee weken tegen een minimale vergoeding te laten logeren. Tegen die tijd is Karen uit het ziekenhuis en kan ze Windy zelf komen afhalen; haar moeder wordt de toegang tot het asiel ontzegd. 'Ik geef u precies twee weken,' herhaalt Laura-Ann, 'daarna geef ik Windy vrij voor adoptie.'

Windy is de eerste dagen zo nerveus dat het kennelpersoneel haar eerst wil laten wennen voordat ze weggaat om gesteriliseerd te worden. De hond deinst terug voor mensen, eet slecht en loopt heen en weer in haar kooi, als een afgestompte leeuw in de dierentuin. Het probleem is echter niet de kooi. Als de hond buiten is, gedraagt ze zich net zo bang. Ze trekt zo hard aan haar riem dat ze er bijna in stikt. Laura-Ann bemoeit zich extra met Windy, maar kan haar nauwelijks in toom houden. Windy is er veel erger aan toe dan de meeste honden. Ze is niet agressief, maar leeft in een voortdurende staat van angst. Geleidelijk aan legt ze iets meer contact met het personeel.

Op de veertiende dag verschijnt Karen om haar hond op te halen. Het personeel is er niet blij mee dat Windy teruggaat naar haar eigenares. 'Het is haar hond,' zegt Laura-Ann, die haar besluit verdedigt. 'We hebben geen reden om haar hier te houden.'

Soms vraag ik me af waarom mensen een hond willen. Katten zijn gemakkelijker te houden; honden vergen veel zorg. Ze zijn weliswaar niet zo veeleisend als kinderen, maar het komt er dicht bij in de buurt. In feite zijn het meestal kinderen die om een hond vragen. Ik zie het ene gezin na het andere bij het asiel komen omdat de kinderen een huisdier willen. Ouders geven zelfs toe dat ze er niets in zien. 'Ik wil het helemaal niet, maar Henry houdt niet op met zeuren,' zei een moeder tegen me, toen ze de aanvraagformulieren voor een puppy invulde. Henry was zes. Het voornaamste criterium was dat de pup op Scooby-Doo, zijn favoriete stripfiguur, leek.

Vanwege de kinderen kreeg een asiel in Florida, sinds *101 Dalmatiërs* in de bioscopen was gaan draaien, een toename van 35 procent aan dalmatiërs te verwerken. Ironisch genoeg raken ze dalmatiërs meestal niet meer kwijt, omdat ze worden ingeleverd wegens agressief gedrag jegens kinderen. Iedere asielmedewerker kan je vertellen dat, in tegenstelling tot de populaire opvatting, jonge kinderen (tot een jaar of acht) en dieren niet goed samengaan. Katten worden in de badkuip gegooid om te kijken of ze kunnen zwemmen, puppy's als een voetbal heen en weer geschopt; er wordt altijd aan staarten getrokken, in ogen geprikt, nekken worden bijna gebroken, tot de dieren zich leren verdedigen, óf zich verstoppen. De honden beginnen onvermijdelijk terug te happen en de katten te krabben omdat ze leren een hekel te krijgen aan jonge mensjes. Plotseling lijken Ginger en Tijger niet meer zo aanbiddelijk. Schoorvoetend brengt pappie of mammie het dier naar het asiel want ze hebben wel wat belangrijkers aan hun hoofd dan de veiligheid van hun eigen kinderen in hun eigen huis. Kinderen moeten pluche beesten hebben om dood te knuffelen, geen echte.

Je verstand staat erbij stil als je ziet hoeveel dieren in dit kleine asiel worden ingeleverd. Ik begin te snappen waarom Cammisa mensen zo zorgvuldig onder de loep neemt. Ik merk dat ik er meer tijd aan besteed mensen een adoptie uit hun hoofd te praten, dan ze ertoe aan te moedigen. Ze hebben te veel kinderen, ze kiezen een ongeschikt dier uit, of ze willen een statushond, die als een majesteit in hun voortuin ligt – aan de ketting, wel te verstaan. Het houden van een grote rashond – meestal een Duitse herder, een husky of een rottweiler (dobermanns schijnen uit de mode te zijn) – is een symbool van welstand en macht tegenover de buren. Het is discutabel iemand een hond te weigeren, simpelweg op grond van het feit dat ze van plan zijn hem aan een boom vast te leggen; er bestaat weliswaar geen wet tegen het houden van een hond aan de ketting, maar het asiel volgt een beleid dat erop gericht is geen honden te plaatsen bij mensen die dat doen. 'Ik kan mensen niet verbieden hun hond buiten aan de ketting te leggen,' zegt Laura-Ann, 'maar ik kan wel voorkomen dat ze ónze honden buiten aan een boom leggen.'

Het doel is potentiële adopteerders eerlijk te laten zeggen hoe ze hun nieuwe vrienden wensen te houden.

Jeff Miller, hooguit vijfentwintig, komt aanrijden in een spiksplinternieuwe rode Toyota pick-up. Hij draagt een mouwloos hemd om zijn spierballen te laten zien en heeft een getatoeëerd militair embleem op een van zijn armen. Hij wil weten of er ook 'grote rottweilers' in de kennel zijn.

'Het zijn geweldige waakhonden, nietwaar,' zeg ik.

'Nou en of,' zegt hij, 'ik ben al maanden op zoek naar een goeie rottie.'

'Dat snap ik,' zeg ik, 'een chihuahua zou wegwaaien daar achter in die laadbak.' We lachen allebei. Nu het ijs gebroken is, beginnen we een gesprek over de dieren waarvan hij heeft gehouden. Wanneer mensen je hun hondenverhalen vertellen, hoor je vaak episoden uit hun eigen leven. Deze knaap is geboren in Catskill, vlak over de rivier, en heeft sindsdien een hele reeks husky's, labradors, pitbulls en meisjes gehad. Hij heeft zich van de honden en de meisjes ontdaan omdat hij lijdt aan het bekende syndroom van geen-vaste-verbindingen-willen-aangaan. Maar de beste hond die hij ooit had gehad was een rottie die Robot heette. Hij was acht jaar meegegaan zonder enige last te bezorgen.

'Ze nemen het heel goed op als ze aan de ketting worden gelegd,' merk ik op.

'Het beste van allemaal,' zegt hij.

'Wat is er met Robot gebeurd?'

'Aangereden,' vertelt hij. 'Op een nacht heeft hij zijn ketting gebroken en rende de weg op.'

'Maar je moet ze iedere avond binnenhalen,' zeg ik. Daar is Jeff het mee eens. Maar hij was natuurlijk de stad uit toen de hond stierf.

Wij hebben een rottie, Lucas, in de kennel zitten. Ik weet zeker dat deze vent hem graag zou willen hebben. Dat klopt. Miller vult een aanvraag in voor de hond en zegt tegen een adoptieadviseur dat Lucas de hele dag bij hem zal zijn en 's nachts naar binnen mag. Hij wil hem zelfs laten inschrijven voor een africhtcursus.

Nadat Miller is vertrokken, controleer ik zijn aanvraagformulier. Het gedeelte waar hij zijn vorige huisdieren had moeten invullen is blanco. Hij heeft om een of andere reden niet gerept over zijn husky's, labradors en pitbulls. Hij beweert ook dat hij geen dierenarts in de buurt heeft, wat gek is, omdat hij in Catskill is opgegroeid. Als het asiel zijn huisbaas belt, blijkt dat Jeffs vader te zijn, die bevestigt dat zijn zoon talloze honden heeft gehad. Bovendien stemmen zijn ouders er niet mee in dat hij weer een hond, en al helemaal geen grote rottweiler, mee naar huis brengt. Dit wordt een simpele weigering. Lucas zal niet rondrijden in de open laadbak van Jeffs auto. De dierenartsen in Columbia County besteden veel tijd aan het behandelen van honden die uit pick-ups zijn gevallen en hun poten hebben gebroken of zelfs hun nek. (In Californië is het bij de wet verboden een hond in de laadbak van een pick-up te vervoeren, als het dier niet in een kooi of met een veiligheidsriem vastzit.)

Het dringt tot me door dat als iedereen die bij de dierenopvang van Columbia-Greene een hond zoekt op dezelfde dag een hond mee naar huis zou nemen, de inleveraars en de adopteerders rondjes zouden draaien in een molen, waarin de dieren van hand tot hand gaan. Wat zouden de dieren daar draaierig van worden.

'Er bestaat niet zoiets als een moeilijke hond, maar wel onervaren eigenaars,' schreef de africhtster Barbara Woodhouse in haar boek *No Bad Dogs*. Ze onderschatte de kwestie. 'Af en toe stuit ik op een hond die gewoon te ver heen is,' zegt Cathy Crawmer. Zij is een kenner van dierengedrag en werkt tegenwoordig als africhtster samen met de mensen die een dier uit het asiel adopteren. Het asiel probeert zoveel mogelijk diereneigenaars voor haar lessen in te schrijven. Crawmer kan veel doen voor onhandelbare honden of puppy's; goedgemanierde honden vallen niet terug in het asiel. Maar de meeste mensen, zeker als ze met huisdieren zijn opgegroeid, denken dat ze geen diploma van een hondenschool nodig hebben. Het asiel propageert de lessen als een vorm van ontspanning, maar dat verhult niet het probleem dat ze tijdrovend en duur zijn. Veel mensen hebben er het geduld of het geld niet voor.

Crawmers cursussen zijn elke cent van die honderdvijfentwintig dollar voor acht lessen dubbel en dwars waard. De meeste trainers specialiseren zich in de een of andere soort, maar Crawmwer bezit een omvangrijke kennis van allerlei soorten dieren. Ze heeft kanaries leren zingen en honden leren aanbellen. Ze heeft zich onder meer beziggehouden met gedragsproblemen van leeuwen en tijgers en andere roofdieren in dierentuinen en circussen. Haar werk met wilde dieren is van invloed geweest op de techniek die ze heeft ontwikkeld bij het trainen van honden en katten. Crawmers huidige doel is een nieuwe manier te ontdekken waarop mensen met hun huisdieren kunnen leren communiceren, wat wellicht helpt om duizenden dieren buiten het asiel te houden.

Crawmer gelooft dat de meeste mensen niet begrijpen hoe honden denken. Haar theorie is, dat als honden wisten wat wij van ze willen, de meeste dat ook zouden doen. Maar honden reageren niet goed op het soort correcties die de mensen meestal geven, een tik op de snuit of de achterkant. Dat is een vicieuze cirkel: mensen berispen een hond, maar er verandert niets. Integendeel, de hond gaat zich alleen maar slechter gedragen. 'Disciplineren staat gelijk aan mishandeling,' zegt Crawmer. 'De hond gaat denken dat je een monster bent en ontwikkelt slechte gewoonten. Wij bijten op onze nagels als we nerveus of bang zijn. Honden gaan ook bijten.'

In haar lessen probeert Crawmer mensen zo ver te krijgen dat ze gaan nadenken over hoe *zij* door de hond worden gezien, in plaats van andersom. 'Je kunt *honden* niet aanleren onze gedachten te lezen,' zegt ze tegen haar leerlingen, 'maar *wij* kunnen aanleren erachter te komen wat honden denken.' Ze legt uit dat honden die niet meer in de hand te houden zijn, geen duidelijke signalen van hun eigenaars hebben ontvangen. 'Het eerste wat honden begrijpen is lichaamstaal, daarna pas de woorden,' zegt ze. Deze moeten met elkaar overeenstemmen. 'Honden zijn niet dom, ze zijn simpel,' beweert ze. Om dat punt te verduidelijken doet ze een lachwekkende imitatie van hoe je niet tegen een hond moet praten. Eerst buigt ze zich ver voorover en begint een chocoladekleurige labrador, die enkele meters bij haar vandaan zit, te smeken of hij alsjeblieft wil komen. De hond tilt even zijn kop op en negeert haar vervolgens. Dan gaat de trainer rechtop staan, kijkt de hond recht aan en zegt ferm: 'Kom!' De labrador staat op en komt direct bij haar. 'Dit is geen hond die een trucje heeft geleerd,' zegt Crawmer grinnikend. Ze beloont de labrador onmiddellijk met een lekkernij, die speciaal voor honden is gemaakt. Crawmer oefent altijd met voedsel als beloning en positieve bevestiging, in plaats van traditionele 'discipline', wat over het algemeen neerkomt op straf.

Crawmer staat hoog aangeschreven als deskundige op het gebied van behendigheidstraining, de snelst groeiende hondensport van het land. Deze behendigheid is in het noorden van de staat zo populair dat er niet genoeg leerkrachten en lessen zijn om aan de vraag te voldoen. Tijdens de behendigheidstraining leren honden op commando uitgezette routes te lopen, tussen paaltjes door te zigzaggen, door tunnels te kruipen en over hindernissen te springen. Als Crawmer met haar eigen honden werkt (pitbulls, chihuahua's en dwergpoedels), mag Annie, haar dwerggeit, die samen met de honden traint, soms meedoen. Op dit punt kan ze waarschijnlijk elke diersoort trainen; zelfs haar vissen springen op bevel door een hoepel. Ze worden beloond met een lekkernij, net als de honden.

Het kan een groot voordeel zijn als een asiel een trainer in dienst neemt. Adopteerders vinden het prettig om binnen te lopen en een hond aan te treffen die al weet hoe hij aan de riem moet lopen, moet gaan zitten en een poot geven. Als een hond iemand een poot geeft, wordt aangenomen dat de hond intelligent is en van mensen houdt. Een hond leren opzitten en pootjes geven neemt minder dan een kwartier in beslag – ervan uitgaande dat de trainer kundig is. In feite kan een kwartiertje training per dag, indien goed gedaan, een probleemhond binnen een paar weken omtoveren in een prettig huisdier.

In tegenstelling tot Woodhouse zou Crawmer zeggen dat 'moeilijke' eigenaars 'onervaren' honden kweken. Crawmer gelooft in opvoeding, niet in aanleg waar het dominante rassen zoals Duitse herders en rottweilers betreft. Ze neemt het hartstochtelijk op voor pitbulls, waarvan zij gelooft dat ze een onverdiend slechte reputatie hebben, vooral in de pers. 'Honden worden niet met morele gedragscodes geboren,' is haar argument. 'Mensen moeten ze in een bepaalde richting leiden.'

In samenwerking met haar vriendinnen Cydney Cross en Mary Allen, die de plaatselijke pitbulls redden, verandert Crawmer ze, evenals andere zogeheten 'valse' honden, in poeslieve dieren. Haar beste correctiemethode is, geloof het of niet, een doodgewone plantenspuit met water. Honden en katten hebben er een hekel aan met water in het gezicht gespoten te worden. Ze houden dan ook met een groot aantal ongewenste gedragingen op, om deze vervelende consequentie te ontlopen. In de lessen van Crawmer heeft iedereen een plantenspuit. Eigenaars worden geïnstrueerd nooit hun honden te slaan. 'Jij bent degene die ze troost als ze van streek zijn en niet iemand die ze slaat,' zegt ze herhaaldelijk.

Charlene Marchand, voorzitter van het bestuur van het asiel, is africhtster en fokster van Duitse herders. Ze heeft jaren met Crawmer samengewerkt. Het doel van Marchand is het kennelpersoneel op te leiden met behulp van Crawmers techniek. Op die manier geeft ze honden die wegens gedragsproblemen in het asiel terechtkomen een beter toekomstperspectief. 'Deze honden kunnen veranderd worden vóór ze worden geadopteerd,' zegt Marchand, 'waardoor ze misschien niet meer terugkomen.'

Marchand is de eerste voorzitter van het asielbestuur die deskundig is op het gebied van honden. Ze is geboren in Waterford, New York, even ten noorden van Troy, en groeide op in een huis naast de melkveeboerderij van haar grootouders. 'Ze hadden koeien, kalkoenen, wat varkens en paarden, en een aantal honden. Wij keken altijd toe wanneer de kippen werden geplukt,' herinnert ze zich. (Tegenwoordig is ze vegetariër.) Als kind bracht Charlene zwerfhonden en -katten mee naar huis, maar die kwamen niet verder dan de voordeur. Toch ontstond haar passie voor dieren later. Haar eerste passie gold de katholieke Kerk.

'Mijn ouders waren zeer religieus en ik ben altijd naar katholieke scholen gegaan,' zegt ze. 'In mijn eerste jaar op de middelbare school was ik ervan overtuigd dat ik non wilde worden en mijn ouders begonnen mijn bruidsschat in orde te maken. Een maand nadat ik mijn eindexamen had gedaan trad ik in het klooster van Albany in. Ik was achttien en had me tot doel gesteld zendelingenarts te worden en naar Afrika en India te gaan. Ik voelde het als mijn roeping.'

Charlenes eerste jaar in het klooster was zowel 'opwindend' als 'moeilijk'. Ze beschrijft deze periode in haar leven als een waarin ze nader tot God kwam, maar gedeprimeerd raakte door het geïsoleerde kloosterleven. Eindelijk realiseerde ze zich dat ze weg moest gaan; haar levenswerk lag buiten de muren van het klooster. Charlene kwam weer thuis wonen en ging maatschappelijk werk doen. Toen veranderde op een avond haar leven. 'Ik ontmoette Michael Wilson in een bar,' zegt Charlene. Ze gooit haar lange blonde haren naar achter en haar blauwe ogen lichten op. 'Twee weken later woonde ik met hem samen. Je kunt je voorstellen hoe mijn ouders daarover dachten. Nette meisjes hokken niet!'

Ze trouwden drie jaar later en haar ouders begonnen ook van Michael te houden. Hij was degene die altijd een Duitse herder had gewild. Charlene zegt: 'Ik wilde gewoon een hond – het maakte niet uit wat voor een, zolang hij maar vier poten had.' Hun eerste, Urram (een Indiaans woord dat 'de juiste weg' betekent), bracht twee puppy's ter wereld. Zij groeiden op tot kampioenen en werden afgericht tot politiehonden. Charlene is een vrouw die de dingen die ze doet niet halfslachtig aanpakt. Binnen enkele jaren fokte, redde en richtte ze herders af en ging ze als vrijwilligster bij de dierenbescherming werken. Ze werd voorzitter van haar regionale Duitse herderclub. Tegenwoordig heeft ze vijf herders en dikwijls zegt ze: 'Voor mij is de hemel één voortdurende hondenshow.'

Ik loop op een dag met Charlene door de kennel van het asiel. Ze werpt een snelle blik op Hunter, een kortharige Duitse pointer, die in een hok zit en ze zegt: 'Die hond is agressief. Hij moet niet voor adoptie worden vrijgegeven.'

'Hoe zie je dat?' vraag ik haar. Hunter schijnt mij een prima makker toe.

'Aan de blik in zijn ogen,' zegt ze. 'Ik kan het niet uitleggen.'

De volgende dag zet Hunter, zonder uitgedaagd te zijn, zijn tanden in de enkel van een kennelmedewerker.

Ik heb nog nooit iemand gezien die zo snel een hond kan beoordelen als Charlene. Zij schijnt voor een deel op haar instinct en de lichaamstaal af te gaan, net als de honden. Er zit een terriërkruising in de kennel die Honey heet, die ik heel leuk vind; Marchand zegt dat de hond gek is. Honey wordt geadopteerd en binnen enkele dagen teruggebracht wegens neurotisch gedrag. Eenmaal in haar hok krijgt ze last van het kennelsyndroom. Ze tolt hysterisch rond en deinst terug als er mensen naderen. Ik vraag Camille Praga, die haar verzorgt, wat zij van Honey vindt. 'Die hond is volslagen gek,' antwoordt ze met rollende ogen. 'Ik heb al moeite om haar in en uit het hok te krijgen.' Marchand had absoluut gelijk.

Charlene vraagt zich bezorgd af of het personeel wel in staat is het verschil te zien tussen een agressieve hond en één die op het randje van neurotisch is. Haar specialiteit is het corrigeren van agressief gedrag en ze wil het kennelpersoneel leren meer aan karaktertests te doen. Dat is de manier waarop professionals – africhters, fokkers, redders en dierenartsen – te werk gaan om de gevaarlijke honden er tussenuit te pikken. Ze besluit haar techniek te demonstreren met een hond die Axle heet. Hij komt uit een gezin dat bekendstaat om het huiselijk geweld dat er plaatsvindt. Toen de hond kwam, was hij uitgemergeld en had hij de naam dat hij een bijter was. Maar het personeel zag geen reden om geloof te hechten aan het verhaal van degene die afstand deed; ze gingen er vanuit dat Axle niet agressief, maar vaak geslagen en verwaarloosd was. Zij wilden de hond, een aantrekkelijke langharige-colliekruising met grote bruine ogen en die doodsbang voor mensen was, redden. Axle zit inmiddels drie dagen in het asiel. Laura-Ann staat op het standpunt dat hij kandidaat nummer één is voor euthanasie, zodra ze ruimte in de kennel nodig heeft.

Camille brengt de hond naar buiten, terwijl het personeel zich op de parkeerplaats verzamelt om de demonstratie gade te slaan. Axle maakt een verwarde en nerveuze indruk. Camille houdt de riem vast terwijl Marchand begint. De hond werkt schoorvoetend mee. 'Honden hebben heel gevoelige poten,' zegt Marchand. 'Als een hond het in zich heeft om te bijten, zal hij een bijtreactie geven op het moment dat je hem in zijn teen knijpt.' Marchand pakt een teen van de hond en knijpt er even in. De hond reageert met gegrom. Camille houdt nog steeds de riem vast, maar deinst terug. Kate, mijn dochter springt op het dak van een auto om zo ver mogelijk uit de buurt te blijven. Maar Marchand is niet van haar stuk te brengen. Ze knijpt in een andere teen. Axle gromt opnieuw en laat een rij grote, scherpe tanden zien.

De africhtster gaat onverstoorbaar verder en geeft de hond een laatste kneepje. Dat is de druppel die de emmer doet overlopen. Axle explodeert en haalt onmiddellijk uit naar haar onderarm. Hij snijdt door haar huid heen met zijn tanden. Na deze eerste aanval trekt de hond zich niet terug, maar bijt zich vast en scheurt aan haar arm. Marchand blijft verbazend koel en instrueert Camille hoe ze de hond van haar af moet trekken.

De medewerkers rennen volkomen ontdaan naar Marchand toe. De wond ziet eruit alsof hij met een kettingzaag is gemaakt, maar zij is degene die iedereen kalmeert. 'Gebeten worden hoort bij het vak,' zegt ze nuchter, terwijl ze haar bloedende arm verbindt. 'Van nu af aan moeten we de honden muilkorven voor we dit doen.'

Marchand gaat naar het ziekenhuis om de wond te laten hechten en Axle wordt naar zijn kooi teruggebracht. Hij zal nooit een tehuis krijgen. Maar die avond, als iedereen weg is, komt Charlene terug naar het asiel om Axle een paar stukken rauw vlees te voeren. Het is zijn galgenmaal. 'Ik móést vrede met hem sluiten,' vertelt ze me later met vochtige ogen. Deze vrouw houdt van honden.

Honden waarvan vaststaat dat ze bijten, worden niet aan het publiek aangeboden. Ze zijn ten dode opgeschreven. 'Angstbijters' vormen een ander soort uitdaging, omdat ze onvoorspelbaar zijn en moeilijker te onderscheiden. In tegenstelling tot de openlijk agressieve honden, die hun gevoelens meestal direct aan de mensen laten zien, zijn angstbijters over het algemeen vriendelijk en dociel, tot ze door iets of iemand in paniek raken. Angstbijters hechten zich vaak aan één persoon. Bij andere mensen zijn ze niet betrouwbaar, zolang ze niet serieus zijn afgericht. Bij een dergelijke africhting wordt het te corrigeren gedrag uitgelokt en vervolgens onmiddellijk gecorrigeerd. Deze honden mankeert verder niets, mits ze in de juiste handen zijn.

Lori Beckers is bij Columbia-Greene waarschijnlijk de aangewezen persoon om een angstbijter te beoordelen. Ze heeft geen belang bij een adoptie, om de mensen vervolgens met de hond te zien terugkomen. Beckers en Andrea Walker staan vaak lijnrecht tegenover elkaar wat betreft de adopteerbaarheid van een hond.

'Prinses is een angstbijter,' verkondigt Lori onmiddellijk als de hond binnenkomt. 'Ik zou die hond bij mij thuis geen minuut vertrouwen.' Zij maakt dergelijke opmerkingen, die voor elk asieldier fataal kunnen zijn, niet lichtvaardig. De hond, een cockerspaniëlkruising, reageert niet als Lori haar uit haar tent probeert te lokken. Prinses was binnengebracht omdat ze 'bijterig' deed, maar veel honden waarvan mensen om die reden afstand doen, blijken uitstekend te functioneren in een gezin zonder kinderen. 'De meeste honden komen bij mij wel los, maar deze kleine niet,' zegt Lori. Prinses heeft echter haar charmes. Andrea wil haar naar de hoofdkennel verhuizen, waar het publiek haar kan zien. Ze geeft veel om deze hond. Het is voor Laura-Ann moeilijk een hond een kans te weigeren, als hij of zij een voorvechter heeft. Vaak lukt het de directrice om nee te zeggen, maar deze keer stemt ze ermee in Prinses voor adoptie aan te bieden.

De verhuizing van het logeergebouw, waar de honden hun eerste dagen doorbrengen, naar het hoofdgebouw kan veel stress veroorzaken. Prinses wordt onzeker na deze overgang en trekt zich achter in haar hok terug. Andrea werkt harder om de hond opnieuw te laten wennen en heeft daar enig succes mee. Na een paar dagen brengt ze haar naar de receptie. 'Kijk eens,' zegt ze, 'kijk eens hoe ver deze hond gekomen is.' Prinses hupt wat rond en besnuffelt iedereen onbevreesd. Ze is nog wat kopschuw maar schijnt wat meer vertrouwen te hebben in de mensen om haar heen. Op sommige dagen is het hondje in orde; op andere dagen draait ze volkomen door.

Maar na een paar weken in het asiel is Prinses zo angstig geworden dat ze zichzelf begint te bijten. Dit is niet ongewoon. Honden kunnen, net als mensen, zenuwtics ontwikkelen en met stressreacties op gevangenschap reageren. Al gauw heeft Prinses een ontstoken plek – een akelige open wond aan haar zij – die haar er niet aantrekkelijker op maakt voor het publiek. Zonder Andrea had ze waarschijnlijk weken geleden al een spuitje gehad. Nu heeft ze een medische behandeling nodig.

Op de dag dat ze naar de dierenarts moet, heeft Andrea het te druk om haar te brengen. Lori doet het. Ik haal Prinses met gemak uit haar kooi, de hond mag me wel. Maar als ze ziet dat ik haar in een auto wil zetten, gaat ze plat op haar buik liggen en kijkt me heel akelig aan. Ik probeer het vertrouwen van de hond terug te winnen, maar haar dreigende blik gaat over in gegrom. Na Axle ben ik absoluut niet van plan deze hond te pushen. 'O, die stadsmensen toch,' zegt Lori schertsend en neemt me de riem uit de hand. Nu raakt de hond echt van streek.

'Wacht even, ik ga Andrea halen,' zeg ik. Ik ren weg om haar te zoeken. Maar 'Beckers de Wreker' is niet iemand die hulp gaat vragen. Als ik op het parkeerterrein terugkom, heeft Lori Prinses in de bestelwagen gekregen, maar haar arm ligt open en bloedt. 'Dat is niks,' zegt Lori opgewekt, haar verwonding verbergend. 'Je hoeft het niet op te blazen, maar deze hond kan niet geadopteerd worden.' Dan rijdt ze weg naar de praktijk van dokter Johnson.

Ik ga terug naar het kantoor om Laura-Ann te melden dat Lori gebeten is. De directrice schrikt behoorlijk. Ze pakt onmiddellijk het dossier van de hond om te zien of Prinses wel regelmatig tegen hondsdolheid is ingeënt. Volgens het dossier is dat zo, maar Laura-Ann wil het zeker weten. Ze belt zelf de dierenarts om te controleren of de hond de inenting heeft gekregen. Gelukkig is dat zo en is Lori veilig. Vervolgens belt Laura-Ann naar de praktijk van dokter Johnson. Prinses komt niet meer terug naar het asiel; er wordt een monster van haar hersenweefsel genomen en op hondsdolheid onderzocht. (Na iedere beet vereist de Staat dat het dier óf een spuitje krijgt en op hondsdolheid wordt getest, óf in quarantaine gaat.) Nadat ze deze handelingen zakelijk heeft afgewerkt, draait de directrice zich naar mij om en zegt: 'En, wil je nog steeds een fokfabriek van binnen zien?'

'Jazeker,' antwoord ik.

'Wij zijn samen met nog acht andere asiels verzocht mee te doen bij een inval. De dierenbescherming van Mohawk-Hudson River heeft eindelijk voldoende bewijs tegen deze fokker verzameld,' deelt Laura-Ann me mee. 'Ik ben zojuist door Sue McDonough gebeld. Ze denkt dat ze binnenkort een huiszoekingsbevel van de rechter krijgen.' McDonough werkt bij de staatspolitie en is zeer ervaren op het gebied van dierenmishandeling. Ze is ook voorzitter van de afdeling Dierenbescherming van de staat New York. 'Ze hebben hulp nodig om de honden weg te halen en ik heb me vrijwillig opgegeven om een aantal ervan hier onderdak te bieden,' voegt ze eraantoe.

'Wanneer gaat dat gebeuren?' vraag ik.

'Wie weet?' zegt ze. 'Misschien volgende week al. Het kan ook over een jaar zijn. Hangt ervan af hoe de rechter over honden denkt.' De directrice lacht en gaat verder met het plegen van telefoontjes.

Twee maanden nadat Lee en ik April King hebben bezocht, komt haar vriend het asiel binnenlopen als ik baliedienst heb. De man is nerveus en steekt een sigaret op, wat in dit gebouw niet mag. (Het rookverbod is ter bescherming van de dieren, niet van de medewerkers.) 'Waar is April?' vraag ik hem. Hij wijst naar de auto, waar April voorin zit met de zwart-witte puppy in haar armen.

'We kunnen het niet,' zegt haar vriend. 'We kunnen haar gewoon niet zindelijk krijgen. Ze poept en piest op de grond en wil niet aan een riem lopen. Het is te veel werk.' Hij is geïrriteerd en moe. Ik kan merken dat het een zware beslissing voor hen beiden is geweest de hond hiernaartoe te brengen. Ik bedank hem dat ze naar het asiel zijn gekomen en geef hem snel het formulier, zodat hij het kan invullen voordat April van gedachten verandert. Als hij het document ondertekent, zegt hij: 'We denken erover om een kat te nemen, omdat die minder werk vergt.' Maar gezien het lot van Aprils laatste kat is dat geen geweldig idee. 'Ben je wel eens door een kat gebeten?' vraag ik hem, terwijl ik de papieren in orde maak. Hij geeft geen antwoord.

Na de ondertekening van het overdrachtsformulier is de hond eigendom van het asiel. Ik popel om naar buiten te gaan en April en de hond te ontmoeten. Als ik met de riem in de hand verschijn, lijkt April allerminst ondersteboven te zijn van het feit dat ze haar puppy opgeeft. 'Zijn er problemen met haar?' vraag ik aan April.

'Ik ben in verwachting,' zegt ze met een brede grijns op haar gezicht. 'Het is nu veel te veel werk om een hond te hebben.'

Ik ben sprakeloos. Ik dwing mezelf haar te feliciteren en neem de puppy uit haar armen.

Ik vraag me af of het asiel zich verplicht zou moeten voelen deze zwangerschap bij de kinderbescherming te melden. Het verband tussen dieren- en kindermishandeling ligt voor de hand. De American Humane Association heeft sinds haar oprichting, eind vorige eeuw, afdelingen voor zowel dieren- als kinderbescherming. Deze organisatie geeft cursussen voor ambtenaren van de dierenbescherming, om hen te leren tekenen van kindermishandeling te herkennen en kinderen die gevaar lopen te melden. In sommige staten zijn inspecteurs van de dierenbescherming verplicht mensen die van mishandeling worden verdacht aan te geven, in een poging het verband tussen dieren- en kindermishandeling in een breder kader te plaatsen. Daarmee slaat de beweging voor het welzijn van dieren een goede weg in.

Binnen een jaar komt er iemand van maatschappelijk werk om de baby van April King weg te halen, om dezelfde reden waarom de dierenbescherming haar honden weghaalde.

Rouge (voorheen Shotgun), gered uit het Ponderosa Pretpark

VIJF

'Kijken staat vrij'

BARBARA DOHRMAN heeft twee klachten binnengekregen over een mager paard in het dorpje Leeds, even buiten Catskill. Het paard is van de weg af te zien. 'Er moet iemand naartoe gaan om naar die merrie te kijken, dan hoef ik me niet langer zorgen om haar te maken,' zegt Dohrman tegen Laura-Ann. De inspecteurs werken allemaal parttime vanwege de beperkte financiële middelen, wat Dohrman voortdurend frustreert omdat er niemand is die ze achter een geval aan kan sturen. Ze adviseert de mensen noodgevallen aan de politie te melden, maar die zijn niet goed ingevoerd in de wetten ter bescherming van dieren. Een handjevol agenten die van dieren houden reageert; de meesten hebben wel wat belangrijkers aan hun hoofd.

Er worden continu klachten in verband met dieren gemeld, maar in slechts een klein percentage van die gevallen kan of moet het asiel interveniëren. De inspecteurs van de dierenbescherming hebben een zware baan. Elke zaak vereist een enorme hoeveelheid werk en levert zelden iets op. De meeste meldingen blijken overdreven te zijn of gebaseerd op onjuiste informatie. De dieren zijn vaak niet in een geweldige conditie, maar niet ziek genoeg om door de inspecteurs te kunnen worden meegenomen. Rechtbanken hebben weinig belangstelling voor gevallen van dierenmishandeling, laat staan voor gevallen die op het randje zijn. Het duurt eeuwen voor je een gerechtelijke actie kunt starten.

Lee DeLisle is uiterst realistisch wat zijn beperkingen betreft. De dierenbescherming krijgt veel klachten over paarden binnen, maar hij past er wel voor op meer grote dieren mee te nemen dan het asiel op comfortabele wijze kan herbergen; de schuur is maar klein. Twee weken na de eerste klacht over de merrie in Leeds gaan DeLisle en ik op weg om het paard te zoeken.

Leeds ligt in Greene County. Wij rijden over de Rip Van Winklebrug, iets ten zuiden van Hudson, in de richting van de Catskill Mountains. Hoewel DeLisle vaak ingaat op klachten in verband met allerlei soorten dieren, is hij uitgesproken partijdig als het om paarden gaat. Hij is hoefsmid van beroep en brengt dan ook veel tijd door onder de paarden, terwijl hij hun hoeven controleert en beslaat. Hij smeedt ijzers die perfect passen op de individuele vorm van elke hoef. De Lisle is een vakman, die zorgvuldig elke nieuwe methode bestudeert, nieuw gereedschap voor het beslaan van paarden aanschaft en vakbijeenkomsten en workshops door het hele land bezoekt. In Amerika zijn professionele hoefsmeden lid van de Amerikaanse associatie van hoefsmeden, een zelfstandige organisatie, niet gebonden aan overheidsbepalingen, maar wel fanatiek in haar ijver het ambacht te controleren en te perfectioneren. In Engeland, waar je enkele van de meest bekwame hoefsmeden ter wereld aantreft, is het verboden zelf je paarden te beslaan; hoefsmeden moeten er, evenals dierenartsen, een diploma en een vergunning hebben. 'Hier mag iedereen een paard beslaan,' zegt DeLisle, 'en de vaklui mogen de rotzooi opruimen.'

Lee is een goed opgeleide inspecteur; hij heeft zijn opleiding gevolgd aan het Law Enforcement Training Institute (een van de meest prestigieuze scholen voor rechercheurs ter wereld), waardoor hij uniek is op dit gebied. Hij heeft de Toni Hanna Memorial Prijs gewonnen, die jaarlijks door de dierenbescherming van de staat New York wordt toegekend voor uitmuntend werk op dit gebied. Als plaatselijke hoefsmid kent hij de meeste paarden in de omgeving, en als hij ze niet kent, is de kans groot dat een van zijn collega's dat wel doet. Hoefsmeden en hun cliënten roddelen natuurlijk over mensen met paarden en tippen Lee vaak over situaties waar dieren in nood verkeren. Een van de twee klachten over het paard in Leeds is afkomstig van een cliënt.

Leeds ligt ongeveer vijf minuten ten westen van de brug. Het is geen bijzonder welvarend dorp, maar wel karakteristiek, met zijn landwegen met huisjes erlangs, die door ruime tuinen van elkaar gescheiden zijn.Wij stoppen op de oprit van een houten huis met één verdieping. Het ziet er verwaarloosd en door het weer en ontberingen geteisterd uit. Er staat een dikke pony op een omheind stukje land dat aan het huis grenst, samen met een grote, zeer vermagerde, kastanjebruine merrie met zwarte manen. Haar schoften steken naar buiten en hellen af als een steile heuvel. De pony, een chocoladebruine Shetland met blonde manen, lijkt het leeuwendeel van het hooi te krijgen.

Zonder de paarden zou het huis er verlaten uitzien. Ieder raam op de begane grond is verduisterd door zonneschermen of een ander soort ondoorzichtig spul, waardoor je moeilijk naar binnen kunt kijken. Er ligt zoveel rommel op de veranda dat we ons een weg moeten banen naar de voordeur. Lee begint op de deur te bonzen en te roepen: 'Is er iemand?' Er beginnen honden te blaffen. Ook kunnen we vanaf de veranda heel flauw een koor van vogels horen. Het is moeilijk te zeggen hoeveel vogels en honden er binnen zijn. We zien op de begane grond een ventilator in een zijraam, die frisse lucht naar binnen blaast. Er is een lamp aangegaan. 'Er is iemand thuis,' zegt Lee.

Er zit een eenzaam zwart konijn in een hok bij de treden naar de voordeur. We zien een slap bosje alfalfa en een halfvolle fles water in het hok. Lee blijft op de deur bonken, de honden blijven blaffen en de vogels blijven zingen. Als hij even stopt, stoppen de honden ook. Na het voor de vierde keer te hebben geprobeerd, lopen we naar de omheinde wei, over een erf dat vol ligt met puin. Vreemd genoeg is er een tuingedeelte dat zorgvuldig met stenen is afgebakend en waar de gebruikelijke eenjarige planten staan, voornamelijk petunia's, een spoor van betere tijden, toen deze plek er nog niet zo haveloos uitzag. Er staat een Chevy-truck op de oprit, met een grote zak paardenvoer in de laadbak; er zit een nog leesbare sticker met CLINTON/GORE op de achterbumper.

'Er is vermoedelijk niemand thuis,' zeg ik.

'O jawel hoor, er is iemand thuis,' antwoordt hij. 'Laten we maar eens naar het paard gaan kijken.' Hij loopt naar het bewegende geraamte. Als het licht op haar profiel valt, zie je haar ribbenkast in reliëf. Wanneer Lee nadert trekken de dieren zich terug in een open schuur. 'Ze moeten beschutting hebben tegen de vliegen,' zegt hij. 'Geen van beide heeft beschutting. Daar heb ik een hekel aan.'

De inspecteur legt uit dat we ons op verboden terrein begeven als we de omheinde wei betreden om naar het paard te kijken en hij voegt eraantoe: ‘Als het een noodgeval was, zou het anders liggen.’ We keren terug naar het huis en lopen achterom, om te zien of daar een achterdeur is. Onderweg stuiten we op een smerige gele hond, een labrador-kruising met een oranje neus. Ze ligt vastgebonden aan een paal in de hete zon, zonder water, voedsel of beschutting.

Ik laat Lee op de achterdeur bonken en loop naar de hond. Wanneer ik dichterbij kom stopt ze met blaffen en gaat op haar rug liggen kwispelen. Ze is onderworpen. Als ik dicht genoeg genaderd ben om haar te kunnen aanraken, merk ik dat de hond er even slecht uitziet als het paard; haar botten lijken wel een bouwkundige tekening, ze steken overal aan de zijkant naar buiten. Ze loopt traag als een oude hond, maar aan haar tanden te zien is ze zo’n twee of drie jaar. Ze verhaart sterk en ze heeft open wonden aan beide oren, waarschijnlijk van de insecten. De hond vindt het prettig over haar kop geaaid te worden. Ik roep Lee.

‘Moet je zien hoe mager deze hond is,’ zeg ik. Hoofdschuddend pakt hij zijn camera en fotografeert haar oren en zijden. ‘We kunnen haar in de auto zetten en meteen naar het asiel brengen,’ stel ik voor. ‘Rustig aan,’ zegt hij, ‘niet zo snel.’ Lee neemt geen dieren op stel en sprong mee als ze geen direct gevaar lopen.

Ik neem aan dat we de tuin achter het huis ingaan om de andere dieren die we achter kunnen horen te controleren, maar Lee doet niets zonder huiszoekingsbevel. ‘We hebben een klacht over het paard, dat openlijk vanaf de weg te zien is,’ verklaart hij. ‘We hebben wettelijk het recht om op de voordeur te kloppen en toestemming te vragen of we de dieren mogen zien. Als er niemand opendoet, hebben we het recht om het huis heen te lopen om te kijken of er een achteringang is. Terwijl we om het huis heen lopen kunnen we de dieren controleren die we daar toevallig aantreffen en die mogelijk in nood verkeren. Daarom kunnen we de hond onderzoeken.’ Deze man zet de puntjes op de i. ‘Maar we mogen niet zonder huiszoekingsbevel op het terrein rondlopen op zoek naar andere dieren,’ herhaalt hij. ‘Als de bewoonster ons aanklaagt omdat we ons op verboden terrein hebben begeven, kan dat de mogelijkheid om hier dieren weg te halen in gevaar brengen.’

‘Ik maak me zorgen om de hond.’

‘Op grond van de staat waarin de hond en het paard verkeren, heb ik voldoende reden om een huiszoekingsbevel te krijgen. We nemen de hond nu niet mee, maar we komen terug,’ verzekert hij me, ‘maak je maar geen zorgen.’

‘Ik vind dat niemand het recht mag hebben om een dier op deze manier te houden,' antwoord ik. 'Als we wachten komt ze straks thuis en begrijpt ze dat de dierensmerissen zijn geweest. Dan verstopt ze de hond en alle andere dieren die ze heeft en er slecht aan toe zijn.'

Lee kijkt me aan met een blik waaruit ik opmaak dat ik over de schreef ga.

'Ik wil dat je inziet waarom ik de hond niet meeneem,' zegt Lee op ernstige toon. 'Ik ben geen dierenrechtenactivist. Ik onderzoek het welzijn van dieren. Jij en ik bezien deze hond vanuit twee verschillende gezichtspunten. Jij ziet een hond in nood die met spoed geholpen moet worden. Ik zie een geval van wreedheid, een zaak die ik niet wil verliezen.'

Dan vertelt hij mij een verhaal over twee honden in een hok ergens op een berg in de Catskill Mountains. 'Het huis was eigendom van mensen uit New York die in scheiding lagen en het huis verkochten. De honden waren er de hele week alleen. Soms kwam de man of de vrouw in het weekend; soms kwam geen van beiden opdagen. Ik heb dat huis in februari een week lang dag en nacht in de gaten gehouden. De temperatuur daalde tot onder het vriespunt. Niemand zorgde voor de honden. Ik wist dat het een paar dagen kon duren om de eigenaars te vinden en een huiszoekingsbevel te krijgen; tegen die tijd zouden de honden dood zijn. Daarom ben ik erheen gegaan en heb ik de honden meegenomen naar het asiel. Binnen een week waren de honden geplaatst en de eigenaars hebben zelfs nooit melding gemaakt van de vermissing van hun honden.

Maar stel dat we deze hond nu meenemen en naar een dierenarts brengen, wat we volgens de wet behoren te doen, en de dierenarts zegt: "Ja, ze is ondervoed, heeft wormen en haar oren moeten een zalfje hebben", loopt de hond dan onmiddellijk levensgevaar?' Dat is een retorische vraag. 'Intussen neemt de eigenaar van de hond een aalgladde advocaat in de arm, die de jury ervan weet te overtuigen dat haar burgerrechten met voeten zijn getreden toen wij ons op haar privé-terrein begaven en haar hond weghaalden,' vervolgt hij. 'Alle aanklachten worden ingetrokken op grond van procedurefouten. Daarna slaat ze terug naar de dierenbescherming met een kort geding wegens smaad.'

Lee herinnert me eraan dat we op dit moment niet eens de naam van de vrouw weten. 'Wij moeten een jury ervan weten te overtuigen dat we als redelijke mensen hebben gehandeld. Ben jij een redelijk mens?' vraagt hij me.

'Af en toe,' antwoord ik hem.

'Kom,' zegt de huisdierdetective begrijpend, 'we hebben nog meer te doen.' Aan de andere kant van de paardenwei staat een vervallen motel dat Mountain Rest Stop heet. Het lijkt gesloten te zijn. Hier is de tijd minstens tien jaar geleden stil blijven staan. Als Lee aan de deur van het grote huis klopt, roept een stem: 'Kom maar binnen.'

Een bejaarde man en vrouw zitten aan een keukentafel boterhammen met salami te eten en de krant te lezen alsof ze al eeuwen niet anders doen. Als moteleigenaars zijn ze ontspannen genoeg om vreemden zomaar in hun keuken te ontvangen. Lee overhandigt hun zijn kaartje en verklaart waarom wij hier staan te kijken hoe zij zitten te lunchen. De keuken, die er degelijk uitziet met onverwoestbaar linoleum uit de jaren vijftig, is smetteloos.

De moteleigenaar en zijn vrouw zijn verrukt als ze horen waarvoor we komen. Deze luitjes kennen de naam van de buurvrouw. 'Lucy Hall,' zegt de man direct. 'We hebben al twee keer een rechtszaak tegen haar aangespannen om haar weg te krijgen. Maar ze heeft invloedrijke contacten.' Hij zegt dat Hall daar woont met een veertienjarige zoon. 'Ze heeft onze zaak kapotgemaakt,' voegt hij eraantoe. 'Je kunt niet van mensen verlangen hier te logeren met al die stank en die kippenstront,' valt zijn vrouw hem bij. 'Excuseer mijn taalgebruik,' voegt ze eraantoe. Ze wijst uit het raam naar de hoge schutting die hun terreinen scheidt. 'Waar denk je dat die schutting voor is?' zegt ze. 'Ik heb in geen jaren meer behoorlijk geslapen met die rothanen.'

'Er zijn in deze plaats geen terreinverordeningen,' legt de oude man uit. 'Ze kan daar doen en laten wat ze wil.' Hij klaagt door, maar weinig geestdriftig. Het is duidelijk dat ze de strijd hebben opgegeven. 'Ze houdt de boel niet netjes, maar ze is niet achterlijk,' waarschuwt de man ons. 'Als de auto op de oprit staat, is ze zeker thuis,' zegt de vrouw, haar eten doorslikkend. 'Ik weet dat ze thuis is.'

We keren terug naar het huis van Hall. Lee plakt een waarschuwingsbon op haar voordeur. Hall heeft vierentwintig uur de tijd om contact met de dierenbescherming op te nemen. Voordat hij weggaat bonst hij, gehoor gevend aan zijn instinct, voor de laatste keer op de deur. Na enkele seconden gaat hij open en vliegt een mollige weimaraan naar buiten die in de achtertuin verdwijnt. Dan verschijnt er een slaperige, slonzige jongen, die in zijn ogen wrijft.

'Is je moeder thuis?' vraagt Lee.

'Nee,' zegt de jongen. Hij draagt geen shirt en zijn broek hangt zo los, dat hij ieder moment kan afzakken. Ik kan me niet voorstellen dat hij door al het geblaf en de commotie heen geslapen is. Maar het is een tiener.

'Waar is je moeder?' vraagt Lee opnieuw.

'Wat wilt *u* van haar?' vuurt de jongen terug.

'Wanneer komt ze thuis?' vraag Lee weer.

'Wie bent u, dat u dat wilt weten?'

Lee is niet van plan om met een veertienjarige jongen in discussie te gaan. Hij geeft hem zijn kaartje en legt kort uit wat de aard van de bon is. Hij instrueert hem zijn moeder onmiddellijk contact te laten opnemen met de dierenbescherming om over haar dieren te praten. Terwijl hij zich omdraait om te vertrekken, slaat de jongen de deur keihard achter hem dicht.

Lee en ik stappen in de auto. Hij begint zich een beetje te ontspannen. 'Dit wordt nog een heel gedonder,' zegt hij. Ik weet niet goed wat hij bedoelt. 'Dat zul je nog wel zien. Waarschijnlijk leeft die vrouw al jaren op het randje van de afgrond en zit de ene schuldeiser na de andere haar op de huid, heeft ze belastingschuld, en dan krijgt ze ook nog de dierenbescherming achter zich aan, in verband met de zorg voor haar dieren,' vervolgt hij meelevend. 'We weten eigenlijk niet veel over haar. Wat doet ze voor de kost, hoe denken ze in het dorp over haar. Op buren moet je niet afgaan. De gevallen die ik onderzoek zijn voor de helft gewoon territoriale meningsverschillen, waarbij de ene partij het asiel tegen de andere uitspeelt.'

We hebben twee uurtjes in Lucy Halls leven geneusd en zijn erg weinig te weten gekomen. Je kunt absoluut niet zeggen waarom haar paard zo mager is en of er misschien nog vele andere verwaarloosde dieren in haar achtertuin verborgen zitten. Het kan alle kanten op. Hall zou een verzamelaar kunnen zijn of gewoon iemand die een gevecht levert om haar dieren te behouden. 'Hoe dan ook, ik wil wel weten wat ze die merrie te eten geeft,' verzekert hij me. Daar twijfel ik niet aan.

Voor we naar het asiel teruggaan heeft Lee nog een geval in Greene County. Wij rijden naar East Jewett, een dun bevolkt bergplaatsje in de Catskills. De rit is spectaculair, door glooiend landschap met hier een daar een ouderwets motel, blokhutten en verscholen chalets. Greene County is weelderiger en rustieker dan Columbia County.

We zijn op weg naar de Ranch van deWoeste Ruiters, een ruiterkamp hoog in de bergen, van waaruit met paarden over de paden wordt gereden. Het ligt aan het oog onttrokken. Dit is zo'n geval waar DeLisle al aan maanden aan werkt. In oktober 1996 had Lee een man, genaamd Joe D'Acunto, de Woeste Ruiter zelf, gearresteerd en twee van zijn paarden in beslag genomen. Ik zag de paarden toen hij ze uit de wagen haalde en naar de schuur bij het asiel leidde. Ze waren uitgehongerd en hoestten, ze leden aan een zware aandoening van de bovenste luchtwegen. Deze rechtszaak is een jaar later nog hangende. Waarschijnlijk komt het nooit tot een uitspraak, omdat er niet genoeg mensen in Jewett zijn om een geschikte jury te vormen. Dit is de reden waarom sommige mensen graag hoog in de bergen gaan wonen.

Ondertussen heeft meneer D'Acunto, ondanks protest van de dierenbescherming, besloten een kinderboerderij aan de ranch toe te voegen. Maar hij heeft niet de vereiste vergunning aangevraagd voor deze nevenactiviteit. De afdeling Ruimtelijke Ordening van Jewett verzocht hem dringend een aanvraag voor de vergunning in te dienen. D'Acunto voldeed daaraan. Tot niemands verbazing kreeg het asiel een klacht van een van de eerste bezoekers van de kinderboerderij. De vrouw beweerde dat de dieren in vervuilde omstandigheden leefden. Voordat de inspecteur de gelegenheid had gevonden om naar Jewett te gaan en de kinderboerderij en de dieren zelf te bekijken, ontving hij een tweede telefoontje van een gemeenteraadslid in Jewett, met het verzoek om informatie aangaande de arrestatie van D'Acunto in oktober. De gemeenteraad vond dat deze zaak van invloed kon zijn op hun besluit D'Acunto een vergunning voor zijn kinderboerderij te verlenen.

Lee was bereid te getuigen tijdens een vergadering van de bestuurscommissie Ruimtelijke Ordening, die over negen dagen zal worden gehouden. Vandaag wil hij, als dat mogelijk is, vanaf een openbare weg die langs de ranch loopt een kijkje nemen bij de dieren van D'Acunto.

De hoofdattractie van de Ranch van de Woeste Ruiters is Joe zelf, die zich, naar Lee heeft vernomen, verkleedt in een negentiende-eeuwse cavalerie-outfit (blauw uniform, hoge zwarte laarzen, sabel in de hand) en toeristen door de bergen leidt, alsof hij de cavalerie in de strijd aanvoert. Volgens zijn eigen promotiemateriaal was Sergeant Joe D., zoals hij zich noemt, ooit lid van de ceremoniële cavaleristen van de Eerste Cavalerie Divisie in Fort Hood, Texas.

D'Acunto's schermutselingen met de wet hebben zijn ambities of uitbreidingsplannen blijkbaar niet aangetast. Hij heeft nieuwe paarden en boerderijdieren aangeschaft om zijn bedrijf aantrekkelijk te maken en hij heeft tienduizenden foldertjes laten drukken, die adverteren met 'nachtelijke avonturen te paard' en 'geheel verzorgde privé-party's voor alle gelegenheden'.

Als we er aankomen zet Lee de auto langs de kant van de weg neer en pakt zijn verrekijker en camera uit zijn tas. Hij kijkt me glimlachend aan en zegt: 'Wij gaan gewoon een wandelingetje over de openbare weg maken. Kijken staat vrij.'

'Denk je dat Joe hier is?' wil ik plotseling weten.

'Dat weet ik niet,' zegt Lee, terwijl hij een blauw jasje aantrekt met POLITIE in grote witte letters op de rug. 'Sluit de auto af en laten we gaan,' zegt hij opgewekt. Wij lopen de weg op.

We zien een paar meter van de weg, hoog tegen de helling aan, direct al een merrie binnen een omheinde ruimte, zo klein als een huiskamer. Het paard moet een soort balanceertoer uithalen om overeind te blijven, maar ze heeft tenminste een stapel hooi en een kuip met water. Ze is vriendelijk (of misschien hongerig) en komt meteen op ons af om ons te begroeten. Ik streel haar over de neus terwijl Lee haar onderzoekt. 'Ze is mager, op het randje,' zegt hij direct misnoegd. Wij kunnen de ribben zien, waar niet veel vlees op zit. Ik denk, ze ziet er in ieder geval beter uit dan het paard van Lucy Hall, wat geen aanbeveling is. Ik wijs op vuil dat uit een van de ogen van de merrie druipt. 'Dat komt alleen maar door de vliegen,' zegt hij.

Het is moeilijk te zeggen waarom het paard zo mager is. Lee zou haar een tijdlang moeten observeren om te kijken of ze regelmatig te eten krijgt. Hij legt uit dat paarden die moeten werken extra graan aan hun eten toegevoegd moeten krijgen, vooral gedurende de zomer, maar sommige mensen geven ze alleen hooi. Anderen vinden dat ze hun paarden geen hooi hoeven te geven en laten ze gewoon grazen. Maar hier, op rotsen en losse aarde, valt niet te grazen. Er bestaan geen wetten die zeggen wat mensen hun paarden te eten moeten geven, maar er zijn wel wettelijke normen voor een aanvaardbaar lichaamsgewicht. Lee wil terugkomen om alle paarden van D'Acunto te controleren aan de hand van een systeem dat ontwikkeld is om het lichaamsvet van grote dieren te onderzoeken. 'Dit paard,' zegt Lee, 'behoort ongeveer vijfhonderd kilo te wegen, maar het ziet ernaar uit dat ze iets meer dan vierhonderd kilo weegt.' Op dit ogenblik kan Lee echter niet dicht bij een van de paarden komen, omdat hij dan op het privé-terrein van D'Acunto komt.

Om een bocht in de weg kunnen we nog meer paarden horen, maar er nadert langzaam een auto. 'Daar gaan we dan,' zegt Lee. Het is natuurlijk de Woeste Ruiter, die hotsend en botsend in zijn Jeep Cherokee aan komt rijden.

Sergeant Joe D. gaat op zijn rem staan en Lee loopt naar hem toe om met hem te praten door het raampje aan de passagierskant. Ik verroer me niet en doe net alsof ik meer belangstelling heb voor het paard. Ik kan niet horen wat er gezegd wordt, maar zie wel door de autoruit dat Joe steeds meer opgewonden raakt. Lee spreekt niet met stemverheffing, maar hij heeft een meningsverschil en vertoont tekenen van ergernis. Dan begint hij in zijn jaszak te vissen naar iets. Heel even denk ik dat hij een vuurwapen te voorschijn gaat halen, maar in plaats daarvan zie ik een kleine bandrecorder, die hij aanzet. Joe gaat door met praten en gebaren. 'Kom eens hier,' roept Lee me opeens toe. 'Ik wil een getuige bij dit gesprek.'

Ik ga dicht bij Lee staan, voor een deel uit zelfbescherming. Joe zit nog steeds in zijn auto en hoewel hij er nauwelijks gevaarlijk uitziet, hoop ik toch maar dat hij niet uitstapt. Hij heeft een dikke bos bruin krullend haar en een bol gezicht. Hij gaat tekeer tegen Lee: 'Jullie voeren een persoonlijke vendetta tegen mij! Er is niets mis met mijn paarden – kijk maar, ze heeft genoeg hooi en ze loopt in een omheinde ruimte. Vandaag komt er een nieuwe baal hooi.'

'Dat paard is op het randje, Joe,' zegt Lee met een ernstig gezicht tegen hem.

'Luister eens, als je een gewone burger was, zou ik met je praten,' antwoordt D'Acunto verwaand. 'Ik zou zelfs met je barbecuen. Maar je komt hier in mijn caravan inbreken en mijn paarden stelen.'

Lee onderbreekt hem en je kunt zien dat hij kwaad is. 'Joe, de laatste keer dat ik hier was, heb ik je gearresteerd. Maar laten we het bij vandaag houden. Ik ben niet tevreden over de manier waarop dat paard eruitziet, en daar zou ik maar iets aan gaan doen, want ik verzeker je dat ik terugkom.'

'Er is niets met haar aan de hand – ze heeft water en hooi. Dat is gewoon flauwekul,' en hij vervolgt met een hele reeks scheldwoorden.

'Geef je me toestemming om nu meteen al je paarden te bekijken?' vraagt de inspecteur.

'Geen sprake van,' zegt Joe. 'Dit is een eigen weg, dus je bent in overtreding.'

'Ik leef in de veronderstelling dat dit een openbare weg is, maar ik ga onmiddellijk weg als het privé-terrein is. Ik wil je rechten niet overtreden, Joe. Maar ik zie je zeven augustus wel, bij de vergadering van de bestuurscommissie Ruimtelijke Ordening,' voegt Lee er met een brede grijns aan toe.

'Als je nou een beetje vriendelijker was,' vervolgt Joe, nog altijd met stemverheffing.

'Ik wil niet bevriend met je zijn, Joe. Ik wil er alleen op letten dat je dieren goed worden verzorgd. Waarom geef je me geen toestemming om ze nu meteen te bekijken? Zou dat niet het eenvoudigst zijn?'

'Ga van mijn land af!'

'We gaan,' zegt Lee tegen mij, 'dit leidt tot niets.' We lopen de weg af. 'Ik ga zeker uitzoeken of dit een openbare weg is of niet,' roept Lee over zijn schouder naar Joe. De Cherokee rijdt langzaam achter ons aan.

'Denk je dat hij ons zal aanrijden?' fluister ik.

'Hij is een slapjanus,' antwoordt hij. 'Maak je maar geen zorgen.' Ik merk dat ik snel naar de auto loop, hem open en erin spring. Terwijl Lee de motor start, komt Joe naar zijn raam rennen met een smerig houten bord dat hij ergens langs de kant van de weg opgegraven schijnt te hebben. 'Zie je dat?' schreeuwt hij, terwijl hij het een paar centimeter bij Lee's gezicht vandaan houdt. 'Lees maar!' Het is moeilijk te lezen, maar ooit heeft op het oude bord gestaan: PRIVÉ-TERREIN.

Onderweg naar Jewett, om de gemeentesecretaris op te zoeken en achter de wettelijke status van Woodlands Road te komen, vertelt Lee me het verhaal van zijn eerste ontmoeting met meneer D'Acunto. Nadat er diverse klachten waren binnengekomen over een groep paarden op het kampeerterrein van de padvinders waar Joe zijn paarden altijd hield, ging Lee op onderzoek uit. Het was oktober en hij wilde zich ervan vergewissen dat de paarden onderdak hadden voor het weer omsloeg.

'Ik observeerde de paarden twee etmalen, bezocht ze dag en nacht en nam foto's. Telkens wanneer ik kwam,' herinnert Lee zich, 'renden ze op me af omdat ze dorst hadden, in de hoop dat ik ze water zou geven.' Maar dat kon de inspecteur niet doen. In plaats daarvan legde hij hun ellendige toestand zorgvuldig vast en hoopte daarmee een huiszoekingsbevel los te krijgen, zodat hij een grondiger onderzoek kon instellen. Hij gaf D'Acunto een waarschuwing en dertig dagen om iets aan de omstandigheden van de paarden te doen. Maar die verbeterden niet.

'Op de ochtend dat ik hem aanhield, regende het pijpenstelen,' zegt Lee. 'Ik was met een vriend die een paardentrailer reed, voor het geval ik paarden in beslag moest nemen. Maar het enige wat ik werkelijk wilde doen, was Joe een dagvaarding overhandigen om op grond van verwaarlozing voor de rechtbank te verschijnen, en weer vertrekken. Ik klopte op de deur van de caravan en toen hij opendeed, vroeg ik of we even binnen mochten komen om uit de regen te zijn. "Nee," zei hij. Dus dreunde ik in de stromende regen zijn rechten voor hem op en werd nat tot op het bot. Toen draaide die slijmbal zich om en rende zijn caravan in om zich te verschuilen. Daarna glipte hij uit een raam aan de achterkant en zag ik hem de weg afrennen!' Lee ging hem een paar honderd meter achterna en kreeg hem te pakken.

'Toen ik hem eindelijk in zijn kraag had, maakte hij het me erg moeilijk,' vervolgt hij. 'Ik moest hem klemzetten tegen de zijkant van mijn truck en boeien. Hij begon tegen de truck te beuken! Joe beweert dat ik hem heb mishandeld.' Lee grinnikt. D'Acunto diende geen aanklacht tegen hem in, maar De Lisle voegde nog twee aanklachten toe aan de acht die er al stonden voor dierenmishandeling, omdat hij zich tegen zijn arrestatie had verzet. Het draaide erop uit dat Joe mee moest naar het hoofdbureau van politie, terwijl de twee ziekste paarden in de trailer werden meegenomen. Countess en Brutus kwamen met modder overdekt, hongerig en moeilijk ademhalend bij het asiel aan.

De paarden zijn momenteel in een pleeggezin onder toezicht van het asiel, waar ze wachten op de uitkomst van de rechtszitting. 'Je herkent ze niet meer,' zegt Lee. 'Het gaat nu heel goed met ze. Eén paard kan niet meer bereden worden ten gevolge van ademhalingsmoeilijkheden, maar het komt goed met hen allebei.' Voor Lee is het een beloning als de paarden die hij redt weer gezond worden en goed gedijen. 'Ik hoop dat deze twee nooit meer hoeven te verhuizen. Het pleeggezin wil ze houden.'

Als Lee en ik de gemeentesecretaris in East Jewett hebben gevonden, stelt deze vast dat Woodlands Road inderdaad geen openbare, door de gemeente onderhouden weg is. 'Maar dat de gemeente niet verantwoordelijk is voor het onderhoud aan de weg, wil niet zeggen dat het publiek er niet mag wandelen,' zegt ze grijnzend. De volgende stap is de vergadering van de bestuurscommissie Ruimtelijke Ordening. DeLisle maakt de ambtenaar erop attent dat hij er zal zijn. 'Meneer D'Acunto ook,' deelt ze ons mee. 'De stukken zullen er wel vanaf vliegen.'

Tegen de tijd dat we bij het asiel in Athens aankomen, ongeveer een halfuur van Jewett, ligt er een verzoek voor Lee om Lucy Hall te bellen. Lee heeft haar onmiddellijk te pakken en ik hoor hem in de telefoon schreeuwen: 'Moet ik nog harder schreeuwen dan u, mevrouw Hall, om me verstaanbaar te maken?' Daarna zegt hij rustig: 'Ik heb uw zoon niet bedreigd, mevrouw Hall. Ik ben niet iemand die erop uit is tieners te bedreigen, maar als ú er was geweest, dan had ik u misschien gearresteerd,' voegt hij eraantoe. Na deze opmerking gaat de vrouw volkomen uit haar dak.

Er volgt een heftige woordenwisseling over het gewicht van het paard, wanneer een oud paard afgemaakt zou moeten worden en de toestand van de hond in haar achtertuin. Ten slotte zegt Lee: 'Wilt u dat ik met een huiszoekingsbevel terugkom en u arresteer, dan zal ik dat doen. U kunt me ook vrijwillig toestemming geven terug te komen om uw paard en hond te onderzoeken, dan hoef ik u niet te arresteren. Aan u de keus, mevrouw Hall.'

Na enkele minuten komt Hall tot bedaren en gaat ermee akkoord dat Lee terugkomt om het paard, de hond en alle andere dieren die hij wil zien te onderzoeken. Zij beweert dat het paard gewoon oud is, een 'volhouder', waarmee het bergafwaarts gaat. 'Ik denk het niet,' houdt Lee vol. 'Maar als ik ongelijk heb, prima. In ieder geval weten we het dan.'

Een week later zijn Lee en ik terug bij het huis van Lucy Hall, samen met Sue Pesano, de nieuwe leidinggevende bij de afdeling Dierenverzorging in het asiel. Andrea Walker zit fulltime op school. Pesano is ongeveer vijfenveertig en assisteert al meer dan tien jaar dierenartsen. Ze is in Columbia County opgegroeid en ze kent de mentaliteit van de mensen – wat ze wel en niet op school hebben geleerd, hoe ze over hun dieren denken en wat ze 's avonds drinken. Ze heeft jarenlang onder andere in Carolina House, een plaatselijk barbecuerestaurant in Kinderhook, achter de bar gestaan. Ze is dol op honden en Lee wil dat ze de hond van Hall onderzoekt.

Hall staat met een mobiele telefoon op de oprit; er staan twee mannen naast haar. Ze lijkt in de veertig en voor geen kleintje vervaard, alsof ze alles al heeft meegemaakt. Ze draagt haar donkere haar uit het gezicht, vastgemaakt met een praktische clip. Die kerels, neem ik aan, zijn er voor morele steun, maar zij ziet er geharder uit dan een van hen. Haar houding jegens ons is duidelijk: ze is razend.

Lee stelt Sue en mij voor en zet een bandrecordertje aan terwijl hij spreekt. Hij legt uit dat het altijd beter is om een officieel verslag te hebben in geval er problemen rijzen, maar Hall onderbreekt hem. 'Wacht even,' snauwt ze als haar telefoon overgaat.

'Met de antwoordservice van dokter Alamo,' zegt ze. 'Kan ik u helpen? Nee, de dokter is niet te bereiken. Wilt u dat ik hem oppiep? Goed.' Ze maakt een einde aan het gesprek.

'Ik heb een telefonische antwoordservice,' deelt ze ons mee. 'Dat moeten jullie maar voor lief nemen.' De telefoon gaat weer.

'Met de antwoordservice van dokter Alamo.' Ze heeft kleine

stukjes papier en een pen bij zich. Ze probeert tegelijkertijd informatie te verstrekken, boodschappen aan te nemen en ons in de gaten te houden.

DeLisle, Pesano en ik lopen naar de omheinde wei. Lee opent direct de bek van het paard en controleert de tanden om te zien of die goed op elkaar passen. (Hij is ook opgeleid voor paardentandarts.) Als de tanden van een paard niet goed verzorgd zijn, kan dat problemen met kauwen en als gevolg daarvan spijsverteringsproblemen opleveren. 'De tanden zijn in orde,' concludeert Lee.

'Dat heb ik toch gezegd,' zegt Hall. 'Er is niets aan de hand met dat paard.' De telefoon gaat.

'Met Carting and Moving,' zegt ze. 'Hoi. Ja.' Ze hangt op. De telefoon gaat weer. 'Met de praktijk van dokter Lowenstein. Kan ik u helpen? Ja, dat is juist. Wilt u het nummer hebben? Tot ziens.' Ze hangt op.

Lee onderzoekt het lichaam van het paard, tilt de staart op, kijkt in de oren en in de neusgaten. Hij neemt een stuk huid tussen duim en wijsvinger en trekt het van haar lijf weg. 'Ze is zwaar uitgedroogd,' zegt hij tegen Hall.

'Toen jullie hier afgelopen week waren, heb je toch gezien dat er voedsel, schoon water en vers stro stond, nietwaar?' zegt Hall op ruzieachtige toon.

'Ja hoor,' zegt Lee, 'en het paard bevond zich in uitermate slechte conditie en dat is nog steeds zo.'

'Ik kan een hele waslijst noemen van dingen die ik heb gedaan om haar op gewicht te houden,' zegt ze en begint op te sommen. Het is een lange lijst. 'Ze is oud,' vervolgt Hall. 'Ze is gewoon oud. Ze was al een oud en ongewenst paard toen ik haar kreeg.'

'Kunnen we nu de hond zien?' vraagt Lee.

We gaan naar de achterkant van het huis. Hall houdt een monoloog over hoeveel ze van haar dieren houdt. 'Geen mens zorgt beter voor zijn dieren. Ik doe alles voor ze,' herhaalt ze voortdurend.

De hond ziet er iets beter uit dan de vorige keer dat we hier waren. Ze is levendiger. Ergens achteraf in de tuin staat een zelfgemaakt hondenhok, dat we niet hadden kunnen zien vanaf de plek waar we stonden. Ik dacht dat het niet meer was dan een stapel rommel, maar het is een kist, gevuld met hooi, waaruit waarschijnlijk de beestjes komen die de oren van de hond opvreten. Lucy wrijft de hond over haar buik en bespuit haar oren met een soort medicijn. 'Ze heeft wormen, is gesteriliseerd en ze heet Cassie.'

'Wat vind jij, Sue?' vraagt Lee. 'Hoe vind jij dat de hond eruitziet?'

'Ik heb ze erger gezien,' zegt Sue eerlijk. 'De hond is energiek.' Ze controleert de oren van het dier en zegt: 'Ze heeft wel erg veel last van mijten.'

'Nee, dat is niet zo,' bitst Hall, 'dat is gewoon aarde. Ze rolt voortdurend door de aarde.' Hall heeft overal een antwoord op. 'Ik spuit haar oren elke dag in,' houdt ze vol. Sue gaat er niet op door.

Lee en Hall lopen naar een gedeelte waar ongeveer tien konijnenhokken staan en ik heb een momentje alleen met Sue. 'Vind jij echt dat de hond in orde is?' vraag ik.

'Het is niet de manier waarop jij en ik voor een hond zorgen, maar dit is gewoon een magere buitenhond met zere oren.' Ik ben niet overtuigd, maar zij is de deskundige.

Pesano gaat de spuitfles halen die Hall voor de oren van de hond gebruikt. Ze spuit er wat van op haar arm en ruikt eraan.

'Water!' zegt ze, 'het is gewoon water!' Om een of andere reden vinden wij dit allebei erg komisch.

'Moet je die geit zien,' zeg ik tegen Sue en wijs op een oude dikke geit boven op een rol staaldraad onder een paar bomen. 'Die geit lijkt wel zwanger.'

'Er is maar één geit,' zegt Sue. 'Wie zou de vader zijn denk je? Een van de haantjes misschien?'

Sue en ik gaan de konijnen bekijken en lopen over een gedeelte waar Hall eenden, hanen en kippen houdt. De konijnenhokken van staaldraad zijn schoon en ordelijk; elk dier heeft een bakje met eten en water, maar geen zacht bedje. 'Dat hebben ze niet nodig,' deelt Hall mee als ik ernaar vraag. Ik ga er niet over in discussie.

'Met de antwoordservice van dokter Alamo. Ja hoor. Dag.'

Het gebied van de konijnen ligt bezaaid met dierenharen en kapotte hokken. 'Ik onderhoud mijn boeltje niet zo goed, maar mijn dieren wel,' zegt ze. 'Lucy is een keer naar New York City gereden om een mishandelde kat op te halen,' zegt een van de mannen. Hall voegt eraantoe: 'Ik ben hier niet speciaal voor jullie gaan schoonmaken.'

Uit het huis klinken vandaag geen dierengeluiden, wat vreemd is. Hall nodigt ons niet bij haar binnen om haar vogels te bekijken, als die er al zijn.

Lee maakt zich op om te vertrekken en ik zie dat hij probeert de inspectie zo goed mogelijk af te ronden. De zon staat te branden; het is zo'n benauwd hete dag. Ik heb een beetje met Lucy Hall te doen. Ze schijnt werkelijk van haar dieren te houden, ondanks het feit dat ze haar bedoening niet in de hand heeft. Deze hele omgeving, dieren en mensen, bevindt zich in een neerwaartse spiraal en ze probeert te voorkomen dat de boel instort. Ze is een alleenstaande moeder, blut en ze moet een gevecht leveren om haar eigen zaak te laten draaien. Daarnaast wordt ze overstelpt door de zorg voor haar dieren.

Eindelijk zegt Lee: 'Ik geef u tot volgende week dinsdag de tijd om met een rapport van de dierenarts over dat paard op de proppen te komen, anders kom ik terug met een huiszoekingsbevel en een dierenarts. Als er iets met het paard aan de hand is, nemen we haar mee. Als ze in orde is, kunnen we daar allemaal blij om zijn.'

'Waar denkt u een huiszoekingsbevel vandaan te halen?'

'Ik verzeker u dat ik dat heel gemakkelijk krijg.'

'Nou, als u dat bij de rechter in Catskill wilt halen, kunt u lang wachten. Wie neemt de telefoontjes voor de rechter aan, denkt u?'

'Ik denk niet dat ik haar boodschappen voor de rechter laat doorgeven,' snibt Lee als we terugrijden naar het asiel.

De week daarop komt Hall zelf een doktersrapport bij het asiel afleveren. Ze is nog steeds woedend. De diagnose bevestigt dat het paard geen wormen of een andere ziekte heeft. De merrie is gewoon oud, gaat achteruit en zal simpelweg niet lang meer leven. Lee stelt zich tevreden met het rapport, maar is teleurgesteld dat de dierenarts in gebreke is gebleven een speciaal dieet voor te schrijven. 'Maar dit is het enige wat de dierenbescherming kan doen,' zegt hij. 'Het is onze verantwoordelijkheid ons ervan te vergewissen dat het paard niet ziek is en dat hebben we gedaan.' De kwestie is afgedaan. DeLisle kan Lucy Hall aan zijn lijst van vijanden toevoegen.

Er loopt op donderdagavond zeven augustus een tiental mensen op de parkeerplaats van het stadhuis rond. Laura-Ann, Lee en ik zijn er al voordat meneer D'Acunto arriveert. Tegen de tijd dat Michael Bolz, de voorzitter van de bestuurscommissie Ruimtelijke Ordening verschijnt en het gebouw opent, zijn er ongeveer dertig mensen bij gekomen. Het is een ongewoon grote opkomst voor een vergadering van de afdeling Ruimtelijke Ordening van East Jewett, dus wordt de zitting verplaatst naar een grotere ruimte boven. 'Nu krijgen we een staaltje van democratie te zien,' zegt Laura-Ann tegen mij. Ik kan niet beoordelen of de mensen in de zaal gekomen zijn om D'Acunto's ster bij deze gelegenheid te zien rijzen of vallen.

De Woeste Ruiter zit op de eerste rij met zijn hoge zwarte laarzen, rijbroek en bretels, en een hoed met een brede rand, die hij afzet. De voorzitter verklaart dat meneer D'Acunto een aanvraag heeft ingediend voor een speciale vergunning voor het exploiteren van een kinderboerderij bij zijn stallen. Hij zegt er niet bij dat de kinderboerderij al in bedrijf is en dus illegaal. In plaats daarvan verduidelijkt hij het proces: waarschijnlijk zal de commissie voor Ruimtelijke Ordening deze aanvraag vanavond honoreren en daarna een onderzoek starten naar de situatie van de heer D'Acunto. Er zal een datum worden vastgesteld voor een openbare hoorzitting. Dan zal de commissie de aanvraag definitief honoreren of afwijzen.

De toehoorders in de zaal, waaronder wij van de dierenbescherming, zijn verbaasd. Wij hadden de indruk dat dít de openbare hoorzitting was. Dit is pas de eerste ronde.

Terwijl hij door de aanvraag bladert, wijst een lid van de commissie er onmiddellijk op dat het terrein van D'Acunto nog geen halve hectare groot is. In East Jewett hanteren ze een wettelijk vereiste van twee hectare als zone; voor de ranch van de Woeste Ruiter, laat staan een kinderboerderij, moet van de geldende regels afgeweken worden. D'Acunto's aanvraag omvat bovendien toestemming om een schuur te bouwen, wat eveneens een afwijking van de regels vereist. D'Acunto's aanvraag houdt in dat er door een moeras van bureaucratie gewaad moet worden.

'Ik onderga nog liever een chemokuur dan hier te moeten zitten,' fluistert Lee me toe. Dit wordt een lange zit.

Bolz opent de vergadering voor het publiek. De eerste vrouw die hij het woord geeft lijkt nog geen dertig te zijn en ze is hoogzwanger. Ze heeft al drie kinderen onder de zes jaar, die vlak naast haar zitten. 'Wij hebben ons huis veertien jaar geleden gekocht om rust en privacy te hebben,' begint ze met trillende stem. Ze heeft haar toespraak voorbereid. 'Joe heeft zijn paarden wel onder controle, maar de betalende vreemdelingen die hij door het gebied laat lopen, zijn volstrekt roekeloos. Ze worden afgeworpen en de paarden galopperen los over mijn terrein. Mijn kinderen zijn niet veilig in hun eigen tuin. Een ruiterkamp is hier niet welkom.'

D'Acunto begint te ontkennen dat hij ooit op haar terrein komt, maar de voorzitter legt hem het zwijgen op.

Een volgende vrouw staat op en begint over haar dochter, Barbara Runyon, die vanavond niet aanwezig kan zijn. Barbara is van een van D'Acunto's paarden gevallen en heeft daarbij twee gecompliceerde fracturen opgelopen. 'Mijn dochter leeft op pijnstillers,' zegt ze. 'Toen haar advocaat contact opnam met meneer D'Acunto, zei hij: "Was ze gewond? Kan me niet schelen. Als ik niets heb, krijgt ze ook niets."' De vrouw kan niet verder spreken en begint te huilen. De man naast haar probeert haar te troosten. Als ze zich hersteld heeft, vervolgt ze: 'Dit ongeluk is afgelopen januari gebeurd. Toen mijn dochter was afgeworpen, liep Joe naar het paard toe en stompte het recht in het gezicht! Dat zou iemand een keer bij hem moeten doen!'

'Kom maar op!' schreeuwt Joe haar toe.

De volgende spreker is de verloofde van de spreekster. Zijn woorden zinderen letterlijk van haat jegens D'Acunto. 'Deze man adverteert met rijden over paden op minder dan anderhalve hectare. *Waar zijn die paden?* Hij gebruikt ieders privé-terrein in deze omgeving.' Daarna gaat hij over op een ander, even controversieel punt. 'Iedereen die in dit land een bedrijf uitoefent, moet een aansprakelijkheidsverzekering afsluiten. Wij zijn allemaal aansprakelijk als iemand op ons terrein van een paard valt. Dat is de reden waarom wij hier allemaal zijn. Joe is een gevaar – een risico. U bent de bestuurscommissie van de afdeling Ruimtelijke Ordening. Als u hem dit ongestraft laat doen, bent u eveneens aansprakelijk!' Als hij gaat zitten, gaat een instemmend geroezemoes op. De leden van de commissie raken steeds slechter op hun gemak.

'Hij houdt zes paarden op minder dan een halve hectare,' vuurt de man af. 'Waar worden ze straks naartoe verhuisd?'

Joe slingert iedere spreker op zijn beurt beledigingen toe. Het is alsof je naar *Bonanza* zit te kijken. De menigte wil D'Acunto ter plekke lynchen, maar de sheriff en zijn mannen proberen de vrede te bewaren, tot ze een regeling kunnen treffen voor een eerlijk proces. Straks komt Ben Cartwright (Lee DeLisle) de kwestie rechtzetten.

Eindelijk is hij aan de beurt. 'In september 1996 behandelde ik toevallig een telefonisch ingesproken klacht over de mishandeling van een paard. Op zeventien september volgde mijn eerste contact met Joe D'Acunto en zijn paarden. Twee van de zes dieren die ik aantrof, bleken na onderzoek ondervoed te zijn. Een van de twee had een etterende open wond op de achterhand. Een derde paard was duidelijk kreupel en ze moesten allemaal nodig behandeld worden door een dierenarts en een hoefsmid. Ik heb Joe een schriftelijke vermaning overhandigd, waarin hij dertig dagen de tijd kreeg om de situatie te corrigeren. Tijdens die eerste ontmoeting was de enige reactie van Joe dat hij geen geld had om zichzelf te voeden, laat staan zijn paarden. Mijn bezorgdheid gold niet zijn persoonlijke leven; mijn enige bezorgdheid gold het welzijn van de paarden op zijn terrein.'

Voor het eerst is het stil in de zaal. Iedereen luistert aandachtig naar het betoog van de inspecteur van de dierenbescherming.

'Op zeventien oktober keerde ik terug naar het terrein waar de paarden nu zijn ondergebracht. Toen ik Joe die keer opspoorde, waren er vijf van de zes paarden over. Ik zei hem dat hij niet had voldaan aan de schriftelijke vermaning. Op grond daarvan arresteerde ik Joe en diende acht aanklachten in wegens dierenmishandeling.

Joe vertelde mij afgelopen maand oktober dat hij praktisch geen cent bezat. Desondanks was hij in staat duizend dollar vrij te maken als aanbetaling op dit stuk land. Wij maken ons zorgen over de omstandigheden gedurende de winter, als zijn bedrijf gesloten is. Wie betaalt er voor de dieren en hun verzorging? Wij zouden graag zien dat er geen aangepaste of andere vergunning aan meneer D'Acunto wordt verleend om wat voor bedrijf dan ook uit te oefenen, althans, tot deze aanklachten door rechter zijn behandeld.'

'Kunt u ons een indruk geven van de vereiste hoeveelheid grond waar iemand op een behoorlijke manier één paard kan houden?' vraagt een van de commissieleden aan de inspecteur van de dierenbescherming.

'De richtlijnen geven bij benadering een halve hectare per paard aan. Dat is hoofdzakelijk gerelateerd aan een situatie waarin het dier alleen een wei tot zijn beschikking heeft. Er zijn zeer veel paardenbezitters die meer paarden op een halve hectare, soms zelfs minder, houden. Ze dienen echter wel voldoende beweging te krijgen en van onderdak en voedsel – goed hooi en graan, het hele jaar door – te worden voorzien, als er geen weiland voorhanden is. Uit wat ik afgelopen jaar heb gezien, concludeer ik dat de heer D'Acunto niet in staat is voor één paard te zorgen, laat staan voor zes.'

Voor de eerste keer heeft D'Acunto geen verweer.

'Zijn er verder nog wettelijke voorschriften wat betreft de accommodatie voor deze dieren, afgezien van die welke met dierenmishandeling te maken hebben?' vraagt een ander lid van de commissie.

'De wet kent geen specifieke voorschriften wat onderdak betreft,' verklaart De Lisle. 'Wel verwijst de wet naar wat we noemen levensonderhoud. De wet is zeer specifiek als het gaat om "voldoende voedzaam eten, water en verzorging". Verzorging kan zo nodig behandeling door een dierenarts of een gepast onderdak betekenen. In de veeartsenij is men zeer goed op de hoogte van het feit dat een gebrek aan goede behuizing bij paarden kan leiden tot ernstige aandoeningen van de nieren en de luchtwegen.'

'Kunt u ons een idee geven van wat onder mishandeling wordt verstaan?' vraagt een vrouwelijk commissielid. Ze doen allemaal hun voordeel met de aanwezigheid van een deskundige getuige.

'Vier aanklachten golden het gebrek aan water gedurende een

periode van bijna een etmaal. Twee van de andere aanklachten hebben te maken met slechte voeding. Twee van de ondervoede paarden leden ook aan een ontsteking van de luchtwegen en een besmetting met parasieten. Beide kwalen vereisten een uitgebreide medische behandeling nadat wij hen hadden meegenomen van het terrein. Eén paard zal nooit meer helemaal herstellen. Ze kan niet bereden worden.'

'Heeft u deze dieren in uw bezit?' vraagt Bolz.

'Ze zijn in een pleegomgeving opgenomen, maar staan onder onze directe supervisie en dat blijft zo.'

De commissieleden beginnen D'Acunto te ondervragen. 'Heeft u momenteel een bedrijf met stallen?'

'De mensen willen rijden; ze nemen les,' zegt hij, in zijn stoel onderuitzakkend. Dan springt hij als door een wesp gestoken overeind en wijst naar Lee. 'Het is *mijn* terrein en aangezien ik hier niet voor de rechter sta, wil ik erbij zeggen dat die man mij heeft aangevallen toen hij kwam en dat hij mijn paarden heeft meegenomen. U luistert dan wel naar die man, maar uit zijn mond komt dezelfde shit als uit het achtereind van mijn paarden.'

'U heeft geen enkele reden om zo te praten!' zegt Bolz, die probeert te voorkomen dat het verloop van de vergadering ontaardt in een ordinaire kroegruzie. Terug in Virginia City, bij de Cartwrights.

Joe staat zwaaiend met papieren voor het bestuur. 'Hier hebben jullie *zijn* rapport van de dierenarts over mijn paarden. Ze waren niet ondervoed, ze waren gewoon mager. Dit is Rusland niet. Als ik mijn paarden slank en in conditie wil houden, zodat ze in de bergen kunnen klimmen en afdalen, dan mag ik dat. Lees het rapport maar! Er staat "geen ademhalingsproblemen".' Hij loopt naar Lee toe en schreeuwt: 'Ik heb hem geen toestemming gegeven mijn paarden te beslaan. Dit is belangenverstrengeling. Hij heeft een bedrijf als hoefsmid, nietwaar?'

'Oefent u het vak van hoefsmid uit?' vraagt een commissielid.

'Inderdaad,' antwoordt Lee.

'Ik heb hem een keer gevraagd mijn paarden te komen beslaan en hij vroeg een exorbitant hoge prijs – echt exorbitant hoog,' zegt Joe theatraal. 'Ik heb gezegd "vergeet het maar, dat kan ik niet betalen," en nou wil hij me pakken.'

Lee is niet in het minst onder de indruk van deze beschuldiging. 'Hij heeft een boodschap op mijn antwoordapparaat achtergelaten,' fluistert hij in mijn oor. 'Hij zei dat hij een heel stel paarden had die beslagen moesten worden. Ik bel terug en noem dezelfde prijs die ik iedereen noem, ongeveer tweehonderdveertig dollar. Hij zegt: "Ik geef je honderdvijfentwintig dollar, meer niet." Toen heb ik hem gezegd dat, als hij op een koopje uit was, hij maar naar de Wal-Mart moest gaan. Toen heb ik opgehangen.' Lee moet zijn lachen inhouden.

Laura-Ann is ziedend over het rapport van de dierenarts. Ze steekt haar hand op. 'Ik ben rechtstreeks betrokken geweest bij de zorg voor die paarden toen ze in het asiel waren,' deelt ze het bestuur mee. 'Het rapport van de dierenarts dat meneer D'Acunto u heeft gegeven en waarin staat "geen ademhalingsproblemen", is opgemaakt toen de paarden waren onderzocht *nadat* ze al een tijdlang in het asiel hadden doorgebracht!'

'Lieg niet, leugenaarster die je bent, waar heb je het over?' blèrt Joe tegen Laura-Ann. Er ontstaat een kakofonie van individuele gesprekken in de zaal.

Dan zegt het oudste lid van de commissie tot ieders grote verbazing: 'Ik vind dat we de aanvraag van meneer D'Acunto moeten honoreren.' Er valt een stilte.

'We stemmen vanavond niet voor of tegen, we accepteren zijn aanvraag gewoon,' zegt een volgend commissielid. 'Dat probleem van de twee-hectarezone zou een reden kunnen zijn om de vergunning af te wijzen, maar je moet de aanvraag eerst accepteren voor je hem kunt afwijzen,' voegt hij eraantoe, alsof de logica van een dergelijk handelingsverloop volstrekt voor de hand ligt.

'Ik wil weten waarom hij eigenlijk nu al toestemming heeft voor het runnen van zijn bedrijf,' antwoordt een derde commissielid. 'Ik begrijp dat gewoon niet,' voegt hij eraantoe. Na deze opmerking gaat in de zaal een applaus op.

'Wetshandhaving valt niet onder onze bevoegdheid,' zegt Bolz, 'dat valt onder het gemeentebestuur.'

'Dan vind ik dat we een vergadering moeten beleggen met het gemeentebestuur om erachter te komen waarom deze man een rijstal heeft, terwijl hij de grenzen van de gebiedsindeling overschrijdt. We zitten nu al te praten over de toekenning van een speciale vergunning!' De toehoorders zijn dolblij met deze uitbarsting en applaudisseren opnieuw.

Het oudere commissielid sust de zaal. Dan zegt hij gedecideerd: 'Ik stel voor dat we meneer D'Acunto's aanvraag accepteren.' Het voorstel wordt aangenomen en er wordt snel gestemd. Er is slechts één tegenstemmer. De aanvraag van D'Acunto is geaccepteerd, zodat hij in behandeling genomen kan worden. Iedereen, zelfs D'Acunto, kan een aanvraag gehonoreerd krijgen als hij of zij de vereiste formulieren indient.

‘Mag ik tot besluit nog één ding zeggen?’ vraagt Joe, voor het eerst zijn hand opstekend. Hij begint aan een patriottisch verhaal dat niemand wil horen. De voorzitter snijdt hem de pas af, voordat iemand anders dat doet. ‘U bent doorgegaan met activiteiten op uw ranch, in de wetenschap dat u daar geen wettelijke vergunning voor had. U hebt nu een aanvraag ingediend voor een speciale vergunning en die aanvraag hebben wij geaccepteerd. De vergadering is gesloten.’ De Woeste Ruiter vertrekt halsoverkop naar de heuvels.

Spoedig daarna vertrekt de ambtenaar van Jewett die toeziet op de naleving van de wet naar de ranch van D’Acunto en verordent dat de Woeste Ruiter zijn reclameborden verwijdert en alle commerciële activiteiten stopt, totdat zijn vergunningen rond zijn. Desalniettemin blijkt uit rapporten dat D’Acunto zich er niets van aantrekt en met zijn paarden over dezelfde paden blijft lopen. Tijdens een volgende vergadering van de bestuurscommissie Ruimtelijke Ordening wordt de aanvraag van D’Acunto uitgebreid besproken. Maar ditmaal stemt men unaniem tegen. D’Acunto mag op dit moment wettelijk gezien geen zaken doen op zijn terrein. De laatste hoop voor de Woeste Ruiter is in beroep te gaan tegen deze beslissing. Tot zo lang is het rustig in Virginia City.

Jams (voorheen Hope),
overlevende van een fokfabriek

ZES

De redding

HET IS ACHT UUR in de morgen op een van de koudste Valentijnsdagen uit de geschiedenis. Ik heb een paar lagen kleding over elkaar aangetrokken en heb het nog niet warm genoeg. We staan op het parkeerterrein van een tankstation in Pittstown, New York, even ten oosten van Troy. Laura-Ann staat naast me en bibbert zo erg dat ze geen slokje hete koffie in haar mond kan krijgen. Zij is een koukleum, zelfs in augustus, dus dit is een marteling voor haar. De sneeuw komt neer in de vorm van ijsballen, die aanvoelen als keien.

Pittstown is niet meer wat het geweest is. Langs de doorgaande wegen staan ranchachtige woningen, caravanparken en een paar statige koloniale huizen die op het punt staan gerenoveerd te worden tot koopwoningen. Dit is fastfoodland geworden, net als de rest van Amerika. Een eeuw, een aantal decennia geleden nog, zou ik hier hebben uitgekeken over een golvend landschap met koeien of schapen, ongerepte bossen en hier en daar wat gezonde witte berkenboompjes. Nu lees ik langs de wegen bordjes met TE KOOP.

Vandaag ligt alles bedolven onder een laag sneeuw van een halve meter en het blijft naar beneden komen. Opgewaaide sneeuwhopen langs de kant van de weg belemmeren het uitzicht. Niemand gaat er met zulk weer op uit als het niet beslist noodzakelijk is. Laura-Ann en ik wachten met een groep van veertien buitengewoon toegewijde mensen – staatspolitie, hondengeleiders en inspecteurs van de dierenbescherming, allen deskundigen op het gebied van dierenmishandeling. De fokfabriek waar we een inval gaan doen ligt een een eindje verder, op de heuvel vlak bij dit tankstation. Enerzijds zie ik ernaar uit met eigen ogen te aanschouwen waarom men zoveel drukte over die fokfabrieken maakt, anderzijds vrees ik deze ervaring.

De term 'fokfabriek' haalt krantenkoppen voor de geest, zoals laatst die in de *New York Post*, boven een verslag over een inval in een boerderij van de Amish in Pennsylvania: 'Miljoenenschandaal rond fokfabriek.' Daar bevonden zich zoveel zieke honden, dat het de gruwelverhalen over de gebruikelijke vondsten deed verbleken tot incidenten. Ik had nooit werkelijk stilgestaan bij de enorme winsten die gemaakt worden met het fokken van rashonden. Volgens de *Post* had een man in het stadje Blue Ball in 1995 bijna drie ton winst gemaakt met de verkoop van 1293 puppy's. Deze fokker had al een reputatie opgebouwd bij de federale recherche wegens omstandigheden die onder de norm waren, onder andere gebrek aan goed voedsel en water voor de dieren.

In tegenstelling tot mensen die een fokfabriek hebben, controleren en beperken bonafide fokkers, althans in theorie, zorgvuldig hun aanvoer van puppy's. Hun honden worden vanuit hun huis verkocht aan mensen die min of meer zijn gescreend. Veel fokkers hebben slechts om de paar jaar een worp en maken amper winst. Als zij quitte spelen nadat de kosten voor de dekking, doktersrekeningen en algemene uitgaven zijn betaald, doen ze het goed. Maar wanneer ze de honden bij een show tentoonstellen – en dat doen de meeste fokkers – is de kans op verlies groot, aangezien de kosten daarvan erg hoog zijn.

'Over het algemeen fokken mensen honden om twee redenen,' verklaart Caroline Mouris, die al meer dan tien jaar in Columbia County ruwharige foxterriërs fokt. 'Ze houden echt van het ras en willen het veredelen, of ze beoefenen het fokken en tentoonstellen als een serieuze sport. De laatstgenoemden zijn erg competitief, maar veel fokkers horen in beide categorieën thuis.' Caroline en haar man Frank showen hun honden niet regelmatig. Meestal hebben zij één worp per jaar, voornamelijk omdat zij van de puppy's houden. Maar zij streven er ook naar het ras te veredelen. 'Serieuze fokkers houden zich bezig met genetica,' zegt Caroline. Voor hen is fokken zeker geen winstgevende onderneming; de familie Mouris heeft vier volwassen foxterriërs die niets opbrengen. (Caroline en Frank maken animatiefilmpjes, die te zien zijn in *Sesamstraat* en andere programma's). Caroline volgt elke puppy die ze plaatst, zodat ze zeker weet dat het diertje wordt gesteriliseerd en het goed heeft.

Ander fokkers, zoals Charlene Marchand, nemen het showen zeer serieus. Marchand gaat helemaal op in Duitse herders, een dominant ras dat afgericht moet worden. Het is nog moeilijker om van Marchand een puppy los te krijgen dan van Cammisa. Niemand krijgt een herder van Marchand, als ze geen contract tekenen waarin wordt geëist dat ze hun nieuwe pups opvoeden op de manier waaraan deze honden gewend zijn. Ze moeten een bepaald soort voedsel en dagelijks de juiste lichaamsbeweging krijgen en ze moeten naar school. De eigenaars moeten ook bereid zijn blijvend contact met Marchand te onderhouden. 'Zo is de afspraak,' zegt ze, 'en daar worden geen uitzonderingen op gemaakt.'

Marchand en haar man Michael Wilson hebben pasgeleden een nieuwe hond gekocht, een herder van dertien maanden oud, die ze africhten en fysiek in conditie brengen om een kampioen te worden. Dat proces vereist een omvangrijke financiële investering, de juiste persoon om de hond in de ring te vertonen en een zekere mate van sociale en politieke gewiekstheid. Charlene gloeit helemaal wanneer ze het over Scarlet Letter, de nieuwe hond, heeft. Ze zou inderdaad een exquis exemplaar van haar ras en zelfs een kampioen van wereldklasse kunnen zijn. Maar voor de doorsnee mens, iemand als ikzelf, is ze gewoon een mooi gevormde, voornamelijk zwarte herdershond met een aanhankelijk karakter. Als Scarlet een kampioen blijkt te zijn, gaat Marchand misschien met haar fokken om de lijn voort te zetten. Maar ik ben bang dat het moeilijk zal zijn een dekreu te vinden die goed genoeg is voor deze teef. (Marchand spreekt, net als andere fokkers, van 'teven' als ze het over vrouwelijke honden heeft.)

Marchand en de familie Mouris hebben verschillende doelstellingen voor ogen met hun honden. Toch zijn deze fokkers bijzonder integer. Helaas bezitten de lui die in hun achtertuin fokken – degenen die advertenties in de krant zetten of puppy's op de vlooienmarkt verkopen – deze integriteit niet, en daar zijn er veel meer van. Voor deze mensen zijn de inkomsten belangrijker dan genetica. Mensen die het alleen voor het geld doen, moeten zorgen dat er veel honden geproduceerd worden. Caroline meent dat 'er een paar goede fokkers zijn die veel honden verkopen en die geen fokfabriek hebben'. Zij houden 'kennels', goede of slechte, en sommige verkopen hun puppy's aan een dierenwinkel. Maar de fokfabrieken zijn de hoofdleveranciers van deze markt.

Ondanks protesten en invallen door organisaties als de ASPCA, de PETA, en de HSUS, blijven de meeste fokfabrieken ongestraft in bedrijf. Er is vraag naar, dus voldoet men daar gewoon aan. Dat is de reden waarom verenigingen van dierenbeschermers, beschermers van rashonden, dierenwelzijnsgroepen en organisaties die opkomen voor de rechten van dieren, aandringen op een wetgeving, die voorkomt dat puppy's en kittens in dierenwinkels te koop worden aangeboden. (De meer verlichte dierenwinkels hebben de afname van dergelijke bedrijven inmiddels ingeperkt.) Inspecteurs en dierenartsen stellen consequent vast dat volwassen dieren die uit een fokfabriek komen, ondervoed en doorgefokt zijn en dat de jongen die ze werpen ingeteeld zijn. Deze puppy's worden op een onmenselijke manier naar de winkels vervoerd, waar ze vaak ziek aankomen. Ze lijden aan infecties. Uiteindelijk belanden elk jaar duizenden van deze honden in het asiel.

De inval van hedenmorgen zat al langer dan een jaar in de pen bij het asiel van Mohawk en Hudson River in Menands, New York. Robert Guyer, de inspecteur van de dierenbescherming van Rensselaer County en Sue McDonough van de staatspolitie, die het huiszoekingsbevel heeft losgekregen, gaan voorop. Zodra het huiszoekingsbevel binnen was, werd er direct een datum vastgesteld en acht asiels in de staat New York waren bereid mee te helpen bij de huisvesting van de dieren. Er staan inmiddels zo'n tien bestelauto's bij het benzinestation in Pittstown stationair te draaien, wachtend om een onbekend aantal honden in veiligheid te brengen. Een van die wagens is van de dierenbescherming van Columbia-Greene County en ik zit achter het stuur. (Het is link, met deze gladheid.) Nog even en ik zal ontdekken waar het schattige 'doggie in the window' van de plaatselijke dierenwinkel vandaan komt.

McDonough, die de meeste ervaring heeft met grootscheepse acties, heeft de leiding. Ze is een magere, blonde vrouw van midden veertig, en sterk betrokken bij het redden van dieren. Afgezien van haar reputatie als onvermoeibare speurder in gevallen van dierenmishandeling, is ze ook bevoegd tot het uitzetten van dieren in het wild. 'Ik heb het niet zo op mensen,' zegt ze dikwijls, half als grapje. 'Alleen honden en katten mogen me aflebberen.'

McDonough en Guyer gaan met de eerste auto naar het huis om Maria Stathacos het huiszoekingsbevel te overhandigen. Dan gaat, afhankelijk van het aantal dieren dat ze aantreffen, de tweede auto de heuvel op om in te laden en te vertrekken, waarna een volgende en nog een volgende auto komt. Deze procedure is zorgvuldig gepland, bedoeld om Stathacos rustig te houden en haar niet te overdonderen met de aanblik van dierenambulances en politieauto's. Niemand wil dat ze in paniek raakt omdat dan het werk bemoeilijkt wordt. Het doel is om iedere kast en ieder bijgebouw van het pand te doorzoeken en de dieren zo snel mogelijk weg te halen. Maar het is moeilijk om in Pittstown iets geheim te houden. Niemand weet of Stathacos getipt is.

Ik vraag aan een van de veteranen van de hondenpolitie die op de parkeerplaats rondhangen wat hij op de heuvel verwacht aan te treffen. 'Dat is met geen mogelijkheid te zeggen voor je er geweest bent,' zegt hij. 'Soms zijn de dieren dood, soms hebben de mensen schoongemaakt en zijn de ziekste dieren weggehaald.' Net als de rest van het team is zijn gedrag verbazend blasé. Ik realiseer me dat ik de enige ben die voor het eerst op zo'n missie is, de enige vrijwilligster die nooit een fokfabriek van binnen heeft gezien.

Ondanks de kou wordt mijn journalistieke instinct wakker en ik ren naar McDonough om te vragen of ik haar mag vergezellen in de eerste auto die naar de heuvel gaat. Ik wil het gezicht van Stathacos zien als de agente haar het huiszoekingsbevel geeft. 'Wie ben jij?' vraagt ze me. Ik vertel haar dat Laura-Ann me heeft meegenomen als vrijwilligster. Ik ben zo onvoorzichtig eraantoe te voegen: 'Ik ben journaliste.' 'Nee,' zegt McDonough, zonder iets aan haar aandacht te laten ontsnappen. 'Misschien heeft Stathacos een wapen. Mensen kunnen gevaarlijk worden als je hun dieren afpakt.' Ze stuurt me abrupt weg. Het is tijd om de invasie in te luiden. 'Maak je gereed!' roept ze naar de vloot, terwijl ze achter het stuur van haar met sneeuw overdekte politiewagen gaat zitten. 'Ik meld me via de radio.' Dan verdwijnen zij en Guyer in een witte waas.

Wij kunnen niet zien wat er boven op de heuvel plaatsvindt; het wachten lijkt eindeloos lang te duren. We praten wat en drinken koffie uit thermosflessen in een poging om warm te blijven. Niemand kan langer dan een paar minuten buiten de wagen blijven staan zonder te gaan bibberen. Wanneer de radio in de seinwagen eindelijk begint te kraken, springt iedereen in zijn eigen auto en stellen ze zich op in één enkele rij. 'We zijn binnen!' roept een van de agenten. Laura-Ann en ik voegen ons in de stoet; we zitten in de tweede wagen. Zodra we de auto voor ons terug zien komen, rijden wij de heuvel op.

De kennel van Stathacos ligt maar een paar minuten verder.

Wanneer de haveloze bouwval in zicht komt blijkt hij verbazend klein. Van buitenaf gezien lijkt het net een verlaten vuilstortplaats. De grond rond het hoofdgebouw ligt bezaaid met stapels rommel, net zichtbaar boven de sneeuw uit; ik kan verscheidene roestige kooien onderscheiden. Er staan een omgebouwde garage en twee caravans. Een oud wit paard met grijze vlekjes staat in de vallende sneeuw onder een open afdak. Het is bepaald geen plaatje voor een Hallmark-wenskaart.

Laura-Ann en ik stappen uit de bestelauto op de gladde bevroren ondergrond en doen onbeholpen een paar verraderlijke stappen. Je hoort onmiddellijk het gedempte geblaf van honden, alsof het in de verte onweert, maar het is onmogelijk uit het lawaai op te maken om hoeveel dieren het gaat. We kunnen Stathacos en McDonough in de deuropening van haar 'kennel' zien praten. Uit hun lichaamstaal valt op te maken dat Stathacos volledig meewerkt, maar dat kun je nooit zeker weten. Haar kortgeknipte grijze haar is ongekamd, alsof ze zo uit bed is gerold. Ze draagt een oud sweatshirt en jeans en ziet er verfomfaaid uit, maar niet kwaad of onbeheerst.

Wanneer we dichterbij komen, ongeveer zeven meter van het gebouw, ruik ik een stank waarvan ik moet kokhalzen. Deze plaats stinkt naar dieren, afval, uitwerpselen en urine. 'Laten we blij zijn dat het winter is,' merkt Laura-Ann zachtjes op. 'Moet je je voorstellen hoe het hier in de zomer ruikt.' Laura-Ann bibbert zo hevig dat ze haast niet kan praten; de woorden blijven trillend in haar keel hangen.

McDonough gebaart ons langs Stathacos heen het gebouw binnen, waar het donker is en vol staat met kooien. Het staccato geblaf en gejammer klinkt als een waanzinnige opera, gezongen door hysterici. De stank is overweldigend. Ik trek mijn sjaal een beetje onzeker over mijn mond, en ik zie dat de anderen hetzelfde hebben gedaan. Het is onze taak onze bestelauto's te vullen met honden en ze naar het asiel van Mohawk en Hudson River te rijden, waar een team van dierenartsen, allen vrijwilligers, wacht om ieder dier te onderzoeken. Er is één dierenarts, Kate Adsit, ter plaatse. Laura-Ann en ik slepen met vier draaghokken; er staan er nog acht in de auto.

Het is zo donker in de schuur van Stathacos dat ik aanvankelijk niet veel kan zien. Er zijn geen ramen, er is geen stromend water; iemand heeft een paar draagbare lampen opgehangen maar er is geen verwarming. De lucht is om te snijden zo muf. Op de grond ligt een laag van een paar centimeter aarde, uitwerpselen en haren – en wie weet wat nog meer – het voelt zompig aan onder onze laarzen. Als mijn ogen aan het donker gewend zijn, tuur ik in een ruimte die volgestapeld is met kooien, volgepropt met honden. De dieren blaffen woedend. Niemand heeft de koppen geteld omdat je onmogelijk kunt zien hoeveel er bij elkaar in één kooi zitten. McDonough wil dat wij hier binnen alle honden weghalen, kooi na kooi, kamer na kamer; ze nummert en fotografeert ze als ze de deur uitkomen om er – hopelijk – nooit meer terug te keren.

Laura-Ann en ik gaan behoedzaam de smalle hoofdruimte van misschien zeventien bij zeven meter binnen. Deze staat vol kooien van zestig bij zestig centimeter, die vol zitten met keffende hondjes; in de meeste zitten er wel vijf of zes. Ik zie Yorkshire terriërs, West Highland terriërs, cairn terriërs, poedels en teckels. Er zijn niet veel puppy's, maar wel tientallen oudere honden en zwangere vrouwtjes.

Kelly Collins en Cathy Crawmer houden toezicht op het overbrengen van de dieren uit hun kooien in de draagkooien die ze in veiligheid moeten brengen. Collins is ook africhtster en redster van labrador-retrievers in dit gebied, wat inhoudt dat ze in de steek gelaten, raszuivere labradors opneemt, met hen werkt en vervolgens bij mensen plaatst. Ik zie hoe Collins haar lange arm in Stathacos' smerige kooien steekt en probeert de honden een voor een naar buiten te trekken. Soms weet ze niet wat ze naar buiten haalt. Het probleem is dat veel van de honden aan elkaar vastgekleefd zitten, omdat ze over elkaar heen hebben gepoept; als je kooien op elkaar stapelt, kunnen urine en poep in de onderste kooien druipen. De honden zijn in geen maanden, jaren, misschien wel nooit gekamd. De langharigen zijn er het ergst aan toe. Hun vachten zitten vol met klitten als dreadlocks. Veel honden kunnen niets zien, omdat hun haren over hun ogen zijn gegroeid en in een dichte massa aan elkaar kleven. Deze honden hebben in duisternis geleefd. Ik snap niet waar ze de energie vandaan halen om zo hevig te blaffen.

Aan een kant van de ruimte staan drie of vier grotere kisten vol Deense doggen. De honden zien er betrekkelijk jong uit en ze liggen allemaal. Dan besef ik dat hun kooien zo klein zijn, dat het ongemakkelijk voor ze is om te staan.

Het is voor mij nauwelijks te geloven, maar Stathacos kan puppy's die in deze 'kennel' geboren zijn laten registreren bij de American Kennel Club. Veel van haar honden worden verkocht met een officieel certificaat van de meest prestigieuze rashondenregistratie in het land. Dit stuk papier (zoiets als 'Goedgekeurd door de Vereniging van Huisvrouwen') op een broodrooster, is onontbeerlijk voor het goede vertrouwen van de consument in een product. De meeste pups uit de dierenwinkel hebben AKC-papieren, die, naar ik in mijn vroegere naïviteit aannam, inhielden dat ze van kwaliteitsfokkers afkomstig waren. Maar de AKC houdt toezicht op de administratie, niet op kennels of honden.

Iedereen werkt in de hoogste versnelling en laadt de honden zwijgend in de draagkooien. Wij communiceren onze afschuw van deze verloedering alleen via oogcontact en voorzichtige blikken, niet verbaal. 'Niet reageren,' fluistert Laura-Ann me toe. 'Concentreer je op het weghalen van de honden.' Zij is mijn leidsvrouwe en houdt me aan de gang als ik stop om vol ongeloof te blijven staren.

Collins propt twee poedels in een van mijn draagkooien. Ik loop met ze naar de auto, haal een diepe teug frisse lucht en ga terug om er meer op te halen. Als Laura-Ann en ik twaalf draagkooien in onze bestelauto hebben ingeladen en klaarstaan om weg te rijden, grijpt McDonough ons bij de arm, geeft Laura-Ann een zaklantaarn en zegt: 'Ga naar beneden om koppen te tellen.' Ik had niet eens in de gaten dat er nog een beneden was.

Laura-Ann gaat me voor naar een donkere hoek waar een geïmproviseerde multiplex trap naar de kelder leidt. Nu hoor ik de honden beneden. Het is er pikdonker en ik aarzel. Laura-Ann voelt mijn vrees en neemt onmiddellijk de leiding. 'Ik heb het allemaal al eens gezien,' zegt ze zachtjes tegen me. Dan gaat ze behoedzaam de trap af, veegt stofraggen opzij en gaat met de schijnwerper in de hand een onverlichte ruimte binnen, vervuld van het geluid van honden.

Als ze de zaklantaarn aanknipt die een flauwe straal licht in de ruimte werpt, worden we geconfronteerd met een noodhok, waarin ongeveer twintig kleine hondjes zitten, waaronder een moeder en haar zogende pups. Het is moeilijk hen te tellen omdat ze zich verdringen om bij ons te komen. Ik zie een witte hond met een stel heel kleine pups, misschien enkele dagen oud, die bij haar drinken. Ik neem aan dat de hondjes nog te jong waren om te verkopen voor we kwamen. De moederhond kijkt ons aan met een blik van hevige angst. Ik reik in het hok om een aantal uitzinnige poedeltjes aan mijn hand te laten ruiken, eigenlijk aan mijn handschoen. (Bied een vreemde hond nooit de binnenkant van je hand of een enkele vinger; maak een vuist en laat de hond aan de rug van je hand snuffelen.) Ze verdringen zich eromheen als bijen, maar als ik me vooroverbuig om dichterbij te komen schieten ze weg. Nergens is een glimp van voedsel of water te bekennen.

Als ik opkijk is Laura-Ann weg. Ze telt koppen, het werk dat gedaan moet worden. Er loopt een gang naar een groter gedeelte van de kelder. Ze roept me en laat haar zaklantaarn in een smalle doorgang schijnen, waarlangs rijen kooien van de vloer tot aan de zolder staan opgestapeld. Deze doorgang leidt naar de grote kelderruimte. De honden blaffen en springen op me af als ik door deze smalle gang loop. Ik waan me in een griezelfilm. Het is moeilijk te zeggen of de honden agressief of alleen uitzinnig zijn. Stathacos hield grotere honden in de kelder.

Terwijl we langslopen, springen vele van hen op en neer in hun kooien alsof ze stapelkrankzinnig zijn. Als Laura-Ann met haar lantaarn in de achterste gedeelten van de kooien schijnt, zie ik wat kleinere, oudere honden, waarvan de meeste liggen. Ze zijn te oud, te depressief of te ziek om opgewonden te raken. Er zitten hier verscheidene Deense doggen, een duidelijk te herkennen bullterriër, cockerspaniëls, een oude, getijgerde pitbull, groepen honden, die al talloze jaren in deze krocht van de hel leven. Ze hebben klitten, zijn overdekt met uitwerpselen, broodmager, blind en oud. Er zit een cocker met doordringende blauwe ogen achter in een kooi. Hij zit volkomen roerloos, gewoon helemaal stil.

Laura-Ann draagt me op de honden in dit gedeelte te tellen en door te gaan. In deze kerker zitten zevenentachtig honden. 'Het had erger gekund,' zegt ze, 'ze leven allemaal nog.'

Wij gaan naar boven om McDonough, die naast Stathacos staat, verslag uit te brengen. Deze observeert kalm de gang van zaken, zonder enig teken van emotie of herkenning als een hond langskomt. Ik ga er maar vanuit dat ze haar gevoelens verbergt, ze moet volslagen ondersteboven zijn van dit alles. Maar het is moeilijk te zeggen. Ze ziet haar middelen van bestaan de deur uit marcheren, niet haar geliefde huisdieren. 'Daar gaan weer duizend dollar,' merkt ze op, als een bijzonder schattig teckeltje wordt weggedragen. Ze moet geweten hebben dat we kwamen. Er zijn te weinig puppy's, dus je mag aannemen dat ze die óf verborgen, óf verkocht heeft.

Ik zou graag met Stathacos willen praten om erachter te komen of ze een verklaring heeft voor de toestand waarin haar kennel verkeert, maar McDonough geeft niemand van ons toestemming om met de vrouw te praten. De agente zit als een havik op haar prooi, babbelt wat tegen haar en verzekert haar dat elk van haar honden een uitstekende verzorging zal krijgen bij de verschillende asiels, verspreid over de staat New York. Terwijl ik voor de laatste keer het gebouw uitloop, hoor ik Stathacos toevallig met enige opluchting zeggen: 'Er zitten wel heel veel dieren hier. Waarom lozen jullie er niet een paar?' McDonough gaat er niet op in.

Buiten dragen twee asielmedewerkers een grote Deense dog naar hun bestelbusje; de hond kan of wil niet lopen. Ze lijkt verlamd van angst. Als ze langs mij heen lopen, ontgaat het me niet dat de hond haar ogen dichtknijpt. Zou deze hond ooit het daglicht hebben aanschouwd?

Het sneeuwt nog altijd wanneer Laura-Ann en ik de rit van drie kwartier naar het asiel van Mohawk maken, met een wagen vol dieren. We zijn allebei uitgeput. We hebben vandaag geen van beiden iets gegeten en we hebben ook geen van beiden honger. Het onmiddellijke doel is deze dieren uit de volgeladen draagkooien te krijgen en door een dierenarts te laten onderzoeken. Tot onze verbazing zijn de dieren rustig in de auto, iets té rustig. Terwijl ik rijd, praat Laura-Ann tegen ze, in elke kooi kijkend om te zien hoe ze het maken. Als een arme kleine Westie, vol vastgekoekte klitten, begint te braken, stoppen we om haar schoon te maken. Dat heeft weinig zin zonder water.

Het asiel van Mohawk lijkt wel een eerstehulppost na een ramp. Het staat er vol met dieren, kooien en dekens. Een rij hondengeleiders staat met honden te wachten tot deze binnen door de arts kunnen worden onderzocht. Iemand zegt dat hier in het asiel al meer dan honderd koppen zijn geteld. Een team van drie dokters (onder wie Holly Cheever, een bekende dierenactiviste en arts) onderzoekt elke hond ongeveer vijf minuten; de dieren worden beoordeeld, ingeschreven en gevaccineerd tegen hondenziekten en parvo. Het lucht me enorm op te zien dat deze honden medische hulp krijgen. Ze hebben urenlang geen water gehad. Na het onderzoek gaan ze in een hok en krijgen ze water; voedsel krijgen ze later pas, als ze wat gekalmeerd zijn.

Wat meteen opvalt is dat deze honden volstrekt niet gesocialiseerd zijn. Vele zijn catatonisch en reageren niet op menselijke aandacht. Dat is niet het geval met een paar van de kleine terriërs en poedels, die heel erg tekeergaan in hun hokken. De dierenartsen vinden tumoren, infecties, aandoeningen aan tanden en ogen, huidziekten, longontsteking en een hele reeks verschillende kwalen – de verwoestende gevolgen van slecht fokken, slechte voeding, overbevolkte kooien en een gebrek aan goede verzorging van de vacht. Vijftien honden zijn er dusdanig slecht aan toe dat er onmiddellijk euthanasie wordt toegepast.

Als ik langs de euthanasieruimte kom, herken ik de oude cocker met zijn doordringende blauwe ogen uit de kelder. Haar vacht is nat van de sneeuw. Van dichtbij kan ik zien dat ze grauwe staar heeft; beide ogen zijn bedekt met een melkachtige vloeistof, alsof ze wegsmelten in haar kop. De hond is zo oud en reumatisch dat ze zich praktisch niet kan bewegen. Mijn eerste gevoel is naar binnen te rennen om te zeggen dat ik haar mee naar huis wil nemen, maar in plaats daarvan blijf ik stil staan kijken naar haar laatste ademtocht. Een euthanasiedeskundige houdt de oude hond in haar armen, streelt haar over de kop en spreekt haar toe, terwijl ze een dodelijke dosis Pentothal in een ader van haar poot spuit. Binnen tien seconden is de oude hond dood. Ik heb het gevoel alsof met haar ook een stukje van mij is doodgegaan.

Wanneer Collins langskomt met een slappe cairn terriër in haar armen, herken ik de hond. Laura-Ann en ik hadden haar naar onze auto gebracht. 'Wat is er met haar gebeurd?' vraag ik. Collins kijkt me bevreemd aan. 'Is dat een geintje?' vraagt ze. De hond heeft zojuist een spuitje gekregen en is onderweg naar de koelkamer. Een slap lijk is voor de meeste mensen op deze missie gemakkelijk te herkennen.

Ik moet hier weg, dus ga ik een tijdje in de bestelauto zitten. Maar ik kan er nergens aan ontsnappen; er komen nog steeds dierenambulances vol met honden bij het asiel aan. Laura-Ann verschijnt in de deuropening en vraagt me terug te komen. 'Het is tijd om een aantal honden uit te kiezen om mee te nemen naar Columbia-Greene,' deelt ze me mee. Ze wil tien tot vijftien kleine honden meenemen, wat de ruimte van ongeveer vier hondenrennen in beslag zal nemen. Laura-Ann wil vrouwtjes, zodat ze zonder zwangerschapsrisico bij elkaar kunnen zitten. 'Kies jij maar,' zegt ze, 'het maakt mij niet uit.'

Deze honden selecteren schijnt me een moeilijke taak toe. 'Wil jij er niets in te zeggen hebben?' vraag ik.

'Niet echt,' zegt de directrice. Ik kan zien dat ze dit soort situaties spuugzat is.

'Maar moet ik de best adopteerbare honden uitkiezen, de jongste, de ziekste of van alles wat? Wat is het eerlijkst?'

Laura-Ann geeft me de raad dieren uit te kiezen die niet veel medische zorg nodig hebben. Ze herinnert me eraan dat het asiel blut is en dat het personeel weinig tijd heeft om voor zieke dieren te zorgen. Ik realiseer me plotseling wat een enorme belasting deze honden zullen vormen, maar toch is de directrice vastbesloten te helpen. 'Ik wed dat je al een paar honden op het oog hebt,'voegt Cammisa eraantoe. Ze heeft alweer gelijk.

'Herinner je je die West Highland terriër met al die klitten? Dat is een vrouwtje,' zeg ik tegen Laura-Ann, terwijl ik met haar naar de kooi loop. De hond ziet er nog steeds ongelukkig uit maar ze heeft nu gezelschap van een jongere Westie, die er iets gezonder uitziet. 'Ze is ouder, maar wel zonder grote problemen door de inspectie van de dierenarts gekomen,' vertel ik Laura-Ann. 'Mooi,' antwoordt ze, 'neem ze allebei maar.'

In de buurt is een groepje van drie actieve dwergpoedeltjes. Ik kan hun leeftijden niet schatten, maar ze zien er volwassen uit en ze zijn ingeënt; ik besluit ze allemaal te nemen, voornamelijk omdat ik niet kan kiezen. Een asielmedewerker loopt door de kennel met een draagkooi met een zogende moeder en haar jongen. 'Wie neemt deze honden?' roept hij alsof het een veiling is. De draagkooi is zo groot en zwaar dat hij hem direct in een auto wil zetten. Ik herken ze onmiddellijk; het is de witte hond uit de kelder en al haar pups. Ik had al een sterk gevoel met deze groep, dus stuur ik hem naar onze auto.

Laura-Ann slaat me gade en toont enige bezorgdheid over de redenering achter deze keus. 'Moet ik de zes jongen voor vol meetellen?' vraag ik haar. 'Ja natuurlijk,' zegt ze. 'Jongen worden groot. Je leert ze stuk voor stuk kennen. Deze zaak kan maanden, zelfs jaren in beslag gaan nemen.' De realiteit dringt zich aan me op.

Nog drie honden. Ik voel me net een kind in een snoepwinkel. In plaats van de meest hulpbehoevende uit te kiezen, besluit ik twee gezonde kleine Yorkies mee te nemen en een enig schnautzer-poedeltje (een schnoedeltje?), dat waarschijnlijk een ongelukje is geweest. Er zijn niet zoveel bastaarden in deze gemeenschap.

Maar ik wil nog één bepaalde hond zien te vinden. Ik vraag rond of iemand de bullterriër heeft gezien uit de kelder van Stathacos. Er zitten nu al vijftien honden in de bestelauto, dus ik vraag me af of ik de directrice kan ompraten tot eentje meer. Maar ik kan de hond niet vinden. Ik heb overal gezocht behalve in de euthanasieruimte, maar daar wil ik niet meer heen. Dan krijg ik haar in het oog! De hond ligt in de armen van Sue McDonough, die zelf als laatste en met de allerlaatste hond van het slagveld is vertrokken en het asiel binnenkomt. 'Is ze niet énig?' zegt de agente met veel nadruk. McDonough heeft het zwaar te pakken van de hond. Het is ongeveer vijf uur en ze is opgetogen, haar motor loopt op adrenaline. De meeste mensen die betrokken zijn geweest bij deze missie hebben een bepaald dier in hun hart gesloten om persoonlijk te redden. Voor McDonough is het deze bullterriër. Voor mij is het de witte moeder en die heb ik al veilig in de wagen van het asiel zitten.

McDonough deelt iedereen mee dat alle dieren, met uitzondering van het paard, bij Stathacos zijn weggehaald. Er gaat een uitgeput gejuich op uit de hele groep en dan keren de dierenartsen terug naar hun werk. Sommigen zijn teleurgesteld wat betreft het paard.

'Het paard was gezond,' houdt McDonough vol. 'Wettelijk gezien konden we hem niet meenemen. En hij had voedsel en onderdak.'

Er zijn honderd aanklachten wegens dierenmishandeling tegen Stathacos; 138 honden zijn uit het perceel weggehaald. (Joe Abelove, de officier van justitie van Rensselaer County, die de zaak vervolgt, heeft McDonough geadviseerd een aanklacht voor alleen de allerziekste dieren in te dienen.) 'Toen ik wegging,' zegt McDonough, 'gaf Maria een interview voor een televisieploeg. Ze zei dat ze van plan was ervoor te zorgen dat ze elke afzonderlijke hond weer terugkreeg.' De agente was zo leep geweest de pers uit te nodigen nu direct naar het asiel te komen en de dieren met eigen ogen te aanschouwen. Een uur later verschijnt de pers en hun verslag haalt het nieuws van elf uur die avond. Dezelfde opname wordt negen maanden later, in een rechtszaal, opnieuw vertoond.

'Heeft er al iemand pizza's besteld?' schreeuwt McDonough, met haar hond nog steeds stevig in haar armen geklemd. Iedereen lacht en ontspant zich een ogenblik, want opeens beseffen we allemaal hoe hongerig we zijn. Geen mens heeft aan pizza gedacht.

Laura-Ann en ik rijden met de honden terug naar Columbia-Greene. Als we weggaan zitten er nog steeds honden in auto's, gangen en kantoren te wachten op hun onderzoek. De terugreis naar Hudson, die ongeveer een uur duurt, is rustig. Af en toe piept er een jong, er braken nog een paar, maar de honden zijn voornamelijk stil. Tegen de klok van negen uur zitten ze in schone hokken met een buitenren. Elke hond heeft een deken, een bak eten en water. Ik vraag me af of de koude, betonnen vloer van dit asiel voor deze groep net zoiets is als het Ritz voor ons.

Een kleine witte poedel krijgt de naam Valentijn, ter herinnering aan de dag van de inval. De witte moederhond (eigenlijk een spitz), die we Spirit noemen, schrokt haar eten naar binnen alsof ze verhongerd was. Maar ze zoogt, dus krijgt ze een tweede bak. Geen van de andere mag te snel te veel krijgen, anders worden ze ziek. De poedels storten in, van vermoeidheid of van angst. De twee Westies (Hope en Grace) vechten om het voedsel en moeten van elkaar gescheiden worden om te kunnen eten; Hope, de rasta-Westie met de klitten, is volledig onderworpen. De aanminnige kleine Yorkies (Button en Thimble) zijn de meest uitgeputte leden van de groep uit Pittstown. Ze kunnen niet ophouden met bibberen.

De honden die al in Columbia-Greene woonden gaan hevig tekeer tegen de nieuwkomers als deze hun nieuwe tehuis betreden. In het asiel heerst een pikorde, voornamelijk bepaald door anciënniteit. De honden uit de fokfabriek zullen er maanden blijven. Weldra zijn zij de baas en verwelkomen zij nieuwkomers op dezelfde woeste manier.

De vijftien honden uit Pittstown worden de personificatie van de missie van het asiel en dat met een haast religieuze ijver. Zij zijn het symbool voor het lijden dat dieren ondergaan, én voor de mogelijkheid tot verlossing. De honden worden plaatselijke beroemdheden wanneer het project van hun rehabilitatie door de media en de gemeenschap wordt opgepakt. Fotografen, predikanten, africhters, fabrikanten van hondenvoer, hondenkapsalons, schoolkinderen en bejaarden komen naar het asiel met dekens, voedsel en geld. Er zijn mensen die uren van hun tijd geven om bij de honden te zitten en ze vast te houden, zodat ze leren op mensen te vertrouwen.

Dit is een ingewikkeld proces. De honden hebben talloze problemen, die gedurende het drama van het moment volstrekt aan de aandacht van dierenartsen en redders zijn ontsnapt. Valentijn is drachtig en brengt een doodgeboren puppy ter wereld. Twee van de pups van Spirit sterven binnen enkele weken, maar de anderen beginnen onmiddellijk op te leven. Vreemd genoeg blijken ze een ongelukje te zijn geweest; het zijn bastaarden, een kruising met een terriër. Ze hebben het twijfelachtige genoegen op te mogen groeien in het asiel. Hope, de oudste Westie, heeft tumoren en een hernia; ze moet onmiddellijk geopereerd worden. Grace, de jongste, is bang voor mensen. Geen van de honden is zindelijk; geen van hen schijnt ooit aan een riem te hebben gelopen en wat dat aangaat, nooit een huis van binnen te hebben gezien. De poedels en de Westies ondergaan een langdurige verzorgingstherapie om ze aan dat proces en aan mensen te laten wennen. Er zijn wachtlijsten met mensen die de honden willen adopteren. Het doel is ze zo spoedig mogelijk het asiel uit te krijgen en bij mensen thuis te plaatsen.

Maar er is engelengeduld voor nodig om in een klein plaatsje een rechtszaak aan te spannen wegens dierenmishandeling. Terwijl de honden maandenlang opgesloten blijven houd ik mezelf maar voor dat zij in ieder geval niet weten wat ze missen. Zo gauw de media in de buurt zijn, beweert Stathacos dat ze een gerenommeerde fokster is. De vrouw wil nog steeds al haar honden terug. Haar advocaat beweert dat ze heeft voldaan aan alle staats- en federale normen en vereisten voor dieren. Maar Stathacos en haar advocaat gaan uit elkaar en het duurt even voor ze een nieuwe heeft. Haar volgende horde is een verandering van arrondissement.

Intussen nemen de honden ruimte in, in alle asiels verspreid over de hele staat New York. Nadat ze hier vijf maanden zijn geweest en er nog geen datum vaststaat voor het definitieve proces, besluit Laura-Ann pleegtehuizen voor de honden te zoeken. Het bestuur is nerveus, maar de directrice houdt eraan vast. Zij heeft de ruimte in de kennels nodig en de honden raken afgestompt door hun opsluiting. Ze moeten nodig naar een werkelijk tehuis om de moeilijke overgang te maken naar het zijn van een huisdier. Een artikel in de krant bericht dat het asiel van Mohawk en Hudson River op veertig dieren euthanasie heeft moeten plegen om ruimte te maken voor de honden uit Pittstown; in Mohawk zitten zestig honden van Stathacos. Op dat ogenblik besluiten veel van de asiels de honden in pleegtehuizen onder te brengen, voordat het aantal euthanasiegevallen nog verder oploopt.

Eindelijk zitten Laura-Ann en ik negen maanden later in een rechtszaal, midden in het land. De zaak is verhuisd naar Schaghticoke, New York, ten noordwesten van Pittstown. Wij zijn hier niet uit vrije wil, wij zijn beiden gedagvaard om te getuigen voor de beklaagde. Ik kan me niet voorstellen hoe Stathacos erbij komt dat wij onze welsprekendheid zouden willen aanwenden om de geneugten van een fokfabriek op te sommen. Haar advocaat groet ons niet en hoort ons ook niet. Integendeel, een gerechtsdienaar stuurt ons naar een nis van de rechtszaal, waar wij de hele dag een komen en gaan zien van karaktergetuigen die vóór Stathacos getuigen. Volgens een verslag in de krant heeft een getuige beweerd dat de videotape die na de inbeslagname is gemaakt en waarop een groep zielige hondjes worden gekamd, misschien wel nep is. Ik zie het voor me: een team van briljante make-upspecialisten betreedt het asiel om de hondjes te verzorgen.

Aan het eind van de dag wordt Cammisa opgeroepen om te getuigen, maar dat genoegen heb ik niet. Het blijkt dat de advocaat van Stathacos mijn naam verkeerd heeft gespeld, waardoor, zo maakt de officier de rechter duidelijk, ik technisch gesproken niet besta.

Het proces verloopt op een manier die Cammisa beschrijft als ‘typisch voor gevallen van dierenmishandeling’. De advocaat verhoort McDonough bijvoorbeeld en schildert haar af als een fanatieke groente-eter en dierenrechtenactiviste met een ideologische agenda. ‘Bent u lid van de PETA?’ vraagt hij haar, alsof het een communistische organisatie is. Ik vraag me af hoe de jury over de rechten van dieren denkt. Als ze huisdieren hebben, zou alleen al het kijken naar de videotape hen ertoe moeten brengen zich achter de dierenbescherming te scharen. Maar als ze een bontmantel in de kast hebben hangen, worden ze misschien een beetje nerveus van de PETA.

En ikzelf heb de bontmantel van mijn grootmoeder in de kast hangen (zwart zeehondenbont). Als Stathacos' advocaat zo slim zou zijn mij te vragen of ik met die jas over straat loop, zou ik in de problemen kunnen komen. Ik ben ook geabonneerd op het tijdschrift van de PETA. Het is een kleurrijke publicatie met partijdige artikelen en foto's over de gruwelijke behandeling van dieren in fokboerderijen, abattoirs en onderzoekslaboratoria. Het blad komt op voor de mensen die dieren redden en promoot de producten van bedrijven die gestopt zijn met testen op proefdieren. Je moet de PETA nageven dat zij voor het eerst naar buiten zijn getreden met de waarheid over fokfabrieken, precies zulke bedrijven als die van Stathacos.

Het proces sleept zich voort omdat Stathacos de ene dikke vriendin en fokker na de andere laat opdraven om te getuigen van de hoge kwaliteit van verzorging die de honden onder haar hoede hebben ontvangen. Deze fokkers zijn het soort lui van wie je geen tweedehands auto zou kopen, laat staan een puppy. Ik vermoed dat de advocaat van Stathacos een berg aan loftuitingen wil plaatsen tussen haar en de beelden van de honden op de videoband. Maar de jury is opgevoed met televisieprogramma's als *Court TV* en *Law & Order*. Ik wed dat ze de slechterik in de zaal wel kunnen identificeren.

McDonough, die iedere dag opnieuw in de rechtszaal zit, wordt er doodmoe en gespannen van, een toestand die vruchten afwerpt. Terwijl de parade van getuigen zonder onderscheid de goedheid van Stathacos jegens de dieren prijst, krijgt de agente argwaan. Ze merkt de afwezigheid van Stathacos' eigen dierenarts op, de persoon die jarenlang zelf de medische zorg voor de dieren had. De man staat wel op de getuigenlijst, maar hij wordt om een of andere reden niet opgeroepen om te getuigen. Abelove, de officier van justitie, vraagt McDonough de dierenarts te bellen.

'Ik heb hem zojuist gesproken,' vertelt McDonough me de dag voor het proces tot een zinderende climax komt. 'Ik zeg tegen hem: "Ik wil gewoon uw professionele opinie horen over die verdomde honden. Hoe vond u dat ze eruitzagen?" Zegt hij: "Prima. Maar puppy's zien er meestal prima uit."

"Nee," zeg ik, "niet de puppy's, de volwassen honden." Hij zegt: "Maar die heb ik nooit gezien."' In het hoofd van de agente gaan de vuurpijlen knallend af. 'Hij heeft alleen maar haar puppy's ingeënt!' juicht ze van vreugde.

Terwijl wij praten liggen veilig opgeborgen in de rechtszaal, negenenveertig verklaringen van inentingen tegen hondsdolheid, elk daarvan zogenaamd ondertekend door de dierenarts. Zij heeft ze als bewijsmateriaal aan de rechter gegeven en ze zijn stuk voor stuk nep. Maria Stathacos is uitgespeeld.

De jury heeft maar een paar uur nodig om haar schuldig te verklaren aan zevenenvijftig gevallen (sommige vallen af op grond van procedurefouten) van dierenmishandeling. Niemand verbaast zich erover, behalve Stathacos. Snel daarna veroordeelt de rechter haar tot vier maanden gevangenisstraf en een restitutie ter hoogte van 65.000 dollar aan het asiel van Mohawk en Hudson River, naast een verbod op het houden van honden in de daaropvolgende tien jaar.

Wanneer ik een jaar later Bob Guyer tegen het lijf loop, zegt hij dat Stathacos uit de gevangenis is en kuikens, parelhoenders, geiten en varkens verkoopt. In het vonnis van de rechter stond nergens dat ze geen kleinvee mocht fokken of verkopen. 'Ze heeft nog geen cent schadevergoeding aan ons betaald,' voegt hij eraantoe. Guyer is van plan haar opnieuw voor de rechter te dagen.

Jitters, gered door zijn goede gedrag

ZEVEN

De laatste toevlucht

MIJN BUREN, Charlie en Brenda, komen langs om me een zwerfhond te laten zien, die al de hele ochtend bij hun huis rondhangt. 'Ken jij hem?' vraagt Charlie, in de hoop dat ik de hond kan identificeren. Ze overleggen of ze hem zullen houden of niet. De hond is crèmekleurig, heeft grote, bruine ogen en een gitzwarte neus. Hij lijkt nog geen jaar, maar je kunt de leeftijd van een hond nooit exact schatten. (Het enige wat je kunt doen, is kijken hoe scherp de tanden zijn en de hoeveel tandsteen hij heeft.) Zijn oren staan rechtop, wat doet vermoeden dat er herdersbloed in de kruising zit, maar hij is wel klein en stevig, eerder de vorm van een husky. Op zijn tong zitten blauwe vlekken en strepen.

Ik ken de hond niet, maar andere buren hadden gebeld met een klacht over een witte hond. Ze dachten dat het Bobby was, die door hun bloembedden rende. Maar Bobby is vals beschuldigd. Die loopt met mij mee, óf ze zit voor het huis. Ik begrijp dat ik oog in oog sta met de boosdoener die de reputatie van mijn hond heeft geschaad. Ze hebben bijna dezelfde kleur.

De mysterieuze hond is een gemakkelijk zieltje zonder zorg, bereid om overal heen te gaan en van alles te doen. Hij loopt Bobby als een eendenkuiken achterna. Bobby mag hem wel, want hij onderwerpt zich. De honden spelen en stoeien als de beste maatjes. Het verrast me dan ook niet als Kate direct op hem valt. Zelfs Peter, mijn echtgenoot, vindt hem aardig. Charlie en Brenda willen de hond goddank in huis nemen.

'Ga huis aan huis informeren, dan vind je de eigenaars wel,' adviseer ik. 'Ik wed dat ze de hond gráág aan jullie kwijt willen. Wie het ook zijn, het lijkt erop dat ze hem laten zwerven.' Ze nemen de hond mee en gaan weg.

De volgende ochtend wordt ik door Charlie wakker gebeld. Ze hebben het baasje van de hond gevonden. Die zegt dat hij een acht maanden oude kruising van een husky en een Pyreneese berghond is. De eigenaar was onmiddellijk bereid de hond aan de vinders te geven. Nu hebben Charlie en Brenda een ander probleem. De hond heeft hen de hele nacht wakker gehouden en hun acht jaar oude Ibizenco is buiten zichzelf. Ze willen de hond niet aan zijn oorspronkelijke eigenaar teruggeven – te veel rottweilers om het prettig te hebben. 'Neem hem alsjeblieft mee naar het asiel,' smeekt Charlie me.

Kate en ik gaan de hond halen. Charlie brengt hem naar buiten en de hond springt in de auto alsof hij al zijn hele leven met ons meerijdt. Hij zit op de grond aan de voeten van Kate, met zijn kop in haar schoot. Mijn dochter zwijgt het grootste deel van de rit, maar als we de weg naar het asiel inslaan, zegt ze: 'Stop. Dit kunnen we niet doen.'

Na honderden mensen afstand van hun hond te hebben zien doen, kon ik deze reactie van Kate verwachten. Ik herinner haar eraan dat ik bij het schrijven van mijn boek de verleiding heb weerstaan talloze honden uit het asiel mee naar huis te nemen, om de eigen huisdierpopulatie op een redelijk peil te houden. Momenteel pendelen we heen en weer tussen de stad en het platteland, in een auto die is volgepakt met drie mensen, een hond, een kat en twee computers; deze familie begint al te lijken op een reizend variétégezelschap.We kunnen de hond niet houden, we kennen hem nog geen etmaal.

'Als niemand hem wil? Als hij nou een spuitje krijgt?' vraagt Kate. Midden in de roos. Ze begint te huilen. 'Laten we hem gewoon mee naar huis nemen,' smeekt ze. 'Ik beloof je dat ik voor hem zal zorgen.' Dit soort uitspraken werkt bij mij absoluut niet. Ik zeg een paar keer tegen Kate dat ik in het asiel zal waken over het lot van deze hond. Maar ze is ontroostbaar. Wij kennen de routine allebei.

Om eerlijk te zijn, geef ik de hond niet zomaar een lift naar het asiel, ik lever hem over aan een asiel, waar hij om vele redenen een spuitje kan krijgen.

Ik stop op de oprit met een beroerd gevoel in mijn maag. Ik besluit de hond zelf naar de kennel te brengen en hem voedsel, water en een deken te geven. Ik vraag me af wat voor naam hij krijgt. Een hond die naamloos arriveert, heeft altijd iets treurigs en nu kom ik er zo één brengen. De andere honden blaffen en grommen zoals gewoonlijk. Mijn naamloze vriend begint te sidderen van angst. Het is voor het eerst dat ik hem tekenen van angst zie vertonen.

Deze plaats, die ik zo goed ken, ziet er opeens heel anders en heel eng uit. Ik vraag me af of ik het kan aanzien als vreemden door de kennels lopen en aan deze onschuldige schat van een hond voorbijgaan. Kan ik hem echt beschermen? Tot dusverre doe ik het niet zo goed. Gisteren was hij nog iets bijzonders. Nu is hij gewoon een anonieme bastaard in het asiel.

De hond zit in zijn kooi te huiveren, Kate zit in de auto te huilen. Ik ben een personage uit mijn eigen boek geworden, iemand die het moeilijk vindt afscheid te nemen van een hond. Ik denk aan Kate Meehan, een africhtster die in het directiebestuur heeft gezeten. Ze gaf me de raad: 'Breng hier nooit een dier naartoe als je niet in staat bent afstand te doen. Als ze eenmaal in het asiel zitten, heb je er niets meer over te vertellen.' Ze had volkomen gelijk. Ik moet bereid zijn ermee in te stemmen dat het asiel deze hond plaatst of euthanasie op hem toepast. Bovendien moet ik erop vertrouwen dat Cammisa het juiste doet. Maar stel dat ze op vakantie gaat? (Ze gaat nooit op vakantie.) Stel dat de hond ziek wordt? Is het eerlijk een speciale behandeling voor hem te vragen, waardoor andere honden risico lopen?

Ik loop naar de auto terug om met Kate te praten, maar het heeft geen zin. Ze heeft me andere mensen zien troosten en vervolgens gezien hoe hun katten en honden een spuitje kregen. Wij weten allebei hoeveel dieren er zijn en hoe weinig recht hen wordt gedaan. Dieren worden afgemaakt omdat ze vals of ziek zijn. Maar bovendien is het Russische roulette in een asiel. Het lot van dieren wordt onterecht beïnvloed door de grillen van het publiek. Mensen die *Frasier* hebben gezien, willen een Jack Russell terriër. Kinderen die naar Neverland zijn geweest, willen ruwharige schaapshonden. Alle kinderen willen dalmatiërs in plaats van, of naast de huisdieren die ze al hebben.

Eigenlijk worden de dieren in de asiels gestraft omdat ze niet voldoen aan de norm die de dierenliefhebbers of dierenwinkels stellen op grond van cultureel bepaalde fantasieën over het ideale huisdier. In sommige kringen is het ontzettend chic om met een dwergpinscher of Yorkshire terriër in een tasje rond te lopen; een ander milieu kom je alleen binnen met een pitbull, die wreed is afgericht om straf te ondergaan en zich dood te vechten. Honden die toevallig niet trendy zijn, worden niet geadopteerd en hoe langer ze in het asiel blijven, hoe moeilijker het wordt ze te plaatsen. Telkens worden katten en honden met een prima karakter in Columbia-Greene maandenlang over het hoofd gezien, omdat mensen de dieren die er lang zitten met wantrouwen bezien. Ze realiseren zich niet dat deze dieren meestal de beste zijn; ze hebben een grotere immuniteit tegen ziekten en kunnen zich aanpassen aan stressvolle omstandigheden. Dat zijn twee uiterst waardevolle kwaliteiten in een huisdier.

Cammisa brengt haar dagen door met het zoeken naar criteria die dieren voor euthanasie in aanmerking doen komen en haar avonden met het obsessief koesteren van de dieren die ze redt. Daar worden mensen van de dierenbescherming op getraind. Maar in dit systeem zit iets helemaal scheef. Zelfs de meest toegewijde dierenbeschermers hebben dat niet kunnen verhelpen.

'Ik kan het ook niet,' geef ik Kate toe. 'Laten we hem gaan halen.' Ze begint te stralen en haalt weer gewoon adem. Samen lopen we de kennel binnen, halen onze hond uit zijn kooi en nemen hem mee naar huis. Zijn naam is Tramp (naar Charlie Chaplin) en terwijl ik zit te schrijven, ligt hij onder mijn bureau te slapen.

Mijn ervaring met Tramp doet me beseffen dat ik de realiteit van euthanasie niet onder ogen kan zien, net als de rest van het publiek. Dat komt gedeeltelijk doordat Cammisa, net als de meeste directies van asiels, zich wat betreft euthanasie aan het publiek aanpast om de dieren die aan haar zorg worden toevertrouwd niet tot het middelpunt van een controverse te maken. Geen mens vindt het een prettig idee dat honden en katten onschuldig ter dood veroordeeld worden. 'Als de media in de aanval gaan, dalen de adoptiecijfers en stijgen die van de euthanasie,' zegt de directrice. 'Het werkt alleen maar in het nadeel van de dieren.' Ze heeft heel wat botsingen met de pers overleefd. Gedurende één zomer trad een bestuurslid af en liep verontwaardigd naar de plaatselijke krant met de klacht dat het asiel onnodig dieren afmaakte. Cammisa reageerde gelaten op dit debacle. Somber zegt ze: 'Het hoort bij het vak.'

Als gevolg van dit soort publiciteit gaat het asiel zelden met het publiek een discussie over euthanasie aan. Als mensen naar het beleid van het asiel vragen, krijgen ze een summiere versie te horen van wat eigenlijk een triageproces is. Maar de meeste mensen vragen er niet naar omdat ze het niet willen weten. Columbia-Greene stelt mensen die afstand van een dier hebben gedaan op de hoogte als hun dier geplaatst is, ze worden niet gebeld als het een spuitje krijgt. De mensen willen een happy end, anders niets. Ze zeggen gedag bij de deur van het asiel, wat al moeilijk genoeg is. Daarna ligt het lot van het dier in handen van het asiel.

In het hele land lijden asielmedewerkers aan een vorm van collectieve depressiviteit. Wie kan hen dat kwalijk nemen? Bij elkaar euthanaseren zij volgens de PETA dagelijks meer dan dertigduizend dieren. Ze worden niet opgegeten, gevangen om hun vacht of naar onderzoekslaboratoria gestuurd. Het zijn ongewenste huisdieren die voortijdig opgaan in rook en as. Toen ik het crematorium van Columbia-Greene voor het eerst rook, dacht ik dat de hele tent in lichterlaaie stond. Uiteindelijk leert iedereen met die lucht leven. Maar ik wist dat er een moment zou komen waarop ik ook de hitte zou voelen.

Op een ochtend in augustus krijg ik een telefoontje van Laura-Ann omdat er drie mensen zijn uitgevallen vanwege griep; ze heeft assistentie nodig. Als ik er aankom, is de directrice alleen achter, bezig het crematorium vol te laden. De avond daarvoor zijn zevenendertig ziekelijke dieren overgenomen van een verzamelaar; op zesendertig is onmiddellijk euthanasie toegepast. (De enige overlevende is een blue point Siamees.) De koelkamer ligt zo vol lijken dat de oven van het crematorium de hele dag moet branden. Laura-Ann komt met rubberhandschoenen aan te voorschijn en vraagt me of ik wil helpen met het volladen van het crematorium. Ik voldoe schoorvoetend aan het verzoek. De directrice voelt mijn weerstand maar ze wil toch dat ik naar binnen ga en de dode dieren zie, om getuige te zijn van de walgelijke realiteit van ongewenste dieren. Niemand van het bestuur is ooit in de koelkamer geweest. Zelfs een paar asielmedewerkers weigeren een stap over de drempel te zetten; ze willen niet deelnemen aan het moordproces. Laura-Ann vindt dat buitengewoon onaangenaam. Ze wil dat iedereen begrip heeft en deelneemt aan het euthanasieproces. ‘Anders krijg je onder het personeel een kloof tussen moordenaars en redders,’ legt ze uit.

De koelkamer is donker, smaller en veel macaberder dan ik me had voorgesteld. Er liggen stapels lijken op de grond. Laura-Ann beent naar binnen, grijpt twee katten bij hun poten, één lijk in elke hand. ‘Je krijgt ze gemakkelijker naar het crematorium voordat er lijkstijfheid optreedt,’ vertelt ze. ‘Dan kunnen er meer tegelijk in.’

Er ligt een grote, gezwollen dalmatiër met een lichtblauwe halsband boven op de stapel honden. Deze hond heb ik niet eerder gezien.

'Wiens hond is dat?' vraag ik.

'Ze is uit het asiel van Athens gekomen – ze was vals,' verklaart de directrice.

'Moeten we de halsbanden niet afdoen?' vraag ik. 'Nog niet,' zegt ze, 'ze zijn gemakkelijker te dragen aan de halsband.' We dragen de dalmatiër samen naar het crematorium. Ik doe alles traag, terwijl Laura-Ann snel heen en weer loopt tussen de koelkamer en het crematorium. Het lijkt alsof ze bezig is haar garage uit te ruimen.

Ik moet steeds naar de stapels staren. Opeens herken ik Jake, een labrador, die geplaatst en weer teruggebracht is. Dan zie ik Bandit, de Akita-dalmatiërkruising – iedereen was dol op hem. De stapel komt tot leven voor me, als ik de dieren begin te herkennen. Ik loop nu bijna twee jaar mee in het asiel en heb de euthanasiecijfers gezien, meningen ten beste gegeven over de adopteerbaarheid van dieren en begrepen waarom sommige moeten sterven opdat andere leven. Maar ik heb nooit het keiharde gevolg van deze beslissingen ervaren. Ik sta er dan ook als versteend bij.

'Moet je horen,' zegt Laura-Ann begripvol, 'ik vind het niet erg. Echt waar. Ga maar. Ik doe dit al jaren alleen.' Ik moet even een frisse neus gaan halen.

Eerst gebruikte ik de term 'laten inslapen' om euthanasie te beschrijven. Op een middag in het asiel hoort dokter Tatty Hodge, een dierenarts die net een nest puppy's met parvo 'laat inslapen', me dat eufemisme gebruiken en zegt: 'Schrap dat maar uit je woordenboek, tenzij je echt gelooft dat die beesten weer wakker worden.'

Ze werden niet meer wakker. Maar ik wel. Ik stelde geen vragen meer maar begon zelf de dossiers door te nemen om erachter te komen wie er bleef leven en wie er doodging. Uiteindelijk deed ik het bijbehorende rekenwerk en voegde me bij de andere medewerkers in hun verwoede pogingen de dieren die op het punt stonden gedood te worden, geplaatst te krijgen. Toen ik meer betrokken raakte, begon Laura-Ann me te pushen wat betreft euthanasie. Zou ik ertoe bereid zijn? Wat vond ik ervan? Ze is altijd op zoek naar mensen die ervoor opgeleid willen worden. Ik niet. Maar ik ben het ermee eens dat ieder ongewenst dier een humane dood verdient. Het probleem is echter dat dit voorrecht vooral geldt voor gezonde, adopteerbare dieren. Ze kan me geen ongelijk geven. Wie wel?

Vrijdag is het meestal euthanasiedag. Asiels met dierenartsen onder het personeel kunnen alle dagen van de week dieren afmaken, maar Columbia-Greene moet het vooral van vrijwilligers hebben. Het blijft moeilijk mensen voor die taak te vinden. Eén vrouw, een bevoegd deskundige, was na vijf jaar euthanasie op asieldieren volkomen opgebrand; ze werd depressief en kwaad. Ten slotte was het zo ver dat als een personeelslid haar iets vroeg over een euthanasiebeslissing, zij in huilen uitbarstte. Ze is er uiteindelijk maar mee gestopt.

Dieren euthanaseren, zeker in groten getale, is een veeleisende bezigheid en vereist een hoge mate van deskundigheid. Organisaties voor het welzijn van dieren houden workshops en bijeenkomsten waar nieuwe technieken, medicijnen en bekwaamheden worden uitgewisseld en besproken. Er zijn bijvoorbeeld verschillende manieren om dieren tijdens dit proces vast te houden. Sommige deskundigen zetten ze graag op een tafel, anderen willen beslist bij de dieren op de grond gaan zitten. Het is een medische kwestie of je het dier in hun poot of direct in het hart injecteert. Sommige mensen willen de dieren eerst een kalmerend middel toedienen; anderen doen dat liever niet omdat de dieren dan vaak gaan overgeven. De deskundigen bespreken onder elkaar de snelste manier om een geschikte ader te vinden.

Op een vrijdag komt Sue McDonough vrijwillig naar het asiel om dieren te euthanaseren. Haar werkwijze is zakelijk; het moet nu eenmaal gedaan worden en ze wil de lijdende dieren uit hun narigheid verlossen. Na een tijdje komt ze met een roodbruine cockerspaniël de euthanasiekamer uit: 'Deze hond maak ik niet af,' verkondigt ze. 'Ik zet hem op tafel en hij geeft een pootje. Ik ga geen beesten vermoorden die me eerst de hand willen schudden.' Als McDonough een hond niet wil afmaken, dan zij het zo.

De cocker was in een storm aangetroffen, vastgebonden aan een lantaarnpaal. Vroeg in de ochtend had een vrouw het dier horen jammeren en bracht hem in half bevroren toestand naar het asiel. Hij had vijf dagen achtereen in zijn kennel hevig zitten bibberen. De medewerkers noemden hem Jitters. Jitters werd Jangles en werd al op de eerste dag dat hij in de hoofdkennel zat geadopteerd. Toen ik een week later zijn nieuwe eigenaars belde, kwam ik niet meer van ze af; ze aanbidden de hond.

Wanneer Laura-Ann haar euthanasieronde doet, raakt haar personeel somber en van streek. Voor de eerste keer besluit ik met haar mee te lopen als ze een definitief oordeel velt over de katten. Dat doet ze dikwijls alleen, of samen met de asielmanager, Sue Pesano. In ieder asiel berust de macht bij degene die de autoriteit heeft om over leven en dood te beslissen. Laura-Ann wil die macht graag met Sue Pesano delen. 'Ik ben het zat altijd voor Magere Hein te spelen,' zegt ze tegen ons. Cammisa begint overspannen te raken. Pesano heeft, in tegenstelling tot Andrea Walker, geen overdreven compassie met mishandelde dieren; het is voor haar geen uitdaging ze te plaatsen. Laura-Ann drukt definitieve beslissingen zo snel mogelijk door, nog voor het personeel zich aan de dieren heeft gehecht. Niets is voor het kennelpersoneel zo deprimerend als het voeden en verzorgen van dieren, om ze vervolgens te verliezen; dat is een reden waarom mensen ermee stoppen.

Pesano heeft twee nesten uitgekozen die volkomen betoverend zijn. 'Ze zijn een beetje jong,' zegt de directrice direct, met een frons. Op alle kittens onder de zes weken wordt euthanasie toegepast. 'Ik weet ook wel dat ze jong zijn,' zegt Pesano zelfverzekerd, 'maar ze zijn gezonder dan de andere,' wijzend naar vier nesten in de buurt (vijftien kittens). Deze komen voor euthanasie in aanmerking omdat ze hetzij te jong of te ziekelijk zijn, of gewoon met de verkeerde kleur zijn geboren. Mensen realiseren zich helemaal niet dat er zoveel kittens zijn dat ze vaak op grond van hun kleur een spuitje krijgen. Zwarte katten zijn bijvoorbeeld algemener dan lapjeskatten; als er al drie zwarte katten op de adoptielijst staan en er komt er nog een binnen, kan het zijn dat hij of zij geen enkele kans maakt. Als het asiel vol zit kan één niesje voor een kat betekenen dat hij op de euthanasietafel terechtkomt, in plaats van bij de dokter.

De moeders van deze nesten worden allemaal voor adoptie vrijgegeven; twee zien eruit alsof ze pas zes maanden zijn. Het zijn baby's met baby's, net als veel tieners in het land. Laura-Ann kiest twee kittens uit een van de nesten die op de euthanasielijst staan. (Nu hoeven er maar dertien te sterven.) 'Kiezen uit een nest is een van de moeilijkste dingen voor me,' zegt ze, terwijl ze er bijna met haar ogen dicht twee bij hun nekvel grijpt. Zoals altijd is ze bezorgd om de leeftijdsbalans in haar adoptieruimten. Als de katten het daar eenmaal redden en gezond en tevreden blijven, zitten ze er maandenlang tot ze worden geplaatst. 'Ik wou dat ik ze allemaal een kans kon geven,' zegt ze, 'maar dat is een misplaatste wens.'

Er zit een langharige tijger. Hij is twee dagen geleden gekomen en werkelijk prachtig. Het is een oudere, gesteriliseerde zwerfkat, misschien drie of vier jaar oud. Pesano is elke vrije minuut die ze had bezig geweest met het weghalen van vlooien en teken, maar hij heeft er nog steeds last van. Zijn haar zit vol klitten en hij begint nu ook een soort huidprobleem te vertonen. Hij is een voor de hand liggende kandidaat voor euthanasie omdat hij tijd van het personeel en medische hulp vergt. Laura-Ann maakt zijn kooi open om met hem te praten, hem over zijn rug te aaien en zijn karakter te testen. Hij rolt om als een hondje, reageert op iedere aanraking en begint als een machine te spinnen. Hij vindt het goed dat ze door zijn vacht heen voelt om zijn huid te controleren, ze mag zelfs aan zijn nagels en zijn oren komen. Pesano kijkt me aan en slaat haar ogen ten hemel; ze is volkomen weg van hem. We hopen allebei dat deze Tom, Dick of Harry de inspectie doorstaat.

'Laten we hem Sylvester noemen en hem zo gauw mogelijk klaarstomen voor de adoptieruimte,' zegt de directrice, terwijl ze zijn kooi sluit.

Een jonge grijswitte poes, zo lief als het maar kan, doet het niet zo goed. Ze is zwanger. Zwangere poezen zijn de meest controversiële dieren in het asiel van Columbia-Greene. Ze krijgen of een abortus of een spuitje, afhankelijk van het moment, ruimte of geld en beschikbare dierenartsen. Cammisa laat geen enkel dier in het asiel jongen werpen. 'Waarom zou ik bijdragen aan die overbevolking?' zegt ze botweg. 'Dat heeft geen zin.'

'Maar heeft het zin om ze af te maken omdat ze zwanger zijn?' vraag ik.

'We hebben geen keus. Wat moet ik dán met ze?' antwoordt de directrice. Een katholieke ex-medewerkster zegt: 'Toen ik hier kwam werken was ik heel erg tegen abortus. Maar waarom zou je een moeder laten bevallen alleen maar om haar kittens te verliezen? Ik ben van mening veranderd.'

In het asiel van Columbia-Greene bestaat er slechts een zekere mate van gerechtigheid voor de dieren, toch is dit asiel oneindig veel humaner dan andere, waar het onveranderlijke criterium is hoe lang een dier er al zit. Mijn vriendin Karen Harris ging naar een asiel in New York City en viel voor een roodharige hond. Karen is kunstenares en dierenactivist; Gus, haar vizsla, is door en door verwend. Karens echtgenoot was er niet bij en ze vroeg aan de adoptieadviseur van het asiel of ze de volgende dag met hem kon terugkomen; ze wilde dat hij met de beslissing zou instemmen. Maar het asiel weigerde de hond nog een dag te houden. Als ze hem wilde, moest ze hem nú meenemen. In het asiel van Cammisa zou Karen de hond zelfs niet hebben meegekregen als ze niet met haar man was gekomen.

Er bestaat geen standaardcode waaraan het adoptie- of euthanasiebeleid moet voldoen. Nationale organisaties adviseren de asiels, stellen materiaal en opleidingen ter beschikking en beoordelen de accomodatie. (De HSUS, die in 1954 is opgericht, telt meer dan vijf miljoen leden.) Maar elk asiel is een onafhankelijke instelling en legt vooral rekenschap af aan de plaatselijke gemeenschap, niet zozeer aan een nationaal instituut. Op dit ogenblik woedt er een oorlog over euthanasie. Een heleboel asiels stoppen met deze kant van hun werk en laten het aan anderen over. Als je een 'no kill-asiel' wordt, zoals dat heet, haal je meer geld binnen en maak je vrienden in de omgeving. De mensen willen zich kunnen troosten met de gedachte dat ze hun dier aan een instelling geven die ze laat leven. Dan blijft nog de vraag of dat nu kwaliteit van leven is, jaar in jaar uit in een kooi.

Een no kill-asiel opent zijn deuren niet voor ieder dier, in tegenstelling tot Columbia-Greene. Dergelijke instellingen letten goed op en zijn selectief in wie ze binnenlaten. Ze houden er wachtlijsten op na. Jonge, adopteerbare dieren zijn het meest gewenst in elk asiel, omdat ze snel komen en gaan. Soms weigeren no kill-instellingen dieren en laten ze aan de genade van hun eigenaars over. Ironisch genoeg worden de dieren die het het meest nodig hebben afgewezen. Toen een asiel in Ulster County, op de westelijke oever van de Hudson, pasgeleden ophield met euthanasie en dieren begon te weigeren, kreeg Columbia-Greene de grote stroom te verwerken.

Als asiels dieren afwijzen, moeten mensen een alternatief zoeken. Asiels in de grote stad, die duizenden dieren opnemen, kunnen geen enkel dier afwijzen, tenzij de stad een alternatieve oplossing biedt, zodat ze ergens heen kunnen. In New York City stopte de ASPCA met hun taak van populatiebeheersing (opname en euthanasie) voor de stad en ging verder als een no kill-instelling. Zij richtten zich op adoptie, opleiding en bestrijding van dierenmishandeling. Daardoor werd de overheid gedwongen een nieuwe instelling te openen die het andere werk op zich nam. Als één asiel stopt met de euthanasieroutine, moeten de andere de vuile was doen.

'De instellingen die geen euthanasie plegen, zouden overstroomd worden als er niemand was die het voor ze deed,' geeft Sara Whalen toe, 'maar ik zelf kan het gewoon niet.' Whalen leidt Pets Alive, een dierenopvangcentrum in Middletown, New York dat op volle toeren draait. Zij weet heel veel van dieren, het publiek en asielkwesties af. Whalen weigert bepaalde dieren zonder met haar ogen te knipperen, brengt ze ergens anders onder en houdt wachtlijsten bij. Haar kennel is niet open voor het publiek; ze plaatst dieren op afspraak. Het is moeilijker door de screening van Whalen te komen dan door het spreekwoordelijke oog van de naald. Als een boodschap op het antwoordapparaat haar niet aanstaat, beëindigt ze de gespreksronde al voor hij begonnen is. De mensen bellen Whalen als er dieren in moeilijkheden verkeren; ze staat erom bekend dat ze bereid is 'agressieve honden' op te nemen, die anders zouden worden afgemaakt. Bij één gelegenheid kreeg ze tweeëndertig pitbulls uit een politie-inval. Whalen financierde de medische hulp van de honden en hield ze. 'Pitbulls plaats ik niet,' zegt ze, 'die worden toch alleen maar mishandeld.'

Whalens werkwijze is controversieel, evenals anderen die een no kill-asiel leiden. Sommige mensen menen dat de kwaliteit van leven voor de honden en katten onder de maat is; anderen staan in de rij om haar hun huisdieren te brengen. Whalen heeft honderdveertig katten. Volgens een verslaggever zaten er in een asiel in Elmsford, New York, zoveel honden, dat ze met z'n tweeën in een kooi moesten zitten (in de meeste asiels een zonde) en buiten aan de ketting lagen. Die boften nog; anderen lagen in de gangen, en zelfs in de verwarmingsruimte van het asiel.

Er bestaan allerlei soorten opvang en no kill-instellingen voor honden, katten, paarden, varkens en zo ongeveer ieder ander dier. Deze beweging groeit. Sommige mensen reserveren grote bedragen in hun testament om hun dieren naar dierenopvangcentra te sturen, waar ze in leven blijven tot ze een natuurlijke dood sterven. In zo'n instelling zijn katten welkom vanaf ongeveer drieduizend dollar; honden kunnen zich inkopen vanaf vijfduizend dollar. Mensen willen ervoor betalen om hun dieren in leven te houden, zelfs als de katten hun jaren moeten uitzitten in een kooi en de honden in een kennel. Sommige opvangcentra bieden veel ruimte, andere weinig. Er zijn erbij die de honden in groepen vrij laten rondrennen op grote omheinde stukken land, alsof ze terugkeren naar het leven in het wild. Elke opvang heeft een iets andere benadering van de behoeften van dieren.

Deze instellingen worden geleid door mensen binnen de dierenwelzijnsbeweging die pro-leven zijn. In deze beweging staan groepen lijnrecht tegenover elkaar wat betreft euthanasie, evenals de mensen verdeeld zijn over het schaap Dolly of de stier Herman. Maar je kunt je niet voorstellen, gezien de onverschilligheid van het grote publiek wat betreft de bevolkingscrisis van huisdieren, wat er met de dieren zou gebeuren als er een verbod op euthanasie kwam. Alle asiels, wat hun afzonderlijke opvattingen ook mogen zijn, nemen al meer dieren op, zeker katten, dan ze in feite kunnen behappen. Als elk asiel ertoe over zou gaan dieren te weigeren, zouden ze verwilderd door de straten rennen, ziekten verspreiden en zich zonder onderscheid vermenigvuldigen, wat in veel derdewereldlanden dan ook gebeurt. Sommige activisten geloven dat de situatie écht enorm uit de hand moet lopen, voordat het publiek wakker wordt en oog krijgt voor deze betrekkelijk onzichtbare crisis.

Maar als men de controle op de aanwas van huisdieren humaan en effectief wil houden, is het antwoord ook niet gewoon alle overtollige huisdieren af te maken. Asiels en scholen, vooral die waar de leerlingen tijdens biologieles nog steeds kikvorsen ontleden, moeten hun krachten bundelen voor een opleiding in humaniteit. De wetten die de dieren beschermen en emanciperen, moeten veranderen. Mensen moeten gestraft worden als ze hun dieren in de steek laten, kwaad doen, op een onmenselijke manier slachten of ongeremd fokken voor commerciële doeleinden.

Op dit moment is er nauwelijks een dialoog tussen de asiels en particuliere dierenbezitters over bredere kwesties, zoals de wettelijke status van dieren, op eigen houtje fokken of het verplicht stellen van sterilisatie voor alle dieren. De asiels zelf zijn onderling zo verdeeld over de kwestie van euthanasie, dat het publiek denkt dat er twee soorten asiels zijn: asiels die dieren afmaken en asiels die het niet doen. Natuurlijk gaan de mensen ervan uit dat de laatste humaner zijn. Maar dat is vaak niet het geval. De kwaliteit van leven voor dieren in een no kill-asiel kan even pover zijn als in een asiel met 'volledige dienstverlening'. Asiels die elk dier moeten redden, worden over het algemeen overlopen. Veel mensen die uit hoofde van hun beroep met dieren omgaan, vinden het een daad van wreedheid dieren te houden die aan het kennelsyndroom lijden. Bovendien doden zogenaamde no kill-asiels wel degelijk; ze hangen het alleen niet aan de grote klok.

De kwaliteit van leven waarin een instelling voor zijn gasten voorziet is een belangrijke kwestie. De beste asiels die ik heb gezien, verlossen dieren die ziek of agressief zijn snel en op humane wijze uit hun lijden. Het leven van adopteerbare dieren wordt alleen beëindigd als ze alle kansen hebben gekregen, zonder beperking van hun opvangtermijn. Redders en vrijwilligers helpen bij het plaatsen van dieren of brengen ze onder in een pleeggezin als dat mogelijk is, om euthanasie te voorkomen. Toch zal euthanasie, zo lang er te veel dieren zijn, altijd een onwelkom, maar noodzakelijk onderdeel blijven van de controle op de dierenpopulatie.

Fatsoenlijke no kill-asiels en particuliere redders die hun instelling niet te vol laten lopen hebben het vreselijk moeilijk als ze dieren moeten weigeren.Voor hen is sterilisatie van elk levend wezen een haast religieuze noodzaak. Of een asiel wel of geen euthanasie toepast zou wel eens minder belangrijk kunnen zijn, dan het plaatsen van ongesteriliseerde dieren; een asiel dat zoiets doet schaadt de beweging en de dieren.

'De mensen denken dat we het leuk vinden euthanasie op dieren toe te passen,' merkte Joan Silaco, een voormalige medewerkster van het asiel, een keer op. 'We hebben geen keus. Als wij het niet doen, doet een ander het wel. Zou het publiek daar blij mee zijn?'

Het grote publiek is nogal hypocriet en blijft opzettelijk onkundig wat deze kwestie aangaat. Als eigenaars die afstand van hun dieren komen doen, te horen krijgen dat zieke dieren hier onmiddellijk het gevaar lopen dat er euthanasie op ze wordt toegepast, laten zij de dieren vaak desondanks achter. Vanuit hun standpunt bezien kosten alternatieve oplossingen te veel tijd en geld.

'Ik heb op één avond zevenentwintig dieren een spuitje gegeven, waaronder een jonge zwarte hond die zware longontsteking had,' herinnert Andrea Walker zich. 'Ze had behandeld kunnen worden, maar het asiel zat vol en er was geen ruimte om haar warm en afgezonderd te houden. Diezelfde avond stond ik in de supermarkt bij de kassa te wachten en zag het stel dat de hond was komen brengen vlak voor me staan. Ik hoorde hen overleggen wat voor soort hond ze nu zouden gaan kopen! Ze stonden Samoyeds tegen golden retrievers af te wegen en spraken af wanneer ze naar de dierenwinkel zouden gaan. Een uurtje daarvoor had ik hun hond in mijn armen gehouden en haar het leven benomen.

Toen zag de vriend van dat meisje mij,' vervolgt Andrea. 'Ze kwamen naar me toe en zij vroeg: "Hoe gaat het met Daisy? Het is zo'n lief hondje. Jullie zullen geen moeite hebben haar te plaatsen."' Andrea had ze allebei wel kunnen wurgen. In plaats daarvan glimlachte ze en zweeg. Toen was ze naar huis gereden, had een paar kaarsen aangestoken en een lang, heet bad genomen. Dat is het ritueel dat Walker heeft bedacht om te kunnen slapen na een dag van euthanasie.

Er zijn weken dat ik het verschrikkelijk vind in Columbia-Greene. Dan wil ik gaan schreeuwen tegen iedereen die binnenkomt om maar wat rond te neuzen, of met zijn kroost de middag door te komen, om vervolgens met lege handen weer te vertrekken. Ze hebben altijd wel iets op of aan te merken op de voorraad huisdieren: ze zijn te groot, te klein, te lelijk, te oud. Ongeveer vijftien procent van de honden en katten die nu in de huizen van de mensen wonen zijn uit het asiel gekomen. Mensen willen nieuwe huisdieren, geen tweedehands. Voorvechters van dierenrechten daarentegen vinden op hun beurt dat mensen geen huisdieren zouden mogen houden –

helemaal geen. Ingrid Newkirk, mede-oprichtster van de PETA, heeft gezegd: 'Je hoeft geen eekhoorns en spreeuwen te houden om van ze te genieten.'

De vijandelijkheid tussen asielmedewerkers en het publiek is wederzijds en lijkt onoverkomelijk te zijn. Het is een vicieuze cirkel. Asielmedewerkers worden doodziek van mensen die zonder enige gewetenswroeging hun dieren komen dumpen, de mensen haten de asiels omdat ze dieren afmaken en degenen die een dier komen adopteren vol eigendunk bejegenen. Het is een onmogelijke, haast schizofrene toestand. Het asielpersoneel besteedt de helft van de tijd aan het beschermen en de andere helft aan het doden van dieren.

De animositeit tussen asiels en publiek is begrijpelijk, maar ook gevaarlijk. De asiels moeten zich beter kwijten van hun taak het contact met de gemeenschap te onderhouden. Ze moeten meer zijn dan alleen een bureau voor dierenadoptie, of een abortus- en sterilisatiekliniek. Ze moeten centra voor humanitaire opvoeding worden – scholen, zo je wilt – waar een breed scala aan dierenvraagstukken wordt behandeld.

Mijn eigen standpunten omtrent de maatschappelijke verhoudingen tussen mens en dier slingeren heen en weer, terwijl ik enig gevoel voor proportie tracht te handhaven. Het is duidelijk dat dierenwinkels en fokkers een groot deel van het probleem vormen. De wet beschouwt gezelschapsdieren als eigendom, als voorwerpen die je kunt kopen en verkopen, voor een deel een nauwkeurige afspiegeling van hoe mensen over huisdieren denken. Inmiddels begin ik te beseffen dat er niets zal veranderen, zo lang mensen veel geld aan dieren kunnen verdienen. Onze huisdierenindustrie drijft een economie aan, die gebaseerd is op onze onverzadigbare behoefte aan onvoorwaardelijke liefde.

Waren dieren zo'n honderd jaar geleden nog hardwerkende leden in een huishouding, vooral op boerderijen, zo overbodig zijn honden en katten vandaag de dag. Er zijn er maar een paar die worden opgeleid voor speciale dienstverlening, zoals blindengeleidehonden, of douanehonden op vliegvelden die drugs kunnen opsporen, of speurders naar overlevenden bij natuurrampen. Maar de meerderheid van de huisdieren is er om naar eigen goeddunken over te beschikken, als gezelschap voor in de vrije tijd, of als statussymbolen die aan de ketting in de voortuin liggen. Ze zijn er alleen voor ons plezier. Als ze geen plezier meer geven, worden ze weggedaan. Dan wil het publiek ze gewoon kwijt.

Het is moeilijk greep te krijgen op de schandalige behandeling van dieren in een cultuur die volledig toegespitst is op fantasieën over ‘je goed voelen’ en wild idealistische sprookjes aangaande onze relatie tot ons huisdier. Er wordt een markt gecreëerd, die tot in de details inspeelt op het overspannen idee, dat als we onze huisdieren in de watten leggen, zij ons dolgraag een wederdienst willen bewijzen. We kunnen gourmetvoedsel voor ze kopen; speciale riemen waardoor ze niet stikken; halsbanden met siersteentjes; speelgoed voor ieder ontwikkelingsstadium; alle mogelijke nieuwe snufjes, waaronder koekjes tegen slechte adem en speciaal ontworpen etensbakken voor honden met lange oren, korte halzen of ongewone hoogte. Er zijn homeopathische dierenartsen, dierenmasseurs, acupuncturisten die met paarden werken en een variatie aan therapeuten die ze allerlei irritante gewoonten afleren.

Een huisdier bezitten opent deuren naar geheel nieuwe, sociale kringen. Mensen ontmoeten elkaar bij de hondenclub, de hondenrennen, reddingsorganisaties, scholen, shows en zelfs bij de asiels waar ze als vrijwilliger gaan werken. Vrijgezellen die een partner zoeken, kunnen de relatiebemiddelingsbureaus en de contactadvertenties overslaan. Mijn broer zei pasgeleden nog tegen me: ‘Zoek je een leuk meisje? Neem een puppy.’

Op het Internet wordt meer over huisdieren gebabbeld dan over kinderopvoeding. Er zijn mensen die urenlang gegevens uitwisselen over rassen, rastypische gedragsproblemen, of over het meest recente exotische huisdier dat ze in huis willen halen. De ene avond plannen de chinchillaliefhebbers een on-line vergadering; de volgende avond de emoefokkers. Dakloze dieren kunnen een nieuw baasje vinden via interactieve websites, opgezet door asiels, fokkers en redders. En dierenliefhebbers kunnen over hun huisdieren met een deskundige spreken – een dierenarts, inspecteurs van de dierenbescherming, fokkers of africhters – je kunt natuurlijk ook luistervinkje spelen bij deze conversaties.

De media zijn oververzadigd met de obsessie voor dieren, vooral de reclame-industrie. Dieren worden schaamteloos misbruikt om ons kleding, auto’s, rolschaatsen, sigaretten, benzine of een reis naar de Bahama’s aan te smeren, even naakt als de vrouwen vroeger, vóór onze emancipatiebeweging. (Vrouwen doen dat natuurlijk nog steeds, maar we staan niet alleen en we weten waar we staan.) We kunnen er gerust van uitgaan dat de dieren een goed geïntegreerd onderdeel van onze samenleving zijn.

Hoe overtuig je mensen in een maatschappij, waarin ze het al moeilijk vinden in te zien dat andere mensen hulp nodig hebben, ervan dat dieren hulp nodig hebben? Anderzijds vinden veel mensen het gemakkelijker medeleven met dieren op te brengen dan met andere mensen. Het lijkt alsof er twee verschillende werelden van dierеneigenaars bestaan. Er zijn er die hun dieren overdreven vertroetelen en er zijn er die hun dieren martelen. Deze groepen zijn niet netjes ingedeeld naar klasse of financiële welstand. Lori Beckers hanteert graag de indeling in 'arme mensen' en 'schorem'. De eerstgenoemden geven eerst hun dieren te eten en dan pas zichzelf. De laatstgenoemden, rijke eigenaars incluis, laten hun huisdieren creperen, terwijl hun kasten uitpuilen.

Toen Jennifer en Paolo Gucci (van het Italiaanse modehuis) gingen scheiden, moest hun paardenboerderij met Arabische paarden in Columbia County het ontgelden. Paolo stopte met betalen voor de paarden en zijn vrouw. Ten slotte moest Jennifer de dierenbescherming erbij halen om toezicht te houden op de zorg voor de dieren.

Het houden van een dier kan heel duur zijn, maar geldgebrek is niet de belangrijkste reden dat mensen hun hond of kat opgeven. Het komt doordat ze zo weinig waarde toekennen aan een dier. Als alle lieden in Columbia County die het asiel hebben verteld dat ze gingen verhuizen, ook werkelijk waren verhuisd, zou er in dit gebied geen sterveling meer wonen. Er bestaan goede redenen om afstand te doen van je huisdier, maar de wijdverbreide instelling dat je ze gewoon kunt weggooien als een papieren bekertje, moet veranderen. Telkens wanneer een gezin een huisdier bij het asiel komt brengen, leren kinderen dat levende wezens geen intrinsieke waarde bezitten.

Op een middag in de herfst komt een man met twee kinderen van onder de tien jaar het asiel binnen. 'Nemen jullie ook konijnen op?' vraagt hij aan mij. 'Jazeker,' antwoord ik. 'Wat is het probleem?' Hij verklaart dat hij in een appartement in New York City woont en dat zijn konijn op het balkon poept. Hoewel zijn gezin daar niet zo'n punt van maakt, krijgt zijn buurman een beroerte van de lucht die door zijn raam naar binnen waait. Hij had aanvankelijk zelfs twee konijnen gekocht, een mannetje en een vrouwtje, in een dierenwinkel om de hoek van het asiel, in de buurt van zijn weekendhuis.

Terwijl hij het overdrachtsformulier voor Kirby invult, zie ik dat het konijn op Fifth Avenue heeft gewoond. Waarschijnlijk heeft hij daar zitten knabbelen op jong groenvoer en heerlijke hapjes voor de fijnproever. Ik vraag de man of hij het vrouwtjeskonijn nog steeds heeft. Hij legt uit dat Kirby haar non-stop begon te bespringen en dat ze hem hebben laten behandelen door dokter Susan Tanner, een van de weinige dierenartsen in Columbia County die bereid is konijnen te steriliseren. Maar tot hun grote ergernis ging het hopsen gewoon door, zodat ze het vrouwtje hebben teruggebracht naar de dierenwinkel. 'Ik probeerde Kirby ook terug te laten nemen, maar de winkel weigerde dat. Nu hebben we nog steeds een probleem met de buren,' vertelt hij.

Terwijl ik me afvraag of hij ervan op de hoogte is dat je een konijn ook kunt leren op een bak te gaan, net als katten, stel ik de voor de hand liggende vraag: 'Waarom houdt u het konijn dan niet binnen?'

'Moet u luisteren,' zegt hij, 'ik heb de kinderen gezegd dat zij het moeten opruimen als Kirby heeft gepoept of dat hij anders de deur uit moet. Ik ben het zat. Ze hebben niet voor hem gezorgd. En daar is de kous mee af.'

De man geeft zijn kinderen de schuld van deze kleine tragedie. Maar wie had die konijnen nou eigenlijk gekocht? Is hij dan niet medeverantwoordelijk voor hun welzijn? Kinderen doen allerlei beloften waar ze zich niet aan houden. (Neem bijvoorbeeld het opruimen van hun eigen kamer.) Waarom nemen ouders aan dat een kind de volle verantwoordelijkheid voor een huisdier kan dragen? Deze vader wil zijn kinderen leren dat hij een man is die woord houdt. Maar van het standpunt van de dierenbescherming uit gezien, is de les die ze waarschijnlijk hebben geleerd, dat je een huisdier de deur uit kunt doen als het lastig wordt.

Het konijn vertrok naar een gezin waar het meer op prijs werd gesteld en daar leerde hij op de bak gaan. Nu holt Kirby vrij rond (binnenshuis), samen met andere konijnen en katten.

Gedurende perioden dat er een terugloop is in de stroom van dieren bij het asiel, denk ik eraan waarom dit soort plaatsen er moeten zijn. Ik denk er ook aan waarom wij dieren in ons leven nodig hebben. Achter mijn balie vang ik soms een glimpje op van het leven van mensen die hun baan, hun familie, hun thuis, hun gezondheid hebben verloren en dan verliezen ze ook nog hun trouwe vrienden. Hun huisdier was vaak het enige wat ze nog hadden. Voor hen is het besluit om hun hond of kat naar het asiel te brengen een kritiek stadium. Zonder een dier zijn sommige mensen werkelijk heel eenzaam. Zij hebben geen warm schepseltje dat hen thuis opwacht aan het eind van een lange dag, dat hun leven een beetje opvrolijkt en dat voor sommigen het enige is dat het leven nog de moeite waard maakt.

Een oudere vrouw van minstens vijfenzeventig, met een elegante strohoed op, komt met een kattenmand, krabpaal en een zak voer het asiel binnenlopen. Deze vrouw heeft een oprecht hartelijke uitstraling. Ik kan haar voor me zien, zoals ze op zondag met haar kennissen in de kerk zit, of zich vooroverbuigt om een appeltaart uit de oven te halen. Maar er is iets helemaal mis. De vrouw is helemaal alleen, zichtbaar zenuwachtig en van streek. Ze vertelt dat ze haar hele leven in Hudson heeft gewoond en dat haar kinderen over het hele land verspreid wonen. Na meer dan vijftig jaar in hetzelfde huis te hebben gewoond is ze kortgeleden overvallen. Alles wat ze aan waardevolle dingen bezat is meegenomen. Ze weet niet wat ze moet doen of waar ze terechtkomt. Ze is doodsbang voor de toekomst. Nu is het kleine zwartwitte katje, dat ze pasgeleden bij zich in huis had genomen, een probleem geworden. Ze wil dat de kitten een beter leven krijgt dan zij haar kan bieden. 'Ze is nog zo jong,' zegt de vrouw tegen Sylvia Lehtinen, een nieuwe adoptieadviseuse, en ze barst in tranen uit. 'Kunt u een tehuis voor haar vinden nu ze nog een kans heeft op te groeien met een gevoel dat er van haar gehouden wordt?'

'Natuurlijk doen we dat,' antwoordt Sylvia, die zich niet goed kan houden en ook begint te huilen. 'Maakt u zich maar geen zorgen.' Vanaf nu zijn de zorgen voor Sylvia. Zij moet ervoor zorgen dat het poesje zodanig aan het publiek wordt gepresenteerd dat de mensen haar kooi willen openen en haar in hun armen nemen. Misschien komt de foto van het poesje in de krant; misschien kan ze ook mee naar een huisdierenmarkt en contact leggen met een voorbijganger. Haar naam is Eve. Later blijkt dat er een tehuis voor haar gevonden is.

Alexis, een geredde pitbull.
Nu therapeutisch werkzaam

NAWOORD:

Het geschikte huisdier

HET IS GEEN GEHEIM dat wij een huisdier nemen om de kwaliteit van ons eigen leven te vergroten. Maar als het daarom gaat, moeten we ze wel met respect behandelen. Mensen die met huisdieren zijn opgegroeid, nemen vaak aan dat ze weinig zorg nodig hebben. Dat is een sprookje. In je jeugd was het hebben van een huisdier heel gemakkelijk, omdat je ouders al het werk deden. Maar goed voor je dieren zorgen, of het nu een kleine vis in een kom of een grote volbloed is, vereist een aanzienlijke investering in tijd en geld. Ook het houden van tropische vissen vergt onderhoud; je moet bijna een amateur-ichthyoloog zijn om een gezond leefmilieu in je aquarium te handhaven.

Dieren hebben tijd nodig om zich aan te passen aan hun nieuwe woonomgeving. Jonge huisdieren verlangen in hun eerste levensjaren meer aandacht, tot ze binnen de grenzen van hun nieuwe leefomstandigheden hebben leren leven. De meeste honden sluiten snel vriendschap met hun baas, maar als ze te vroeg alleen gelaten worden kunnen ze nerveus gedrag gaan vertonen dat ze (en jezelf) jaren blijft kwellen. Katten zijn van nature onafhankelijker, maar ook zij hebben tijd nodig om de beperkingen van hun nieuwe omgeving te aanvaarden. De reden waarom er zoveel jonge dieren in een asiel zitten, is dat mensen ongeduldig worden en het opgeven, voordat hun huisdier de tijd heeft gekregen te integreren in het leven van hun eigenaar. Zulke mensen moeten om te beginnen al geen huisdier nemen.

Wees er zeker van dat je om de goede redenen een huisdier neemt. Ieder kind dat naar de film gaat of televisie kijkt wil natuurlijk een huisdier en tonnen snoep. Snoep kun je binnen de perken houden. Maar als je eenmaal een puppy in huis hebt gehaald, gaan de behoeften van het dier niet over, ook al ebt de belangstelling van je kind weg. Als je kinderen een hond willen, maar jijzelf niet – *neem dan geen hond.* Als je hem hebt aangeschaft alleen omdat je kinderen het zo leuk vinden, krijg je een hekel aan de hoeveelheid werk die het dier van je eist: je moet hem uitlaten, laten rennen, eten geven, africhten, zijn vacht verzorgen en door de dierenarts laten behandelen. Met een dier in huis moet je nog meer op je jonge kinderen letten. En als je op vakantie gaat zal er toch iemand moeten zorgen dat je dieren te eten krijgen.

Als je denkt dat het het goede moment is om een huisdier te nemen, hoop ik dat je eerst naar het asiel gaat. Gezien de variatie aan dieren in de meeste instellingen, zijn de kansen om de juiste hond of kat te vinden uitstekend. Als je ervan uitgaat dat de 'beste' dieren in het asiel door de medewerkers en insiders al afgeroomd zijn, heb je het absoluut mis. Bij Columbia-Greene nemen de medewerkers juist de niet-adopteerbare dieren mee om ze van euthanasie te redden. De jongste, gezondste en schattigste huisdieren zitten er op jou te wachten.

Sommige mensen mijden het asiel, vanwege de reputatie dat ze er rigide adoptieprocedures op nahouden. Ik heb nooit een aanvraagformulier gezien dat niet binnen een kwartier in te vullen was. Als je dit boek hebt gelezen, weet je dat er goede redenen zijn voor een dergelijk beleid. Een strikt adoptieprotocol is dikwijls een aanwijzing dat je met een kwalitatief hoogstaand asiel te maken hebt. Als je afstand van een dier hebt gedaan, in plaats van er een te adopteren, zou je ook graag willen dat je huisdier zo zorgvuldig mogelijk geplaatst wordt, nietwaar?

Voordat je een asiel bezoekt, moet je een paar dingen in verband met je leefsituatie goed overwegen. Woon je in de stad of op het platteland? In een flat of in een vrijstaand huis? Zijn er kinderen? De meeste families zoeken een raszuiver dier dat zó in de film kan meedoen. Voordat je zelfs maar in overweging neemt om een ras te nemen, moet je eerst nadenken of je een jong of een volwassen dier wilt. Denk niet dat je een puppy of een kitten móét nemen omdat die zo schattig zijn en dat oudere dieren te veel bagage meebrengen. Dat is gewoon niet waar. Oudere dieren zijn vaak afgericht, gehoorzamer en over het algemeen ontvankelijker voor mensen. Dikwijls doen ze het ook beter met kinderen. Puppy's behandelen kinderen als hun eigen nestgenoten; er wordt voortdurend gehapt en geknauwd – en dat met tandjes zo scherp als scheermesjes.

Natuurlijk moet je, als je toch een puppy wilt nemen, tijd vrijmaken om hem af te richten. Lees nog voordat je de hond mee naar huis neemt, een aantal boeken. (Kijk eens in de bibliotheek, of vraag de dierenarts of het asiel naar een paar goede titels.) Deelname aan een basiscursus gehoorzaamheidstraining is de snelste en effectiefste manier om een hond af te richten. Het verhaal dat oudere honden niets nieuws meer kunnen leren is volstrekt ongefundeerd. Honden van alle leeftijden bloeien op tijdens de lessen, waar ze met hun eigen soort samenkomen en kunnen werken voor een lekker hapje. Er bestaan vele niveaus van training en vaak blijven mensen jarenlang met hun hond werken. Het is namelijk ook leuk. Africhten is ook een ideale manier om een hechte band met je nieuwe hond te smeden.

Bepaal hoeveel tijd je werkelijk in een hond wilt steken. Hoeveel uur per dag ben je niet thuis? Wees realistisch – iedereen moet werken voor zijn levensonderhoud. Als je de hele dag weg bent, wil je misschien een hond die al zindelijk en voor een deel afgericht is. Vraag aan een asielmedewerker welke honden langdurig alleen gelaten kunnen worden, voordat ze de boel afbreken. Je zult met zo'n hond een korte periode van overgangsproblemen moeten doormaken, maar ze wennen veel sneller dan puppy's.

Dergelijke overwegingen vooraf maken de selectieprocedure gemakkelijker en bepaalde dieren vallen daardoor meteen al af. Misschien kom je tot de conclusie dat een kat beter in je leven in te passen is dan een hond. Katten stellen het op prijs als ze tijdje alleen kunnen zijn. Ze hebben andere verlangens.

Zorg dat je op de hoogte bent van verschillende rassen. Honden en katten zijn eeuwenlang op bepaalde eigenschappen en karaktertrekken gefokt; deze zullen zich dan ook in zekere mate manifesteren, ondanks kruisingen in de ouders of voorouders. Laat je niet leiden door de wijdverbreide verhalen over honden. Pitbulls zijn niet inherent vals (hoewel hun baasjes dat misschien wel zijn); hazewindhonden zijn niet geboren om te rennen. Pitbulls zijn inderdaad niet de geschikte hond voor iedereen, maar ze zijn wel extreem intelligent en trouw; hazewindhonden zijn schoothonden en fantastische huisdieren. Als je buiten woont, kun je een hond met herderskwaliteiten in overweging nemen, anders kan het zijn dat je bordercollie, herder of Australische herdershond gaat bijten naar de hielen van joggers in het park.

Als je een kenner bent en je hebt je hart gezet op een Saluki of borzoi (twee rassen uit de vele die je niet vaak in een asiel zult tegenkomen), bel dan hun reddersvereniging. (Meestal kun je via het Internet contact met hen opnemen, of via het plaatselijke asiel.) Als je een puppy wilt en er zijn er geen beschikbaar, moet je op een wachtlijst gaan staan of naar een fokker gaan.

Mijn vriend Ernie houdt van zijn basset hound, Sugar Ray, als was het zijn eigen zoon. Laatst vroeg hij mij of het immoreel is om naar een fokker te gaan voor een hond. Niet helemaal. Ik vind het immoreel dat fokkers honden fokken als in een legbatterij en dat ze ze via een postorderbedrijf vervoeren en bij dierenwinkels afleveren op een manier die ver beneden peil is. Het probleem is dat de meeste fokkers meer honden voortbrengen dan ze particulier of via de dierenwinkel kunnen verkopen. Zo houden ze dikwijls tientallen honden over, die hun leven lang in een kleine kooi moeten doorbrengen. Zodra het fokken gebaseerd is op geldelijk gewin, moeten de dieren eronder lijden.

Er zijn ook veel te veel particulieren die met hun dieren fokken uit een combinatie van liefde en onnozelheid. Ze kennen de stamboom niet, weten niet hoe ze de geschikte dekpartner moeten vinden en ze zijn niet op de hoogte van de procedures voor het zorgvuldig plaatsen van de nakomelingen. Dat zijn mensen die een advertentie in de krant zetten als ze niet via mond-tot-mondreclame van hun puppy's af kunnen komen. Natuurlijk zijn er bonafide fokkers die op een humane manier te werk gaan en geen overvloed aan worpen kennen. Waarom zouden ze, als er toch al miljoenen ongewenste dieren in de asiels zitten?

De meeste mensen willen graag een aanhankelijk huisdier en voor dat doel zijn kruisingen zeker zo goed als rashonden – soms zelfs beter. Kruisingen zijn er in alle maten, kleuren, vormen en leeftijden. Er is geen reden om automatisch naar een fokker te stappen als in de asiels uitstekende huisdieren moeten worden afgemaakt.

De mensen mijden asiels omdat ze menen dat het er vies en lawaaiig is. Maar in Columbia-Greene is het bijvoorbeeld schoner dan in veel dierenwinkels die ik in New York City heb bezocht. Niettemin bieden asiels onderdak aan meer dieren dan winkels en het kennelmilieu is afgestemd op de dieren, niet op de klant. Een asiel hoeft niet te stinken, tenzij de medewerkers hun werk niet goed doen. Maar je moet wel voorbereid zijn op het lawaai. Honden die in het asiel zitten zijn geneigd constant te blaffen, voornamelijk om niet dol te worden van de verveling. Zo gauw er één begint, volgt de rest meestal direct. Veroordeel ze niet om het feit dat ze zich als honden gedragen.

Het kan een zeer leerzame ervaring zijn een hond van het asiel uit te zoeken. Als het mogelijk is zal het personeel de adopteerders begeleiden, de plus- en minpunten van de afzonderlijke dieren, het ras en hun voorgeschiedenis met hen bespreken. Mensen hebben behoefte aan een bepaald soort dier en hechten vaak een sentimentele waarde aan een bepaald ras. Sommige mensen houden meer van labradors dan van retrievers of hebben een zekere affiniteit met jachthonden. Anderen kiezen daarentegen een hond (meestal eentje met poedel- of terriërbloed in de kruising) die niet verhaart.

Mensen komen vaak voor een waakse hond, maar praktisch iedere hond wordt, zodra hij deel van het gezin uitmaakt, beschermend. Ze blaffen haast allemaal zodra er een vreemde aankomt. Toch zijn er ook onderdanige honden die een binnenkomer doodlikken in plaats van hem naar de keel te vliegen. Als het je werkelijk om de veiligheid van je bezittingen te doen is, neem dan een dominant ras, als een herder, dobermann of rottweiler. Niet dat deze honden agressief zijn, maar een inbreker gaat er vaak onterecht vanuit dat het zo is. Bedenk wel dat het houden van een dominant ras meestal inhoudt dat je je aansprakelijkheidspremie moet verhogen. Deze honden moeten ook consequent afgericht worden.

Veel gezinnen zoeken gewoon een lobbes die lief is voor de kinderen. Als je kinderen onder de tien jaar hebt, is het verstandig het asiel een lijst te vragen met beschikbare honden die kindvriendelijk zijn. Dominante rassen, dalmatiërs, cockerspaniëls en kleine terriërs houden meer van volwassenen, tenzij ze met succes in een omgeving met kinderen zijn opgegroeid.

Denk na over de omvang van het dier dat je wilt hebben. Als je in een kleine woning in de stad woont, zonder een open ruimte waar een hond kan rennen, haal dan geen sint-bernard in huis, of wat voor hond dan ook die veel lichaamsbeweging nodig heeft. Alle honden hebben de behoefte om te rennen, maar kleinere soorten hebben daar minder ruimte voor nodig. Als je op de vijfde verdieping woont zonder lift, vergeet dan de basset hound of iedere andere zware hond op korte poten; die hebben het al moeilijk genoeg op vlak terrein.

In ieder asiel kom je dieren tegen die mishandeld zijn. Typerend voor deze honden is dat ze teruggetrokken en kopschuw zijn; je merkt het als je je hand naar ze uitstrekt, dan deinzen ze terug. Soms moet je ze zelfs extra lokken voor ze naderbij komen, maar dat zijn vaak kleine problemen die verholpen kunnen worden. Zo gauw een dier ervan overtuigd is dat je het geen kwaad wilt doen, zal het je gaan vertrouwen. Er bestaan ook specifieke asielproblemen. Stress, verandering van dieet, zelfs de chemicaliën die gebruikt worden om de kennels schoon te maken kunnen huidirritatie, haaruitval, of hyperactiviteit veroorzaken. Het is altijd goed om een deskundige te raadplegen – dierenartsen of africhters – maar al deze problemen behoren te verdwijnen zodra het dier het asiel uit is. Soms zijn de meest gespannen honden ook de meest relaxte zodra ze het asiel verlaten hebben.

Voordat je door de kennel gaat wandelen, moet je het personeel vragen bepaalde dieren aan te wijzen, waarvan zij denken dat je die eventueel wilt. Het komt vaak voor dat mensen bij binnenkomst op zoek gaan naar een speciaal soort kat of hond en vervolgens hun hart verliezen aan geheel ander type, omdat een medewerker hen op dat dier attent heeft gemaakt. Mensen die een huisdier hebben verloren, lopen vaak door kennels in de hoop er een te vinden die precies op hun vorige hond lijkt. Het kan zijn dat ze zo'n dier vinden, maar ze worden door verdriet gedreven en zijn eigenlijk nog niet klaar voor een nieuw huisdier. Vraag naar de dienstverlening die het asiel biedt; hulp bij de rouwverwerking kan heel veel uitmaken, als die onvermijdelijke dag aanbreekt dat je huisdier sterft.

Beoordeel een dier in een kooi nooit te streng. Zowel katten als honden gedragen zich achter tralies heel anders en zijn veel sympathieker wanneer ze eenmaal vrij zijn. Neem een hond mee voor een wandeling, het liefst buiten, voordat je een definitieve beslissing neemt. Een hond die in het asiel zit vertoont de neiging helemaal buiten zichzelf te raken door bezoek. Hij springt boven op je, maar dat wil nog niet zeggen dat de hond een wilde aanleg heeft. Geef het dier wat lichaamsbeweging. De hond raakt een beetje vermoeid door het lopen, waardoor hij of zij zich ook wat meer ontspant. Ga daarna ergens wat uitrusten en probeer de hond te laten zitten om te kalmeren. Als de hond door het dolle is en niet wil bedaren, maak je dan geen zorgen. Deze hond woont in een kooi en begint zich nu al bezorgd af te vragen wanneer je hem er weer in terug gaat zetten.

Hoe meer tijd je met een dier doorbrengt, hoe beter het op je gaat reageren. Heb geduld. Probeer de hond zo ver te krijgen dat hij je recht aankijkt; praat tegen hem en wrijf hem achter zijn oren en op zijn rug (hij vindt het heerlijk om geaaid te worden). Vraag als je er tijd voor hebt aan het asiel of je een borstel kunt krijgen, zodat je zijn vacht een beetje kunt verzorgen; dat is een uitstekende manier om een dier te leren kennen. Sommige honden sluiten onmiddellijk vriendschap met je, andere moeten wat meer op hun gemak worden gesteld. Honden vergeten mensen niet. Ga nog eens terug, de hond zal zichtbaar sterker op je reageren. Als ze dan eenmaal thuiskomen en zich veilig beginnen te voelen, gaan ze zich openstellen.

Sommige asiels hebben kleine bezoekruimten, waar adopteerders de katten kunnen leren kennen. Pak een kat nooit beet en ga hem niet achterna; laat de kat naar jou toekomen. Ik heb de meest vinnige katten in aanhalige wezens zien veranderen, als ze maar iets van hun onafhankelijkheid kunnen behouden. Katten kunnen wantrouwig zijn jegens vreemden. Vele hebben een moeilijke zwerfperiode achter de rug voordat ze in het asiel terechtkwamen. Er zijn er die meteen vastgehouden willen worden en van geluk gaan spinnen zodra ze worden opgepakt, maar andere blijven afstandelijk. Sommige mensen houden van onafhankelijke persoonlijkheden, andere meer van knuffelaars.

Asiels hebben raskatten en kruisingen, hoewel de meeste personeelsleden er niet voor opgeleid zijn rassen te onderscheiden. Doe wat onderzoek. Katten hebben net als honden verschillende aangeboren karaktertrekken en behoeften. Siamezen kunnen ontzettend babbelziek zijn; Perzen willen misschien dat hun snoet gewassen wordt. Van sommige langharige rassen moet de vacht voortdurend verzorgd worden, terwijl andere dat heel goed zelf kunnen.

Als je thuis al een kat hebt waarvan de nagels zijn verwijderd, vraag dan aan het asiel of ze er nog zo een hebben. Een kat met nagels meenemen naar een kat zonder nagels, is een risico voor de laatste. (Laat katten zonder nagels nooit naar buiten; de meeste kunnen niet in een boom vluchten als ze achternagezeten worden.) Sommige asiels wijzen adopteerders af die van plan zijn de nagels van een kat operatief te laten verwijderen. Er zijn ook dierenartsen die deze operatie als inhumaan beschouwen. (In Nederland is het verboden. – vert.) Veel mensen weten niet dat je de nagels van een kat kunt knippen met je eigen nagelschaartje. Knip ze echter niet te kort af, anders gaan ze bloeden. Meestal hebben katten een hekel aan dit ritueel, maar je kunt ze leren het te accepteren als onderdeel van de routine. Als je een goede krabpaal hebt en er kattenkruid op smeert, zou het niet nodig moeten zijn de nagels te laten verwijderen. Bovendien gaan katten zonder nagels meestal tot bijten over, want hun tanden zijn dan de enige wapens die ze hebben.

In asiels zitten alle soorten katten, met of zonder nagels. Overweeg twee katten te nemen als je geen andere huisdieren hebt; ze voelen zich het prettigst als ze gezelschap hebben en ze zijn ontzettend vermakelijk als ze samen spelen. Ook haten katten en honden elkaar niet, in tegenstelling tot de gangbare opvatting; vaak kunnen ze prima met elkaar opschieten. Mijn kat Tibbs is dol op Tramp en ze spelen constant samen. (Bobby daarentegen is niet geïntereseerd in katten.)

Vraag welke inentingen de dieren in het asiel al hebben gehad. Als je andere katten in huis hebt, wil je er niet een bij met kattenleukemie. Je kunt wel lichte gezondheidsproblemen verwachten, die misschien over het hoofd zijn gezien toen je de kat of hond meenam. Er is geen reden om een dier met een behandelbare ziekte als een verkoudheid niet te adopteren. Veel asiels geven bij plaatsing de juiste medicijnen mee.

Vraag het asiel om zoveel mogelijk informatie over de voorgeschiedenis van de hond of kat die je wilt adopteren. Als die informatie er niet is (voornamelijk omdat men in het asiel slordig is geweest en niet voldoende informatie heeft gevraagd bij de vorige eigenaar), vraag dan of het mogelijk is dat iemand alsnog een onderzoek instelt. Het kan voorkomen dat medewerkers dat niet tot hun taak rekenen. Als je geluk hebt, pakt iemand de telefoon en doet navraag. (Asiels geven geen namen van vorige eigenaars door aan adopteerders, en dat behoren ze ook niet te doen.) Als het dier als zwerver is binnengekomen, praat dan rechtstreeks met het kennelpersoneel dat voor het dier heeft gezorgd. Zij kennen de katten en honden vaak veel beter dan de adoptieadviseurs. Wantrouw een zwerver niet. Vaak blijken het de evenwichtigste dieren in het asiel te zijn.

Mensen realiseren zich niet dat er, afgezien van katten en honden, allerlei dieren in het asiel te krijgen zijn. Je vindt er over het algemeen vogels, slangen, fretten, varkens en een hele variatie aan knaagdieren, waaronder muizen, ratten, cavia's en hamsters. Op het platteland zoekt men tehuizen voor paarden, koeien, schapen, kippen en geiten. In het asiel van New York City heb ik aapjes, eekhoorns, zeemeeuwen, schildpadden en leguanen aangetroffen. Laat het asiel bij je in de buurt weten of je een tehuis kunt bieden aan een wat exotischer huisdier. Veel instellingen hebben lijsten met namen van mensen die een specifieke soort zoeken. Als dan de telefoon gaat en een asielmedewerker deelt mee dat de papegaai die je zocht, of het volwassen vlinderhondje is gearriveerd, is het natuurlijk fantastisch om te kunnen zeggen: 'Ik ben al onderweg!'

Mocht het asiel bij jou in de buurt geen ideale plek voor een dier zijn – *ga er dan toch heen.* In veel noodlijdende instellingen moet het personeel hard werken voor een minimumloon, terwijl ze misschien niet zoveel belangstelling voor dieren hebben. Denk er dan aan dat de dieren zelf niet verantwoordelijk zijn voor hun akelige situatie. Bovendien rekenen ze op jou – om mee naar huis genomen te worden.

Register

abortusvraagstukken 168-9
'Adopteer-een-kat maand' 33
adoptie van dieren
– advies van asielmedewerkers bij, 32, 37, 43, 47-50
– asielbeleid 28, 80-3, 110-2, 168-9, 179-80
– en recidive 76
– en wennen aan nieuwe eigenaar 178-9
– van overlevenden na inval fokfabriek 156
africhters, en gedrag van honden 90, 112
American Humane Association
– en kindermishandeling 120
American Kennel Club
– en fokfabrieken 149
– en fokken 42
American Society for the Prevention of Cruelty to Animals (ASPCA) 169
asiels
– adoptiebeleid 28, 80-3, 109-12, 168-9, 179-80
– euthanasiebeleid 164, 168-9
– maatschappelijke rol van 19-24
– 'no kill'-beleid 169-71
– publieke opinie over 179-80
– versus fokfabrieken 20

bastaarden, *zie* kruisingen
Beckers, Lori en Paul

– als hondenliefhebbers 92-6
– als redders van dieren 47, 77-8
– en agressieve honden 117-9
beheersing dierenpopulatie 32, 37, 43, 47-50
Bernockie, Fred (vrijwilliger), vaardigheden met honden 79
besmettelijke ziekten en wormen 34, 52, 134

Cammisa, Laura-Ann (asieldirectrice)
– achtergrond 60-3
– als kattenliefhebster 31, 59, 62-3, 73
– en geestelijk gestoorde eigenaars 107-9
– en houding huisdiereigenaars 30-1
– en werken in het crematorium 164-6
– inval fokfabriek 144, 147-9, 151, 153-5
– over American Kennel Club 42
– over fokfabrieken 40-1
– over katten 36
– over wilde katten 70-1
– persoonlijkheid 28-9, 88-9
– voor de rechtbank 157-8
Columbia-Greene Humane Society (dierenbescherming)
– crematorium 164-6
– filosofie van 23-4, 34
– spant een rechtszaak aan 136-42
– verloop van personeel 75
Crawmer, Cathy (africhtster), en dierengedrag 112-4

DeLisle, Lee (hoofdinspecteur)
– als hoefsmid 122, 140
– en geestelijk gestoorde eigenaars 107-8
– en onderzoek naar dierenmishandeling 49, 78, 100-3, 122-39
– over Cammisa 63-4
dierenartsen 41, 72
dierenbegraafplaats 36
diereneigenaars, geestelijk gestoorde 98-109
– en dierenmishandeling 103-4, 119-20
dierenmishandeling 44, 49
– en geestelijk gestoorde eigenaars 103-4, 119-20
– en kindermishandeling 120
– en psychologische problemen 98-100
– in fokfabrieken 148-52
– onderzoek naar 22-3, 36, 50-4, 66-70
dierenopvangcentra 170
Dohrman, Barbara, en onderzoek naar dierenmishandeling 66, 121

euthanasie
– asielbeleid 164, 168-71
– emotionele werkelijkheid van 162
– morele en ethische kwesties 22-3, 165-6
– na inval fokfabriek 152-3
– noodzaak tot 36-8, 75-6, 82-3, 163-4
– PETA over 164
– technieken 166
ezels 22

fokfabrieken
– adoptie overlevenden na inval 156
– financiële kant van de zaak 144, 145-6, 151
– invallen 143-57
– omstandigheden in 148-52
– verdeling overlevenden na inval 152-4
– versus asiels 20
– versus hondenfokkers 144-5
– vervolging eigenaars 157-9
forensen en 'weekenders' 28, 38-9, 82, 97

gewonde dieren 42-3
Guyer, Robert (onderzoek naar dierenmishandeling), en inval fokfabriek 146-7, 159

hangbuikzwijnen 41, 94-5
Hess Biskind, Kate-Ann (dochter), en onderzoek naar dierenmishandeling 67-70
honden
– africhten 90, 112-4, 180
– agressieve 115-6
– 'angstbijters' 117-8
– Akita's 39
– behendigheidstraining 113
– boxers 54, 89-92
– cocker-spaniëls 40
– dalmatiërs 39
– Deense doggen 54
– Duitse herders 114-5
– intelligentie 98, 112-3
– Italiaanse hazewinden 42
– labrador retrievers 41
– modegrillen en vraag 162-3
– pommeranen 75
– psychologische problemen 99-100, 103-4, 109, 112, 115-6, 183
– rasverschillen 180-1
– reddersverenigingen van rashonden 181
– rottweilers 110
– ruwharige terriërs 79-81, 83
– Springer-spaniëls 74-7, 83-9
– verhouding tot katten 185
– versus katten 65-6, 70, 178-9, 183-5
hondenfokkers 42
– ethische kwesties 180-1
– versus fokfabrieken 144-6
huisdieren
– als eigendom 172-5
– als vluchtelingen 31
– en kinderen 109-10, 176, 179, 182
– en rouwverwerking 183
– maatschappelijke rol van 173-6
– uitkiezen 178-86
humane opvoeding 170, 173
Humane Society of the United States (HSUS) 20, 169

inentingen 29, 34

katten
– accommodatie 37, 44-5
– als gezelschapsdier 54-6
– als muizenvanger 57-8
– behandeling van 36, 73
– en euthanasiebeslissingen 166-9
– Maine Coons 65
– verhouding tot honden 184-5
– vermenigvuldiging 70, 71
– versus honden 65-6, 70, 178-9, 183-5
– verwijdering nagels 184

– verwilderde 70-1
– zomernesten 33
kattenfokkers 66-70
kinderen en huisdieren 109-10, 175-6, 179, 182
kindermishandeling en dierenmishandeling 120
konijnen 175-6
kruisingen versus rasdieren 20, 65-6, 67, 181
kwaliteit van leven, als moreel vraagstuk 170-2

Labuda, Tom, en onderzoek naar dierenmishandeling 47-8, 100
leguanen 95

Marchand, Charlene (voorzitster asielbestuur)
– achtergrond 114-5
– als hondenfokker 145
– en agressieve honden 114-7
McDonough, Sue (staatspolitie)
– en inval fokfabriek 146-9, 151, 154-5
– en onderzoek naar dierenmishandeling 119
– en werk in crematorium 166
Mouris, Caroline (hondenfokker), over amateurfokkers 144-5

naamgevingsbeleid 41

overbevolking 170-1

paarden 63, 121-42, 175
– ruiterkampen 127-8, 137-8, 140
– verwaarlozing van 122-4, 128, 129-31, 135-41

People for the Ethical Treatment of Animals (PETA) 33, 157-8
– over euthanasie 164
Pesano, Sue (leidinggevende dierenverzorging) 133-4
– en werk in het crematorium 166-7
Praga, Camille (leidinggevende kennel), vaardigheid in omgang met dieren 54, 71

rashonden versus kruisingen 20, 65-6, 67, 181
ratten 48, 92

Spataro, Barbara, en onderzoek naar dierenmishandeling 49-54
Spohler, Sue 80
sterilisatie 41-2
– als beleidslijn voor asiels 41-2, 171-2

Vega, Elise 43, 49, 83
'verzamelaars' 37
vissen, tropische 178
vrijlaten, asielprocedures 29-30

Walker, Andrea (leidinggevende dierenverzorging)
– en agressieve honden 117-8
– over euthanasie 172
– vaardig in de omgang met dieren 34-8, 71, 83-4
– volgt opleiding tot assistente van dierenarts 75, 133
Walker, Jamie (dierenverzorgster) vaardig in de omgang met dieren 43

ziekten 34-5, 64-5